還らざる聖域

樋口明雄

角川春樹事務所

目次

Sanctuary of No Return

装画／高田裕子
装丁／高柳雅人

還らざる聖域

本書は書き下ろしです。
本作品はフィクションであり、登場する人物、団体名など
架空のものであり、現実のものとは関係ありません。

序章　二〇二X年、五月一日

だしぬけに警報が鳴り始めた。

ホット・スクランブル――。

小さなテーブルを挟んで向かい合わせに座り、ポーカーをしていた高岡清志《たかおかきよし》二等空佐と西山俊郎《にしやまとしろう》一等空尉《くうい》がハッと顔を上げる。耐Gのフライトスーツを常時着ているふたりは、ほぼ同時に飛び上がらんばかりの勢いで立ち上がり、テーブルを蹴飛《けと》ばして全力で走り出した。

トランプのカードが、風に舞う花びらのように辺《あた》りに派手《はで》に散乱した。

ふたりは待機所を駆《か》け抜け、隣接する格納庫に入った。ちょうど時を同じくして、別室で待機していた整備員たちが庫内に駆け込んでくる。

基地じゅうを騒がせるようにサイレンが鳴り響き、格納庫の横にある赤色灯が回転し、〈S／C〉のランプが明滅している。アラートハンガーと呼ばれるスクランブル専用の格納庫は、横列に並び、ひとつにつき戦闘機一機の個室状態となっている。

高岡二佐のF－2戦闘機はプリフライトチェックを完了し、スクランブル発進のためすでに待機していた。機体にはJM61A――二十ミリバルカン砲および中射程空対空ミサイルと短射程空対空ミサイルがそれぞれ四発、標準装備で搭載されている。

高岡は機体に取り付けられたタラップを駆け上ると、コクピットのシートに座ってヘルメットをかぶった。すかさず酸素マスクをつけ、耐Ｇスーツのホースをつなぎ、ハーネスを上半身に装着する。

彼を追ってタラップ上に駆け上がっていた整備員が、外からキャノピーを閉鎖し、タラップが引き下げられる。他の整備員たちは機体の下に潜《もぐ》り込んで素早く点検を完了し、翼下《よくか》にあるミサイルの安全ピンを抜く。

警報が鳴り始めて三分。発進完了まで五分ですべてを終えねばならない。

コクピットの高岡二佐はエンジンのマスタースイッチとＪＦＳ（ジェット燃料スターター）のスイッチを素早く入れ、各部点検を素早く終えた。

機外に立っているメカニックが指一本を立てて合図を送ってきた。高岡もキャノピー越しに点検完了、異常なしの合図を返す。メカニックが素早く機体から離れる。

右側のスロットル・フィンガーリフトを上げ、右エンジンに点火。同じ手順で左エンジンをスタートさせる。

機外の整備員がギアの輪留《わど》めを外し、高岡のＦ－２は倉庫外に向かってタキシングを開始した。やや遅れて隣のアラートハンガーから出てきた西山一尉のＦ－２をウイングマン（僚機《りょうき》）として従え、誘導路をたどり、滑走路《かっそうろ》に向かって自力走行してゆく。

機体が滑走路に進入完了後、左側に西山の機が並んだのを確認する。

発進はまず右の編隊長機、続いて僚機の順だ。

高岡は発進前の最終チェックをすませ、ブレーキを解除。左右のスロットルレバーを前に倒し、最大出力まで持って行くと、アフターバーナーを点火した。

Ｆ－２戦闘機が急発進した。

同時に耐Ｇスーツに包まれた体がシートに押しつけられ、機体が滑走路上を滑《すべ》り始めた。すぐに時速百二十ノットに到達、高岡はピッチ角を十度にして上昇を開始。機体がふわっと浮く感覚があって離陸が完了した。

フラップとランディングギアを格納し、高岡の機体はアフターバーナーを全開させつつ、三百五十ノットの速力で上昇を続ける。

警報発令から四分半という短時間で、高岡二佐は空に舞い上がっていた。

西山の僚機も斜《なな》め後《うし》ろ下、二十メートルの高度差をつけた位置に続いている。

高度三万フィート。マッハ〇・九。二機のＦ－２戦闘機は、レーダーサイト内にある地上要撃《ようげき》管制（ＧＣＩ）の誘導に従いながら、西に向かって飛び続けていた。

福岡の春日《かすが》基地にある、西部防空管制群の防空指令所（ＤＣ）の大型モニターには、管轄《かんかつ》空域の地図上にレーダーで捉《とら》えた不明機と要撃機双方の位置が、それぞれ緑とオレンジに色分けされた三角形となって投影されていた。防空システムの要《かなめ》であるジャッジシステムによって民間機や米軍機との識別がされたため、モニター上には不明機である〈ＵＮＫＮＯＷＮ〉の文字が表示されている。

今回のスクランブル・オーダーは、東シナ海――対馬《つしま》の西側を南西方面に向かって飛行中の国籍不明の航空機を、海栗島《うにしま》（対馬）第十九警戒《けいかい》隊のレーダーサイトと、福江島《ふくえじま》第十五警戒隊のレーダーサイトが発見したことに始まった。

該当機に国際緊急周波数で領空接近の通告をしたものの応答なし。提出されたどの航空機のフライトスケジュールとも照合しない。

即刻、築城《ついき》基地にある第八航空団、第六飛行隊に所属するF－2戦闘機二機での要撃出動となった。

指令所内の要撃管制官と要撃機二機との交信が、頻繁《ひんぱん》に飛び込んできている。

「アルバトロス1および2、まもなく該当空域に到達します。ターゲット、我が国のADIZ（防空識別圏）を飛行、現在も南進中」

レーダー要員の若い男性の声が緊張を帯びている。

管制群司令の駒形武章《こまがたたけあき》一等空佐が自席から中腰に立ち上がり、壁のモニターをにらんでいた。

「機種はわかるか？」

「距離があるので明確な判別はできませんが、一機は四発エンジンの大型機です。もう一機は中型のジェット戦闘機のようです」

レーダー要員の男性がスコープに投影された機影を見て伝える。

「要撃機から連絡。無線通告の呼びかけに、ターゲットの応答なし、行動変化なし。〝我に続け〟の通告も無視しています。あと二十マイルで領空に到達」

管制官からの報告である。

「要撃機の自機レーダーの使用を許可する」

司令の言葉を管制官が伝えた。

「こちらＤＣ。アルバトロス１。自機火器統制（ＦＣＳ）のレーダー使用を許可する」

――アルバトロス１よりＤＣ。諒解。ＦＣＳレーダーに切り替えます。

要撃機からの返答が入ってくる。

これより二機のＦ－２はレーダーサイトのＧＣＩによる遠隔《えんかく》誘導から自己誘導に切り替わり、同時に双方の音声無線を解除したはずだ。

「ロシア……それとも中国か」

駒形一佐は腕組みをしながらつぶやく。

大型モニター上に投影された二機のＦ－２と二機の不明機がどんどん接近していく。会敵はまもなくだ。


――タリホー！　イレブン・オクロック！

突如《とつじょ》、僚機の西山一尉の声が、高岡二佐のヘルメット内に飛び込んできた。

ターゲット発見。十一時の方向。

まだゴマ粒のように小さな点だが、たしかにふたつ、青空を背景に確認できる。自機のＦＣＳレーダーで捉えたばかりの位置そのままだ。

目標発見をウイングマンである西山に先を越され、高岡は舌打ちをする。

「アルバトロス1よりDC、まもなく会敵。指示を願う」

高岡は防空指令所にそう連絡した。

――DCよりアルバトロス1。呼びかけにまだ応答はないか。

「ネガティブ」

高岡がそう返信した。

双方の速度は速い。前方からターゲット二機が見る見る接近してきた。

次の瞬間、相対する二機が、高岡と西山の機体とすれ違った。

「ターゲットと会敵」

――左旋回《ひだりせんかい》、後方より接近を試《こころ》みよ。

「ラジャー」

操縦桿《そうじゅうかん》を倒しながら、高岡は僚機にそれを伝えた。

二機のF－2戦闘機が急旋回し、反転する。機体がロールするとともに、急激なGがコクピット内のパイロットを襲う。しかしこれぐらいのことは日頃《ひごろ》の訓練で嫌というほど体験している。

彼らのF－2は速度を上げ、やがて相手の二機に追いつき、横並びになった。

相手はいずれもモスグリーンの機体だった。距離があり、国籍マークが確認できないため、どの国から飛んできた機体なのかは不明だ。DCの要撃管制官から伝えられたとおり、一機は四発のエンジンを搭載した大型機で、もう一機はジェット戦闘機のようだ。おそらく護衛機だろう。

高岡は機体の特徴《とくちょう》から、自分の記憶にある知識で機種を割り出した。

「アルバトロス1よりDC。ターゲット確認。一機は〈キャンディッド〉。もう一機は〈フロッグフット〉」

〈キャンディッド〉はNATOによるコードネームで、旧ソ連製Il（イリューシン）-76という大型ジェット輸送機。〈フロッグフット〉はSu（スホーイ）-25戦闘機のことだ。

高岡は定められた周波数で呼びかけを繰り返す。英語に始まり、ロシア語、中国語、朝鮮語。しかし応答はない。

——DCよりアルバトロス1。ターゲットはどちらもロシア機か？

「わかるのは機種だけです。もう少し接近してみます」

高岡は後続の西山に合図を送り、二機の不明機との距離を縮めていった。手前に見えるSu-25戦闘機の尾翼に視覚を集中させる。

青と赤の二重丸の中に赤い星マーク。

高岡は無意識に目を見開いていた。

「アルバトロス1よりDC。ターゲットは北朝鮮空軍の所属機と判明」

防空指令所の管制官が息を呑《の》む気配が伝わってきた。

——DCよりアルバトロス1。ターゲットは北朝鮮空軍機。それは確実な情報か。

「尾翼のマークを肉眼で確認しました」

今はまた彼我《ひが》の間に距離を取っている。

しかし先ほど目撃した機体マークが脳裡《のうり》にはっきりと焼き付いていた。

レーダースコープを見ながら、高岡が伝えた。

「領空まで十マイル」

――こちらＤＣ。通告を繰り返せ。

「ラジャー。通告を繰り返します」

国籍が判明したため、高岡は朝鮮語での通信に徹《てっ》した。しかし相変わらず相手からの応答はない。

「アルバトロス１より入電。再三の警告にもかかわらず、ターゲットに変化なし。同じコースで飛行中。領空まで三マイル。次の指示を願うとの連絡です」

インカムをつけた管制官の声が防空指令所に響く。

駒形一佐は即答できなかった。

「ターゲット領空侵入」

レーダー要員が報告してきた。

「ＤＣよりアルバトロス１。ターゲットは領空侵犯機と認定された。警告射撃を許可する」

管制官が神妙な表情で通達する。

――ウイルコ（諒解《りょうかい》した）。

駒形一佐は管制官と要撃機の通話を聞きながら、壁の大型モニターをにらんでいた。

今は緑とオレンジの三角形がふたつずつ、併走《へいそう》のかたちで移動している。

二機のF－2戦闘機は二十ミリのバルカン砲を威嚇《いかく》のかたちで撃ったはずだ。

「こちらDC。アルバトロス1。ターゲットは我の誘導に従っているか」

――アルバトロス1よりDC。警告射撃をしたが、ターゲットの行動に変化なし。

管制官の声を聞きながら、駒形は唇《くちびる》を噛《か》みしめた。

スクランブル発進による領空侵犯への対処は、自衛隊法第八十四条によって定められている。要撃機がやれることは警告、威嚇射撃による領空外への退去および強制着陸しかない。それが明確な侵犯行為であったとしても、こちらからの攻撃はできないのである。

ゆいいつの例外は、自機、僚機が攻撃された場合。そして国土や船舶などが侵犯機によって攻撃を受けた場合だ。

この先、要撃機にやれることは、領空侵犯機の行動をただ見張り続けるしかない。

「米軍嘉手納《かでな》基地第十八航空団司令部より入電。東シナ海を飛行中の領空侵犯機の国籍および所属を明らかにせよとのことです。どうしますか？」

別の通信担当から声が飛んできた。

「侵犯機は北朝鮮空軍だと返電しろ」

そういってから駒形は首をひねる。

これまで、ただの一度として他国からの領空侵犯行為に米軍が介入してきたことはない。

「ターゲット、西に転針！」

突如、レーダー要員の声。少々うわずったままの報告だった。「中国側の防空識別圏に向かっています。まもなく領空から離脱」

ほぼ同時に要撃中のF－2からも同じ報告が入ったようだ。

駒形一佐はホッとした。

理由は判然としないが、とにかく自国の領土から離れてくれるならいうことはない。

しかし、それにしてもどうして北朝鮮からの侵犯機は、わざわざ日本の防空識別圏から領空侵犯をし、また勝手気ままに出て行くような不可解な行動を取っているのか。

「沖永良部島《おきのえらぶじま》、第五十五警戒隊レーダーサイトより入電。米軍機二機が東シナ海を北上中。間もなく我が国と中国の防空識別圏に入ります」

通信要員のひとりの報告に、駒形がまた驚く。

「なぜ米軍機が……」

近年、中国は尖閣《せんかく》諸島を含む自国の防空識別圏を設定し、それが日本側のものと重なっているため、問題となっていた。双方の防空識別圏が重なるということは、どちらの側からも領空侵犯を含む飛行行動が取れて、防空のための軍事行動が頻繁となる。いわば危険空域である。

そこに日本と北朝鮮、それにくわえて米軍の軍用機が合流する。

当然、中国は黙っていないだろう。

壁のモニター上には米軍機を表す緑の三角形がふたつ、少しずつ北へと移動している。

飛行コースはほぼ真北だ。このまま行けば、間もなく領空侵犯機と空自の要撃機との接触空域と合流する。

「米軍機はどこからだ。嘉手納基地か？」

駒形がつぶやいたとき、別の通信要員から報告が入った。

「米軍第十八航空団司令部より入電。沖縄本島の北東海域を航行中の空母ロナルド・レーガンから二機のＦＡ－18戦闘機が発艦。侵犯機に対する迎撃行動を取るため、我がほうのＦ－２は大至急、該当空域から離脱せよとのことです」

「まさか……」

狼狽《ろうばい》する駒形に要撃管制官がいった。

「アルバトロス１と２に帰投を通達しますか」

トラブルの解決を米軍に横取りされることになる。

が、それはむしろ歓迎《かんげい》すべきことではなかろうか。責任回避《かいひ》という意味においても。

「むろんだ」

我に返った彼はそういい、額《ひたい》の汗を拭《ぬぐ》った。

すでにターゲットは日本の領空外だ。他国同士の諍《いさか》いに巻き込まれる必然性はない。

そう思いながらも、駒形一佐は壁の大型モニターを凝視《ぎょうし》し続けていた。

Ｆ－２のコクピット内、高岡二佐はレーダースコープ上に現れた米軍機の光点を見た。

米空母から発艦したＦＡ－18が二機。こちらに急速に向かっているという報告を受けたばかりだった。彼らの意図はひとつしかなかった。北朝鮮空軍機二機の迎撃である。

日本の空自のスクランブルに、どうして米軍がからんでくるのか。

そんな理由を考える余裕もなく、大至急、機首を返して領空に戻らねばならない。

なぜだか迷いがある。

少し離れた空を同じ方向に飛んでいる北朝鮮空軍の飛行機。Ｉｌ－76輸送機とＳｕ－25戦闘機を見た。相変わらず彼らの意図はまったくわからない。しかし両機のパイロットや乗員たちのことをふと思う。

彼らも同じ人間なのだ。きっと故国に家族もいるだろう。ただ、生まれた国とそれぞれの立場の違いがあるだけだ。

――アルバトロス2より1。米軍機が間もなくこの空域に到達します。

ウイングマンの西山から無線が入った。

高岡はようやく決心した。

「アルバトロス1より2。これより旋回して帰投する。我に続け」

――ラジャー。そちらに続いて帰投します。

通信を終え、操縦桿を握り直した。

機体を倒しながら右旋回に移ろうとしたとき、何かが視界をかすめた。

高岡はバイザーの中でハッと目を見開いた。

空を切り裂《さ》くように白い煙の軌跡がまっすぐやってきたかと思うと、それが北朝鮮空軍のＩｌ－76に命中した。

次の瞬間、輸送機は赤とオレンジ色の巨大な火球となっていた。

立て続けに飛来したミサイルの白い軌跡。それが隣のＳｕ－25戦闘機を直撃した。

ふたつ目の火球が生じた。

高岡は目を剝《む》いたまま、見つめた。

それは高空に咲いた二輪の紅蓮《ぐれん》の花のようだった。

高岡は信じられなかった。

米軍機は北朝鮮空軍機に対して警告行動もなく、ミサイル攻撃をしたのだ。

キャノピーの向こうで、無数の破片が空中に炎と煙の細長い軌跡を描きながら、眼下に向かって幾筋もの雨のように落ち始めた。

航空機の急速接近を伝えるアラート音に我に返った。

両翼の先端から白く細長い飛行機雲を曳《ひ》きつつ、すさまじい速力で飛来したＦＡ－18戦闘機が二機、高岡のＦ－２のすぐ傍《そば》をかすめるようにすれ違いざま、大きく角度をとってバンクをし、元来た方角へと帰って行く。

そのコクピットの直下にくっきりと描かれた米軍のマークが、高岡の目に鮮《あざ》やかに焼き付いていた。

第一部

五月二日

1

屋久島《やくしま》、永田浜《ながたはま》——午後十時三分

ひたひたと波が寄せる音だけが暗闇《くらやみ》の向こうから聞こえてくる。低い空にかかる月が、波間に映っていて、それが千々《ちぢ》に砕《くだ》けては揺れている。

風もなく、穏《おだ》やかな深更《しんこう》であった。

にもかかわらず、砂浜には大勢の人々がいて、黒いシルエットの群衆となっていた。

その数、およそ二十人前後。しかしながら誰《だれ》もが口を閉ざし、長らくじっとその場にたたずんでいるのである。

「あの……もう二時間以上、こうして待ってるんですけど、まだなんですかね?」

近くに立っている中年女性から声をかけられ、新田宏和《にったひろかず》は腕時計のデジタル表示を点灯して見た。夜の十時を少し回ったところだった。

「こっちの都合に合わせてくれるわけじゃないので、とにかく待つしかないんです」

申し込み時の説明でもくどいほど、そのことをいったはずだった。

「私、寒くなっちゃって」

見ればワンピースに薄手《うすで》のカーディガンだけ。五月の夜の海に来るというのに、やけに薄着である。困ったものだと新田は思う。

「ふだんは何時頃《ごろ》に来るんですか」

別の男性に質問された。

「あくまでも自然の生き物ですから、決まった時間はないんです。暗くなってすぐのときもあるし、最後まで来なかったってことも珍《めずら》しくないし、とにかく運まかせなんですよ。もっともそれは海の潮《しお》の流れ方とか、いろんな条件があるからなんですが、そんなことってわれわれにはわかりませんよね」

周囲の人々は納得したのかしないのか、また黙り込んだ。

沈黙の中に、波が打ち寄せる音だけが続く。

新田はここ屋久島に移り住んで五年目。今は永田浜にある〈屋久島ウミガメセンター〉のスタッフで、ウミガメの産卵見学ツアーを担当している。この浜はアカウミガメの上陸産卵数が日本一であり、ラムサール条約に登録されている場所だった。

そのとき、近くから若い男の声がした。

——あ。来た!

新田が見ると、暗い海面に何かが浮かんでいる。真っ黒な円盤状のものがいくつか、波間を漂《ただよ》っていた。

「みなさん。絶対に保護柵《さく》を越えて入らないでくださいね。それから、フラッシュ撮影は禁止、懐中電灯や携帯電話のライトもダメです。ウミガメは光をきらうので産卵のさまたげとなります!」

そういってから、ふと、新田は気づいた。

なんだかおかしい。

そう思いながら、暗い海を凝視する。

波間に浮かぶ黒く丸いもの。それはどう見てもウミガメではなかった。

それが複数、月の光が映り込む海面に浮かんでは消えながら、だんだんとこの砂浜に近づいている。

その先陣が浅瀬に到達した。

波間から突如、姿を現したのは先端が丸く、長い、魚雷のようなものだった。そこに真っ黒な衣装をまとった人間がしがみついている。

それが砂浜に勢いよく乗り上げると、摑《つか》まっていた人間が立ち上がった。

顔には大きなゴーグルを装着し、黒い水中スーツを身につけ、丸い背嚢《はいのう》らしきものを背負っている。それが波間に見え隠れして、さながら泳いでくるウミガメの甲羅《こうら》のように見えたのである。

さらにふたつ目が波を分けて砂浜に上陸、摑まっていた人間が立った。それぞれ、体じゅうから飛沫《ひまつ》を落としながら、月の光を浴《あ》びて汀《みぎわ》に立っている。見ているうちに、立て続けに数隻《すうせき》の同じような乗り物が上陸してきた。

いずれも同じ形、円筒形で先端が丸く、後端にはスクリューのようなものがある。

新田は焦《あせ》った。その異様な水中スーツ姿の人間たちが何であれ、彼らがここでしていることは大問題だ。

「あの――！」

片手を上げながら、新田は彼らに向かって走った。

「映画の撮影か何か知りませんけど、ここはウミガメたちが産卵する浜なんです。遠慮《えんりよ》していただけませ――」

言葉を最後までいえなかった。

手前に立っている水中スーツの人物が手にしていたものをかまえた。

銃声とともに、青白い光が闇を切り裂いた。

新田は腹部に重い衝撃《しようげき》を受けて、その場に倒れ込んだ。

砂地に顔から落ちて、そのまま動けなかった。喉《のど》の奥から血があふれてきて、口と鼻を満たした。それが呼吸をはばんで、新田は必死にあえいだ。

視界が真横になっていた。

砂浜に倒れた新田の左右を、水中スーツ姿の男たちが通り抜けた。

それぞれが銃《じゆう》のようなものを手にしていた。

ウミガメ観察会のために集まっていた人々が、ようやく自分たちに迫った危機に気づいたらしい。そこらじゅうから悲鳴がわき上がった。

無数の銃声が静かな夜の海にとどろき渡った。

2

屋久島、安房《あんぼう》――午後十時三十分

電話が鳴り始めた。

地域課の坂山茂《さかやましげる》巡査は、先ほどから事務机《じむづくえ》に向かって座ったまま、うとうとしていて、その音に目を覚《さ》ました。今日は当番日で、朝の八時半から翌朝までの勤務だった。署内一階、交通課や会計課とならぶ地域課のブースには彼を含め、四人の警察官がいた。

時刻は夜の十時半を回ったところだ。

坂山は近くでランプを明滅させている電話機の受話器を取り、外線ボタンを押した。

「こちら屋久島警察署です」

少し間があって、押し殺すような男の声がした。

――た、助けてください。早く。

切羽《せっぱ》詰《つ》まった様子で、かなりパニックに襲《おそ》われている感じだった。

「落ち着いてください。どうされました?」

――黒っぽい格好をした奴《やつ》らが……あちこちで銃を撃ってるんです……。

「なんですって?」

――大勢死にました。私の弟も!

「どういうことです。詳しく教えてください。まず、お名前から」

――私、役場の永田支所の向井《むかい》っていう者です。浜のほうから、あいつらが町にやってきて……。

ところがそれきり声が途絶《とだ》えてしまった。

「もしもし、もしもしッ！」

ややあって、さっきの男の声がした。

――ダメだ。ここも見つかってしまった。すぐに……に、逃げないと……。

何かが炸裂《さくれつ》したような音がして、ふいに通話が切れた。

断続的なツーツーという音だけが続いた。

坂山巡査はあっけにとられたまま、受話器を耳に当てていた。が、我に返り、液晶表示された相手の番号にリダイヤルするが、呼び出し音が続くばかりである。

受話器を戻し、しばし思考停止していた。

今《いま》し方《がた》の男の声を、頭の中で何度か繰り返す。

視線を感じて顔を上げると、地域課にいる夜勤の警察官たちがこっちを見ていた。

「どうしたんだ。今のは何の電話だ？」

近くの事務机から、課の古株である田川《たがわ》巡査長が声をかけてきた。

「永田の役所からですが、町で大勢が殺されたって……」

田川があっけにとられた顔で坂山を見る。

「いたずらじゃないのか」

「それが、どうも切羽詰まった様子でしたし」

「だったら、どうして一一〇番じゃなく、直《じか》に署にかけてくるんだ」

そういったとたん、田川はふいに真顔になった。

「とりあえず県警に連絡をするんだ」

「は、はい！」

立ち上がった坂山が、壁掛けになっている警察電話の受話器を取った。

「こちら屋久島署。県警本部、どうぞ」

そういった一瞬後、驚いた顔で振り返った。

「田川さん。〝警電〟が不通です」

思わず田川が机の向こうに立ち上がる。「莫迦《ばか》な」

坂山は事務机に戻ると自分の電話を取り、鹿児島県警本部の直通番号をプッシュしてみた。しかし受話器からは何の音も聞こえなかった。

「〝警電〟も一般回線も断線している？」

急ぎ足にやってきた田川巡査長が、坂山から受話器を取った。

「そんなことはありえん！」

そういって電話機のプッシュボタンを叩《たた》き始めたときだった。

突如、署内の電気が消えて真っ暗になった。

同時に署の外から轟音《ごうおん》が聞こえた。銃声のようだった。

「何だ？」

田川がそういってポカンと口を開けた。

すさまじい爆発音がして、正面入口のガラス扉《とびら》が粉々《こなごな》に破砕《はさい》された。

その爆風が嵐《あらし》となって署内一階フロアを走った。

爆煙の中、迷彩服姿の男たちが大勢、乱雑な足音を立てながら署内に踏《ふ》み込んできた。全員がやはり同じ迷彩模様のヘルメットをかぶっている。手には短機関銃。その銃身に取り付けられたフラッシュライトが、爆煙がわだかまる一階フロアに無数のサーチライトのような光条を投げかけ、めまぐるしくそれが動いていた。

あっけにとられて坂山たちが見ていると、男たちがいっせいに発砲した。

銃弾が嵐となって彼らを襲う。最初に田川が顔を砕かれ、後ろに転倒した。続いて他の警察官たちも次々と倒れていく。

坂山はひとり、金縛《かなしば》りに遭《あ》ったように動けなかった。

入口から突入してきた男たちは、終始無言だった。屋内を斉射した銃撃が終わると、坂山は激しい耳鳴りに襲われていたが、それにまったく気づかず、ただ人形のように立ち尽《つ》くしているだけだ。

迷彩服の男たちは、リーダーらしき男の指の合図で二手に分かれた。

ひとつのグループはそのまま二階へ続く階段を駆《か》け上り、別のグループは一階フロアのあちこちに散って、トイレやロッカールームなどを調べ始めたようだ。

坂山は相変わらず棒立ちになっていた。

彼の前にリーダーらしき迷彩服の男がやってきた。

ヘルメットの下、顔にまでていねいに迷彩を施《ほどこ》している。その切れ長の目が坂山を見据《みす》えた。

「けいさちゅちょに、なにんのこてる」

ふいに奇妙な言葉でいわれた。

――警察署に何人残っている。

そう問われたことがやっとわかった坂山は、首を振っていった。

「わ、わかりません」

男は無表情のまま、腰のホルスターから拳銃《けんじゅう》を抜くと、坂山の額を撃ち抜いた。

3

安房――同時刻
高津夕季《たかつゆき》巡査は署の二階にある地域課山岳救助隊の装備室を出たところだった。
廊下の突き当たりにある窓から、何気なく外を見た。夜の十時半を回って外は真っ暗だったが、丘の上にある警察署ゆえに安房の町がここから見下ろせた。小さな島の小さな港町だから、町明かりも点々と散在して乏《とぼ》しい。

すぐに窓辺から離れなかったのは、奇妙な違和感のようなものを覚えたからだ。

港のほうを見ると、サーチライトのようにまばゆい照明を放つ船が何隻か、昏《くら》い海に浮かんでいた。港に接岸しているようだ。漁船ではない。まるで四角い湯船のような形をしていて、そこから大勢の人影が埠頭《ふとう》に上陸しているのが見えた。

足音がして、窓のすぐ下を見ると、十名以上の人影がこの警察署に向かって走ってくる。それぞれ迷彩服にヘルメット。編《あ》み上げのブーツを履《は》いているのが確認できた。

軍隊――。

そう思ったとたん、署内の照明が消えた。

直後に銃声のような音が轟《とどろ》いた。どこか近くで悲鳴も聞こえた。

夕季は信じられなかった。まるで映画の一場面のような出来事が、自分のこの職場で起こっている。

仲間が――同僚が撃たれている？

まさか。そんな映画のような出来事が起こるはずがない。

爆発音がした。

同時に、この警察署の建物自体がグラリと揺れた。

それまで麻痺《まひ》していた恐怖が、ふいにこみ上げてきた。足が震えていた。

突如、階下に複数の足音がした。ブーツ独特の重たい音が乱雑に聞こえ、また間近から銃声が何度も聞こえた。そのたびに空気が張り詰め、鼓膜《こまく》が破れそうだ。夕季は両手で耳を塞《ふさ》ぎたかったが、それはできない。

足音は階段を上ってくる。あの迷彩服の集団がここにやってくるらしい。

とっさに周囲を見渡した。照明が消えて、鼻をつままれてもわからないような闇だった。

とにかく逃げなければ。

夢中で走り出したい衝動を必死に抑《おさ》えた。パニックに陥《おちい》ったらおしまいだ。それは山での遭難《そうなん》と同じこと。とにかく落ち着けと自分にいい聞かせる。

ならば、どうすればいい？

考える時間はわずかしかない。

階段を使って屋上に行こうか。しかし、屋上へ出たはいいが、そこから先の逃げ場がない。トイレや更衣室《こういしつ》に隠れてもドアをこじ開けられるだろう。だとしたら——。

さっきまで自分がいた山岳救助隊の装備室。

夕季は素早くそこに入った。

部屋は狭く、三畳間程度の面積しかない。照明が消えて真っ暗だが、小さな窓から外の月明かりが入って、壁際に並ぶロッカーや、様々な山道具を保管するスチール棚《だな》が見えている。その近くにはザック類、ザイルなどがかけてあった。

いちばん奥に女性専用の小さな着替え室があって、濃紺《のうこん》のカーテンが引かれている。

そこに隠れようとして、やめた。

天井《てんじょう》を見上げると、スチール製の小さな四角い扉がある。エアコンのダクトスペースのメンテナンスのための扉だった。

夕季は折りたたみ式の脚立《きゃたつ》を引っ張ってきて、素早く登り、天井の小さなスチール扉をそっと押し上げる。その向こうは細長い空間になっていて、コンクリの壁面にダクトが取り付けられていた。

脚立を足で蹴《け》って懸垂《けんすい》の要領でダクトスペースに身を持ち上げた。とたんに脚立が音を立てて倒れてひやりとする。

素早くスペースに上がってから、夕季は扉をそっと閉めて、狭い場所に身を潜《ひそ》めた。

脚立が倒れた音を下の連中に聞かれた可能性はある。

スペースは高さ四十センチ程度、身長一五五センチと小柄《こがら》で体が柔《やわ》らかな夕季は、背を丸め、両膝《りょうひざ》を抱えるような格好でそこにいられた。

着ているのは女性警察官の制服。上は青いシャツ。下は濃紺のスラックスである。両足の革靴をそっと脱《ぬ》ぎ、傍《そば》に置いた。

恐怖という感情を押し殺し、この狭く暗い暗闇に身を押し込んでいなければならない。しかもここがあの連中に見つからないという保証はない。

じっとしているうちに、またさまざまな思いが脳裡《のうり》をめぐった。

いったい何が起こったのか。

署の外から迷彩服姿の武装兵みたいな連中が押し入ってきて、銃撃を始めた。爆弾も使ったようだ。これが映画の撮影ではないのは明白だし、もちろん夢でもない。

あの迷彩服の集団はもちろん自衛隊ではないだろう。だとすればどこか外国の兵士。あるいはテロリストかもしれない。

下の一階フロアには、さっきまで坂山ら地域課の課員たちがいた。

あの銃声では、おそらくもう生きてはいないだろう。なじみの同僚たちの顔を思い浮かべ、夕季は嗚咽《おえつ》しそうになって堪《こら》えた。しかし意識から追い払おうとしても、彼らの顔が脳裡から消えない。

涙が流れた。歯を食いしばって泣くのを我慢《がまん》した。掌《てのひら》で涙をゴシゴシとこする。

そのとき、真下で物音が聞こえた。ブーツの重々しい足音である。

暗闇の中で息を潜めた。

装備室の扉が開かれ、誰かが入ってきたらしい。複数の足音のように思えたが、会話はいっさい聞こえなかった。

スチール棚から登山用具が落とされる派手な音。

そして——着替え室のカーテンがシャッと開かれる音がはっきりと聞こえた。

夕季は息を吞《の》んだ。あそこにいなくてよかった。

床に倒れた脚立から、天井のスチール扉に気づかれるかもしれない。

そう思ったときだった。

ふいに彼女が横たわっている空間の下側の扉が、何か固いものでガンガン叩かれた。

反射的に肩をすぼめ、身を縮こまらせた。目を閉じて恐怖に耐《た》えようとした。体が震える。どうしようもなく震えてしまう。

また、乱暴な打撃音がした。

金属らしい。きっと銃の筒先に違いない。

このまま下から撃たれたら、ここで文字通り、蜂《はち》の巣にされてしまう。

そう思ったとたん、頭の中が真っ白になった。

発作《ほっさ》的な恐怖に駆られるがどうすることもできない。

別の方角から靴音がした。

頭上。

夕季はハッと上を見る。狭いダクト空間の上——おそらく屋上だろう。そこに誰かがいる。それも複数の靴音が頭上のコンクリに響いている。

彼らに違いなかった。

ふいに下から男の低い声がした。

——アムド・オプソヨ！

直後に、何かを壁にぶつけたか、落とす派手な音がして、靴音が乱雑に聞こえ、遠ざかっていった。

胸の動悸《どうき》を抑えたかった。しかし、心臓が早鐘《はやがね》を打つように鳴り続けている。

掌に汗をたくさん掻《か》いていた。それを袖《そで》になすりつけた。警察官の制服も、脇《わき》や背中の辺《あた》りがぐっしょりと汗ばんでいる。

そのまましばらくじっとしていた。それきり下から物音も声も聞こえなかった。

胸の鼓動の高まりが、少しずつ収まってきた。恐怖ゆえの緊張感も少しずつほぐされてきたようだ。

音を立てないように、そっと両足を伸ばした。

深呼吸。

二度、三度と繰り返すと、心が落ち着いてくる。

夕季が隠れていた扉に彼らは気づいたが、誰かがそこにいるとは思わなかったのだろう。だから、たわむれに銃口で叩いただけで、それきりどこかへ去っていったようだ。

じっと耳を澄《す》ませる。屋上からの足音もすでに聞こえなかった。

最前、下から聞こえてきた男の声。あれは韓国語ではなかったか。

アムド・オプソヨというのは〝誰もいない〟という意味だ。

高校生だった十代後半、夕季は当時、流行《はや》った韓流《かんりゅう》ドラマに憧《あこが》れて、韓国語をずいぶんと勉強したものだ。流暢《りゅうちょう》とはいえないまでも、今だってかなり聞き取りができる。そのことが最近、外国人が増えて来たこの島の山岳救助でも役に立った。

とはいえ、彼らの話す言葉は、その韓国語とも少し違うように思えた。

それにしても、本当に助かったのか。

彼らがまたここに戻ってこないという保証はない。

今、うかつに出て行くのは危険だし、しばらくここにじっとしていたほうがいいだろう。しかし誰かに連絡を取らねばと思った。このことを誰かに知らせねば。そしてここで何が起こっているのかを知らねば。

ふとスマートフォンのことを考えた。

制服のあちこちのポケットに手をやるが、ない。

思いをめぐらせて、装備室のロッカーに入れていたことを思い出した。マナーモードにしてあっただろうか。思い出せなかった。今、誰かから電話がかかってきたら、彼らに呼び出し音を聞かれてしまうかもしれない。そう思うと、いても立ってもいられなくなってきた。

夕季はもう一度、耳を澄ましてみた。何の物音もない。

意を決して、体の下にある扉をそっと引いて開けた。

装備室。誰もいないことを確かめ、彼女は天井の穴にぶら下がり、手を離して、床に降り立った。革靴を脱いでいたから靴下のままである。そのほうが足音がしなくていい。

ドアを開き、隙間《すきま》から外の通路を見る。が、停電のために何も見えない。

自分のロッカーに行って、扉を開く。手探りで二段目の棚にあるスマホをつかんだ。

通話モードにして、発信先リストの中から宮之浦《みやのうら》交番の直通電話を選んだ。知り合いの地域課警察官たちが勤務している。

耳に当てながら呼び出し音を聞く。しかし何度鳴らしても、誰も出ない。

いったん通話を切った。画面をスクロールさせながら考える。

消防団や市役所などは深夜だから誰もいないだろう。だったらいったい、どこに連絡を取ればいいのか。

逡巡《しゅんじゅん》したあげく、〈寒河江信吾《さがえしんご》〉という名前を呼び出した。それを指先でタップするかどうか迷っていたとき、だしぬけにスマホが震え始めてびっくりした。

液晶画面を見ると、〈高津克人《かつひと》〉と表示されている。二十六歳の夕季と八つ違いの弟だった。まだ高校三年になったばかりである。

すぐに通話モードにしてスマホを耳に当てた。

「かっくん？」

——姉貴、大丈夫だったか？

「今、銃を持った連中が署に押し入ってきて……」

——署に電話が通じないと思ったら、やはりそうか。

「あの人たちは何？」

——きっとどこか外国の軍隊だと思う。

「さっき会話をちょっと聞いたけど、韓国語みたいだった」

——韓国語……いや、たぶん朝鮮語だろうね。

「まさか、北朝鮮？」

夕季は驚いた。

一年前、北朝鮮で勃発《ぼっぱつ》した内戦を思い出した。国内各地で反乱軍がいっせいに烽火《ほうか》を上げ、本格的な戦闘が繰り広げられた。それはいまもって完全に終息にいたっていない。

――Twitterや Facebookで情報を集めてんだけど、港に接岸した上陸用舟艇《しゅうてい》から、かなりの大部隊が上陸して、安房の町のあちこちに散って町を占領したみたいだ。爆発音も聞こえてくるし。

「すぐに県警本部に連絡しなきゃ」

――それが海底ケーブルを切断されたらしく、固定電話がいっさい使えないんだ。

「そっちは大丈夫なの」

――今んとこね。家にこもってるぶんには何もないと思うけど。

「町から逃げられない？」

――どうやら上陸部隊は安房だけじゃないみたい。かき集めた情報だと、宮之浦や栗生《くりお》も町ぐるみ占領された。それに永田にも、水中スクーターを使ったフロッグマンの部隊が現れたらしい。あちこちで町の人たちを何人も撃ち殺して、交番が焼き討ちにされたりあちこちの消防署も爆破されたって。それに、携帯電話の基地局なんかも次々と破壊されてるみたいだから、ぼくらが通話できなくなるのも時間の問題だよ。

「どうしてそんなことを？」

――あいつらの目的はわからない。だけど、連中は島の人間が外部に情報を漏《も》らすことを阻止《そし》しているのは間違いない。

「すぐにそっちに戻るわ」

――それはやめたほうがいいよ。

「え？」

——奴らはそれぞれの町で部隊展開してるそうだから、下手《へた》にうろつくとすぐに発見されるよ。

「だったら私、どうすれば？」

——とにかく町中にいちゃだめだ。山に逃げ込むんだ。

「山に？」

——姉貴は山岳救助隊だろ。この島の山を知り尽くしてる。そこがいちばん安全だよ。

「確かに。わかったわ。かっくんは？」

——このまま家の中でじっとしてるのがよさそうだ。あいつらも、まさか島の人間を皆殺しにするつもりはないだろうし。

「くれぐれも気をつけて」

——オーケイ。携帯はもうじき使えなくなる。以後の連絡はトランシーバーで。

「チャンネルは？」

——144MHz帯のいつもの奴。ただし、傍受《ぼうじゅ》されるかもしれないから、緊急のときだけだよ。

「諒解《りょうかい》」

——そうだ。無線といえば……姉貴んとこの署にも無線アンテナがあるはずじゃない？

「あ」

思わず夕季は口を開いた。

――まだ警察署にいるのなら、早く脱出したほうがいい。そこの無線アンテナはかなり大きいから、おそらく強力な爆弾が使われるはずだ。つか、もしかして警察署そのものが爆破されるかも！　急いで！

克人が早口になった。

さっき屋上で靴音がしていたのは、警察無線のアンテナに破壊工作をするために彼らが来ていたのに違いない。もしも弟がいうように、署内のあちこちに爆弾が仕掛けられているとしたら――。

ふいに恐怖がこみ上げてきた。

「また、連絡する！」

通話を切った。

窓越しに月明かりが差し込む装備室を見回した。

夕季は自分のスペースに行くと、ザックを取った。山道具を棚のどの場所に置いてあるか、暗くても憶《おぼ》えている。レインウェアに衣類、登山靴、ダウンのシュラフ、ハーネスやカラビナなどをザックの中に無造作《むぞうさ》に突っ込んでいく。トランシーバーを押し込んでから、雨蓋《あまぶた》を閉じ、ストラップを締めると、束《たば》ねていたザイルをスチール棚から引っ張り出す。

大型ザックを一方の肩に担いだまま、装備室を飛び出す。

通路を急ぎ足に歩き、一階に下りる階段の手前で躊躇《ちゅうちょ》した。

このまま正面玄関から外に出ると、彼らがそこにいるのではないか。そんな想像をすると、また恐怖がこみ上げてきた。

踵《きびす》を返した。屋上に向かう階段を駆け上った。スチールドアを開くと、涼《すず》しい夜風が顔に吹き付けてくる。夕季は屋上に駆け出した。

さいわい誰の姿もない。

四方を囲むフェンス。署の正面側には向かわず、裏側に走った。金網《かなあみ》の前で立ち止まると、屋上の中央にある四角いコンクリの塔屋《とうや》を振り返る。そこにある長い無線アンテナに、四角い金属製の箱のようなものが取り付けられているのに気づいた。小さなＬＥＤらしいランプが明滅している。

時限装置に違いない。

夕季は肝《きも》を冷やしたが、パニックに陥りそうな自分を落ち着かせた。その場にザックを下ろし、ザイルをほどいた。ハーネスを体に装着し、カラビナをひっかける。そこにザイルを通し、一端をフェンス越しに投げ落とす。女性警察官の制服のまま、ザックを背負《せお》い直し、フェンスの金網にとりついて登った。

向こう側に越えると、ザイルをつかみ、それをたどって下り始めた。

登攀《とうはん》の基本のひとつとしての懸垂下降は身についていた。この屋上でも、何度となく仲間の隊員たちと訓練をしたものだ。

ただし今回、足元は靴下だけだ。登山靴はザックに入れてある。

それでも、トントンとリズミカルに壁を蹴るように、夕季は垂直に垂《た》れ落ちたザイルをたどりながら、署の裏側に下りた。

二重にしていたザイルの一方を取って引っ張ると、屋上の手すりからするすると抜けて下に落ちてきた。ザイルを回収して束ねながら、署の建物に背を向けて走り出す。

駐車場に自分の車があるが、そこに向かう勇気がない。少しでも遠くへ逃げねばと思ったが、やはり正解だったようだ。

それから十秒も経《た》たないうちだった。背後からすさまじい爆発音が聞こえた。

突如、襲ってきた爆風にあおられて、夕季はもんどり打つように倒された。

地面に叩きつけられた激痛の中、一瞬、意識を失っていたようだ。

すぐに身を起こして、頭を振った。

焦《こ》げ臭さに目をやると、周囲の草叢《くさむら》があちこちで燃え始めていた。あっけにとられて振り向くと、屋久島警察署が半壊して、建物のあちこちから噴き出す紅蓮《ぐれん》の炎が夜空を赤々と染めていた。

駐車スペースの車も、大半が原形をとどめぬほどに破壊されていた。もちろん自分の車も。

夕季はまた泣き出しそうになった。が、歯を食いしばる。

なんとか身を起こして立ち上がる。

近くに転がっていたザックをつかんだ。そしてよろよろと歩き出した。

4

安房――午後十一時

汗ばんだ右手にスマホを握っていることに気づいた。

その手が震えている。

さっきは姉を相手に、精いっぱい落ち着いた声を保ってはいたが、通話を終えたとたんに一気にプレッシャーが襲ってきた。

高津克人は指紋認証で待ち受け画面を出し、ＬＩＮＥのアプリを立ち上げたが、新しいメッセージはなかった。仕方なく電源を切って、ジーンズのポケットに入れた。

少し前まで勉強机に置いたノートパソコンに向かって座っていたが、今は床の絨毯《じゅうたん》の上で両膝を抱えるように座っている。

窓の外から自分の姿を見られないようにするためだった。

開け放したままの部屋の窓。外に深い闇が広がっていた。そうっと覗《のぞ》くと、町明かりが点々と見えているが、その合間《あいま》に火災らしいオレンジの炎が揺らいでいた。

さっきまで何度も聞こえていた銃声がしなくなり、けたたましく鳴っていた消防団のサイレンも消えて、安房の町は恐ろしいほどの静寂《せいじゃく》に覆《おお》われている。

八畳ほどの自室だったが、騒ぎが始まって以来、すぐに部屋の明かりを消した。真っ暗な中、棚に並べたアニメのフィギュアや、壁に貼《は》っているヒロインのポスターなどがかすかに見えている。高校三年になって、いよいよ来年は大学受験が控《ひか》えているのだから、そんな趣味はもういいかげんにしておけと、姉からはさんざんいわれていた。

彼らの両親が北アルプスの山岳事故で亡くなったのが三年前。それから姉弟のふたりで生きてきた。両親の死は夕季が二十三歳、警察学校を卒業したばかりのときだったが、さいわい故郷の屋久島署に赴任となったおかげで、克人の母の代わりとなって、今まで弟の面倒を見てきてくれた。もしも姉を失うことがあれば、彼はひとりぼっちになってしまう。

克人は膝を抱えて座りながら、窓ガラスに映る町の火災の光をじっと見つめた。

ニュースが伝わったら日本じゅうが大騒ぎになるはずだ。

ことは始まったばかりだった。これからいったいどうなるのか。

克人はインターネットのＳＮＳやスマホのＬＩＮＥなどで島内の友人たちと情報交換していた。しかし、つながっていた相手は次々と離脱していた。間近に銃声が聞こえたり、爆発音もする。そんな中でパソコンやスマホにしがみついていられなかったようだ。

それは克人も同じだった。机の上のノートパソコンは、すでに電源を切って液晶を閉じていた。真っ暗な部屋でも画面の光はよく目立つし、外からそれを見られるかもしれないと思ったとたん、怖くなったのだ。

姉との通話を切ってから、克人は考えた。本当にここにいても大丈夫だろうか。

今にも表の扉が叩かれ、武装した男たちが入ってきそうな気がする。ひとたびそんな想像をするとたちまち恐怖が膨《ふく》れ上がる。

きっと大丈夫だと自分にいい聞かせる。

彼らがどれだけいるとしても、町じゅうの家一軒一軒をすべて襲撃することはないはずだ。

ふとまたスマホをポケットから引っ張り出した。電源ボタンを入れて、待ち受け画面にする。液晶の上に「圏外《けんがい》」と表示されていて驚いた。

町内にある携帯電話の基地局はすべて破壊されたようだ。おそらく島内の他の町も同様だろう。インターネットも携帯電話も使えなくなった今、島内にいる友人たちとの情報交換はできない。

無線の免許《めんきょ》を所持している友人がふたりばかりいたし、むろん、姉とも以後の連絡はトランシーバーでといってあった。が、通常のＦＭ波による通話は傍受される可能性があるから、うかつには通話ができない。

真っ暗な部屋の中で考えた。

最前の姉との通話で出てきた北朝鮮という国名。

昨今の半島情勢はかなりきな臭くなっていた。連日、ニュースで報道されていたし、ネットの話題ももっぱら北朝鮮に関することが多くなっていた。


北朝鮮——朝鮮民主主義人民共和国で内戦が勃発したのは、ちょうど一年前の五月だった。

キム・ジョンウン朝鮮労働党総書記の腹心といわれていた朝鮮人民軍戦略軍のパク・スンミ将軍が反乱軍を率《ひき》いて武装蜂起。国内各地で激しい戦闘が開始された。

パク将軍は陸軍特殊部隊（ＳＯＦ）を統括《とうかつ》する特殊作戦軍兵力十二万のうち、およそ三分の二の兵員を手中に収め、また海軍と空軍の、それぞれ三分の一にあたる勢力が彼に呼応し、反乱に協力。百二十万といわれる北朝鮮軍兵力のうち、かなりの兵たちが最高指導者キム総書記に対して反旗をひるがえしたといわれている。

国内各地で激しい戦闘が起こり、とりわけ防御司令部がある平壌特別市《ピョンヤン》では大規模な地上戦闘に加え、空爆もあったようだ。

戦闘開始から二カ月後、平壌は反乱軍によって陥落《かんらく》。キム総書記は現在、行方《ゆくえ》不明となり死亡説も出たが、反乱軍によって拉致《らち》、幽閉《ゆうへい》されたとの見方もあった。

一年が経過した今、北朝鮮国内の内戦はほぼ終息したが、まだ散発的に局地戦が続いているという報道も流れていた。

対馬沖の東シナ海で、北朝鮮と思われる国籍の航空機二機が日本の領空を侵犯したのは昨日のことだ。スクランブル発進した自衛隊機が警告を発し、侵入機はいずれも領空外に去ったというニュースだった。

しかし、ネットに流れた噂《うわさ》では、その二機は撃墜《げきつい》されたという。

それもアメリカ軍の空母艦載機によるものだという話だった。


姉からの報告を信じるとして、彼らは北朝鮮の兵士たちに違いない。

それがどうしてこんな本土の南にある小さな島を武装制圧しにきたのだろうか。しかし、ここで何をどう考えても、答えが導き出せるわけはなかった。

この先、いったい何が起こるのか。

まずはそれを見ておくだけだ。

克人は無用になったスマホを机の上に置くと、そこにあったポテトチップスの袋を手探りでつかみ、胡座《あぐら》をかいた太腿《ふともも》の間に置いて、ひとつずつ手で取っては食べ始めた。

第二部　五月三日

1

安房——午前一時五十分

近くで銃声が聞こえた。

ハッと目を覚まして夕季は緊張し、両足を体に引き寄せた。膝頭《ひざがしら》に頬《ほお》を押しつけながらじっとしていた。

安房の町外れにある小さな神社の拝殿《はいでん》の中だった。板張りの狭い空間。すぐ傍《そば》には一品宝珠大《いっぽんほうじゅだい》権現《ごんげん》を祀《まつ》った祭壇《さいだん》があるはずだが、周囲は暗闇《くらやみ》で何も見えなかった。

腕時計のデジタルの時刻表示を光らせた。二時間ばかり寝入っていたようだ。

ここに入ってから、ずっと泣いていた。

亡くなっただろう同僚のことを思うと、胸が締め付けられる。自分自身も、いつ同じ運命をたどっても不思議ではなかった。

左腰に疼痛《とうつう》があった。警察署の屋上から懸垂《けんすい》下降したとき、どこかでぶつけたのか。いや、直後に爆発が起こり、背後から襲った爆風に吹っ飛ばされたとき、地面に打ち付けたのだろう。

まさに間一髪《かんいっぱつ》だった。あと一、二分、脱出が遅れていたら命はなかったはずだ。

警察官の制服のポケットからスマホを取り出す。電源を入れて待ち受け画面にするが、「圏《けん》外《がい》」と表示されている。克人がいったように町中にある携帯電話の基地局が破壊されたのだ。

署から持ち出したザックに小型のトランシーバーが入っているが、やはり傍受《ぼうじゅ》の可能性があるため、非常時以外に使うわけにはいかなかった。

しかし、今、このときを非常時といわずして、何なのだろう。

島内には交番や駐在所が三カ所あるが、おそらくいずれも襲撃を受けたに違いない。安房の町に住んでいる友人たち、近所の住民たちの顔を思い浮かべ、不安になる。みんな生き延びているだろうか。

本土の山で両親を亡くして以来、死は身近から遠のいていたはずだった。それがこういうかたちで再来するとは思いもしなかった。

山に入るべきだと弟にいわれた。だからザックや山道具をこうして持ち出してきた。たしかに山岳ならば町にいるより安全かもしれない。しかし市民を守るべき警察官として、それでいいのだろうかとも思う。しばしそのことを考えていた。

いくら警察官だとはいえ、たったひとり、それも女の身で軍隊を相手に何ができるわけでもない。

それにしても、どうして北朝鮮の軍隊が屋久島なんかに――？

やはり去年からの内戦が何か関係しているのだろうか。

喉《のど》がカラカラに渇《かわ》いていることに気づいた。

傍《かたわ》らのザックを引き寄せ、雨蓋《あまぶた》を開いて、ペットボトルのミネラルウォーターを探り出した。栓《せん》を開いて少し飲んだ。渇きが癒《い》やされると少し落ち着いてきた。

闇に目が馴れたのか、拝殿の様子がうっすらと見えている。

この古い神社の境内《けいだい》は、子供の時分には遊び場だった。弟や友人たちと鬼ごっこをしたりしたものだ。

拝殿に祀られた一品宝珠大権現は彦火火出見尊《ひこほほでみのみこと》とも呼ばれ、瓊瓊杵命《ににぎのみこと》と木花咲耶姫命《このはなさくやひめのみこと》の間に生まれた神であると日本書紀《にほんしょき》や古事記《こじき》に記されているが、いわゆる山幸彦《やまさちひこ》という名で知られている。

屋久島の各地には同じ神を祀った神社が多いが、そのご神体は島の山岳地帯にあった。毎年、春と秋の彼岸《ひがん》に島の者たちは海岸の砂を竹筒に詰めて山に登り、岩屋の祠《ほこら》に手を合わせる習わしがあり、いわゆる〝岳参《たけまい》り〟と呼ばれていまも続けられている。

そのことを思い出しているうちに、夕季はふと気づいた。

屋久島の山々は登山のメッカであり、毎年、シーズンを通して大勢の登山者が訪れる。とりわけ五月は標高の高い場所がシャクナゲのお花畑となり、人気シーズンだ。当然、今夜も各所にある避難小屋に登山者たちが宿泊しているはずである。

彼らはこの島で今夜起こった出来事を知らない。なにしろ日頃《ひごろ》から屋久島の山間部では携帯電話がほとんど通じないのだから。

夕季は自分が山に入るべき理由にようやく気づいた。

暗がりの中に立ち上がると、ザックに突っ込んでいた山着を引っ張り出した。それからシャツのボタンをひとつずつ外し始めた。警察官の制服を手早く脱ぎ、下着姿になる。〈屋久島警察山岳救助隊〉の肩章が縫《ぬ》い付けられたシャツを着て、登山ズボンを穿《は》いた。

脱いだ警察官の制服をきれいにたたみ、板の間の片隅《かたすみ》に置くと、祭壇に向かって両手を合わせて黙禱《もくとう》する。

「神様。お世話になりました。この先、弟のことをお守りください。そしてこれ以上、島の人たちが誰も殺されませんように……」

そうつぶやくと、開目した。

ザックのショルダーベルトを持って、そっと拝殿の観音《かんのん》開きの扉《とびら》を開いた。

外の暗がりに人けはない。

夕季は石段の上で登山靴を履いて、靴紐《くつひも》を縛った。

ザックを背負い、闇に紛《まぎ》れるようにひっそりと歩き出した。

2

旧石塚《きゅういしづか》歩道――午前四時

狩野哲也《かのうてつや》はテントの暗がりの中で目を覚ました。

寝袋のジッパーを開き、上体を起こした。額に手を当てて、しばしぼうっとしていた。

独特の不快感があった。ゆうべの酒が少し残っている。やはり飲み過ぎたようだ。無意識に額に掌《てのひら》を当てるのはいつもの仕種《しぐさ》である。

吐息を投げて、前髪をかき上げる。

欠伸《あくび》をひとつしてから、近くに落ちていたヘッドランプを手探りでつかみ、明かりを点《つ》けた。隣のマットの上、寝袋にくるまっている清水篤史《しみずあつし》が相変わらずの大鼾《おおいびき》をかいている。

狩野は枕元《まくらもと》に横たわっていたテルモスの水筒をつかんで蓋を開け、喉を鳴らして水を飲んだ。宿酔《ふつかよい》には屋久島の天然水が最高に効《き》く。

出入り口のジッパーを開けてテントの外に出た。まだ夜明け前の時刻で周囲は真っ暗だ。頭上を見上げると無数の星々が光っている。その幾多のきらめきを背景に、山々がシルエットとなってそびえていた。

屋久島は今日明日と快晴。あさってあたりから天気が崩れそうだ。

携帯用トイレで小用を済ませた。屋久島の山間部はどこも立ち小便、野糞《のぐそ》禁止である。

山岳ガイドという職業柄、そうした厳しいルールは一般人以上に守らねばならない。しかし今回の山行《さんこう》は彼のもうひとつの仕事だった。奥岳《おくだけ》と呼ばれる屋久島中央部の山岳地帯における自然環境モニタリング調査のため、事前調査を環境省から依頼されていたのである。

ヘッドランプを額につけて朝食の準備をしていると、篤史が起き出してきた。

狩野は三十二歳。十歳年下の篤史は大学生だが、今は休学中だった。狩野が経営するエコ・ツアー会社〈屋久島ウイングス〉に見習いで来ていて、山行のたびに狩野のアシスタントを務めている。

「相変わらず早いっすね」

眠たげに目をこすりながら篤史がいう。

「山屋が寝坊しちゃ、商売あがったりだぞ」

皮肉に気づかず、篤史はテントから半ば這《は》い出《なか》したまま、大きく口を開いてくしゃみをした。ダウンジャケットを引っ張り出し、それを羽織《はお》りながら携帯用トイレを持って近くの木立に向かった。

「ゆうべ、あれだけ飲んだのに、狩野さん、ぜんぜん残ってないんすか」

小用の音を立てながら篤史の後ろ姿がいう。宿酔の不快感があったが、狩野は強がりをいってしまう。

「ぜんぜんだ。たいして飲んでなかったろ」

「ひとりで〈三岳《みたけ》〉の一本、ほとんど空けてたじゃないすか」

一瞬、狩野は何かいいわけを口にしようと思ったが、答えが浮かばなかった。

「それはそうと、ゆうべのキムチ。めっちゃ辛かったが、美味《うま》かったなあ」

わざと話題を変えてごまかした。

「あれ、お袋の手作りなんすよ。最近、キムチを漬けるのに凝《こ》ってるらしくて」

「今夜はキムチ雑炊《ぞうすい》でも炊《た》くか」

「いいっすねえ」

ふたりしてドライフード中心の簡易《かんい》な朝食を取り、コーヒーを淹《い》れてマグカップで飲んだ。それからテントの撤収《てっしゅう》にかかった。

次第《しだい》に夜明けの時間が近づいてきて、周囲に鳥の声が聞こえ始める。

山馴《やまな》れしたふたりはテキパキと無駄《むだ》のない動きでテントを分解し、たたんだ。他の道具も分解し、スタッフサックに入れて、それぞれのザックに納める。

篤史のザックはミレーの八十リットルという大型サイズ。それを膝に載《の》せて、苦もなく背負った。トレードマークのように、いつもベースボールキャップを目深にかぶっている。

一方、狩野のザックはノローナという北欧《ほくおう》のメーカーが作った超大型ザックで、ノルウェーやスウェーデン軍レンジャー部隊御用達《ごようたし》である。容量は驚くべきことに一二五リットル。ザックの下に体を入れて両手を突き、腰を使って立ち上がる。

背中の後ろに小さなビルを背負っているようだ。

ショルダーストラップや各部の調整ストラップを絞って体に引きつけた。五十キロというザックの全重量が、背中と腰に分散される。

ヘッドランプを点灯したまま、狩野がゆっくりと歩き出し、篤史があとに続く。

ヤクザサの藪《やぶ》を蛇行《だこう》しながら突き抜ける細いトレイルをふたりでたどった。

宮之浦岳《みやのうらだけ》が右にそびえている。標高一九三六メートル、屋久島のみならず九州最高峰でもある。

本来、屋久島でのテント泊は避難小屋周辺の幕営《ばくえい》指定地でしかできないが、彼らは環境省からの委託《いたく》で学術調査の一端に携《たずさ》わっているため、国から特別に許可を得ていて、昨夜は南沢《みなみざわ》の川原で幕営をしたのだった。

屋久島では登山道のことを歩道と呼ぶ。ふたりがたどっているのは旧石塚歩道。古いトロッコの森林軌道が尽きて、そこからさらに先の延長路となっている。ここも本来、一般の登山者は立ち入りが禁止されている。だから、トレイルはだいぶ荒れていた。しかし狩野たちは慣れた様子で足を運び続ける。

予定の地点に到達する前に空が明るくなってきた。

周囲は相変わらずなだらかなヤクザサの平原だ。ところどころに奇岩——大小さまざまな形をした花崗岩《かこうがん》が散在し、その合間に枯存木《こそんぼく》と呼ばれる杉の白骨樹が立っている。これが奥岳と呼ばれる屋久島最奥部の山々の姿である。

ちょうど太陽が上がる寸前、淡い曙光《しょこう》の中で山が鮮やかなオレンジ色に焼けることがある。モルゲンロートと呼ばれるこの現象が宮之浦岳や黒味岳《くろみだけ》、永田岳《ながただけ》などで見られるかもしれない。

しかし今回の狩野たちの仕事は山岳写真の撮影ではない。この山域における植生の分布を、空撮で記録していくことだ。

一二五リットルのザックを下ろし、雨蓋を開いて、中の荷物を出していく。それから白っぽい樹脂製の四角い防水ケースを引っ張り出した。

ロックを外して蓋を開くと、DJI社のドローン〈ファントム4プロ〉が入っている。

白い機体はプロペラを外して収納され、プロポと呼ばれるコントローラーも収まっている。それらを取り出し、狩野は手早く組み立て、バッテリーを本体に差し込む。

二本のアンテナを起こしたプロポの上端にタブレットをセットし、電源を起動してアプリを立ち上げた。タブレットをカメラビューモードにし、GPS信号やWi－Fiの電波の強さを確認してスタンバイが完了。

腕時計を見た。午前五時二十五分。

あと十分で日の出の時刻である。周囲はすでにかなり明るい。

ヤクザサの平原のそこかしこに、鮮やかな白とピンク色の花が散らばっている。屋久島シャクナゲである。五月、この島の森林限界より上はシャクナゲが満開となる。それを目当てに山を訪れる登山者も多い。

アシスタントの篤史がドローンを少し離れた平坦《へいたん》な場所まで運んでから、頭の上で両手で丸を作り、ドローンから離れる。

狩野は両手で持ったプロポの左右のスティックを操作する。ドローンの四つのプロペラが高速回転を始めて、蜂《はち》が飛ぶような音を立て始めた。スティックをゆっくりと上向きに倒すと、ドローンが岩の上から離陸して空に舞い上がってゆく。

狩野がそれを目で追った。篤史もキャップのツバを指先で持ち上げて、上を見る。

機体が見る見る空に吸い込まれるように小さくなり、蜂の羽音のような音が遠ざかっていった。

3

安房——午前七時
——こちらは朝鮮人民軍屋久島解放部隊です。現在、われわれは全島を武装制圧しています。

安房のみなさんは今後一切、正当な理由のない外出を禁止します。違反を見つけた場合は警告なしに射殺します。こちら、朝鮮人民軍屋久島解放部隊です……。

少し訛《なま》りのある日本語——女性の声が拡声器で町中に轟《とど》き、ルーフに拡声器をつけたモスグリーンのトラックが道路をゆっくり通り過ぎてゆく。

トラックは旧ソ連製のようだった。その後ろを同じモスグリーンの装甲車が二台、さらにバイクに乗った迷彩軍服にヘルメットの兵士が三名、それぞれＡＫ47アサルトライフルをスリングで肩掛けしてしんがりに従っていた。いずれも安房港に強制接岸した上陸用舟艇《しゅうてい》から島に乗り込んできたらしい。

高津克人は自室の窓際に膝立ちになり、カーテンの隙間《すきま》からそれを見ていた。

アナウンスは夜明け前から始まっていたが、家の前を通過したのは初めてだった。実際にその姿を見ると、恐怖感が否応《いやおう》なしに高まってくる。

少し前、一階の居間に下りて家族がいつも観《み》ていた大型の液晶テレビをつけてみたが、どのチャンネルにしても、屋久島が北朝鮮の部隊に制圧されたというニュースはなかった。携帯電話の基地局が破壊される前に本土に連絡を取った住民もいたはずだし、この島との連絡が途絶えていることは電話会社などが把握《はあく》しているはずだった。

いったいどうなっているのだろうか。

ゆうべからほとんど眠っていなかった。自室の床にはポテトチップスの袋がふたつ、エナジードリンクの空き缶がひとつ転がっている。スマホは相変わらず「圏外」。固定電話も完全に死んでいた。

それにしても腹が減った。

姉が夜勤のときなど、克人はひとりで自炊をせねばならず、おかげでご飯の炊き方が上手になったし、料理のレパートリーはいやでも増えた。

ところが台所の冷蔵庫には、ほとんど食材が入っていなかった。本当なら、今日はスーパーに買い物に行っているはずだったのだ。

ご飯があればおにぎりにするのだが、あいにくと米のストックを切らしていた。野菜室にキャベツの半切りがひとつとタマネギがふたつだけ。あとはマヨネーズやソース、バターなど。仕方がないので、キャベツをざく切りに、タマネギを千切りにして、ソースで炒《いた》めて食べたが、空腹は満たされなかった。

動物園の檻《おり》の中のクマのように、克人はうろうろしては吐息を投げていた。それを何度、繰り返しただろうか。

足元に小型のトランシーバーが転がっている。じっとそれを見下ろした。

克人は高校になってからアマチュア無線の免許を取得し、コールサインも持っていた。手元にあるインコム社のトランシーバーは、１４４ＭＨｚと４３０ＭＨｚのＦＭ波を使えるデュアルバンド機である。海に囲まれて独立した島嶼《とうしょ》部である屋久島からなら、本土まで楽に無線を飛ばせる。だから、ＳＯＳの緊急コールを出すことは可能だ。

しかしあの北朝鮮の軍隊は、当然、それを傍受するはずである。スクランブルをかけて音声を聴き取れなくしても、おそらく発信源を突き止めるぐらいのことは容易にやれるだろう。だから彼らは上陸後、島内あちこちの送受信アンテナを破壊したのである。

トランシーバーをつかんでみたが、やはり電源を入れる勇気がなかった。

それをまた傍らに立てて置いた。

ふと、姉の夕季のことを思った。今頃、どこにいるだろうか。

あのとき、山に入るべきだといったが、あれはとっさに口を衝《つ》いて出た言葉だった。しかし今になってみれば、それは正しい選択《せんたく》だった気がする。

姉はそれを実行したのだろうか。

きゅうっと腹が鳴った。克人は泣きたくなった。

4

荒川《あらかわ》登山口――午前七時二十分

警察署が爆破されてから、高津夕季は奥岳に向かう夜の県道をヘッドランプひとつで歩いた。

屋久島は鹿児島県大隅《おおすみ》半島佐多岬《さたみさき》の南、およそ六十キロの海上に浮かぶ島だ。

周囲はおよそ百三十キロ、ほぼ円形のかたちをしている。約五百四キロ平米の面積のうち九割が森林であり、さらにその二十一％にあたる面積がユネスコの世界遺産に指定されている。

洋上のアルプスと呼ばれる屋久島の山々は、海と里に近い山域を前岳《まえたけ》と呼び、島の中央部に険しくそびえる山々は奥岳と呼ばれている。そこに至《いた》る歩道はいくつもあったが、もっともポピュラーな宮之浦岳縦走コースは、荒川および淀川《よどごう》というふたつの登山口から入るようになっていた。安房の町から奥岳に向かう県道は屋久島公園安房線――通称、ランド線と呼ばれている。どちらの登山口から入山しても、およそ一泊二日のコースで宮之浦岳の頂上を踏み、他の山々をめぐって反対側の登山口まで下りてこられる。

夕季は荒川登山口に向かっていた。

明け方近くになって、町営屋久杉自然館の駐車場に停《と》まっていた森林組合のトラックの運転手が彼女を拾ってくれた。

戸倉《とくら》という名で、六十近い作業服の男性だったが、やはり町で起こった異変には気づいていたらしい。銃声らしき音を聞き、怖くなって戻るに戻れず、自然館の駐車場で一夜を過ごしたのだという。

夕季がことのあらましを告《つ》げると、さすがに安房に引き返すことはあきらめたらしい。とりあえず登山口まで避難して、そこで様子を見ることにするという。

そのおかげで夕季は助手席に乗せてもらえた。

荒川登山口のバス停には、数人の登山者がいた。

全員が困惑した顔をしている様子だ。午前七時に来るはずの登山バスが来ないのだという。彼女はどう説明するか少し迷った末、こういった。

「安房の町でその……暴動が起こっていて、交通機関がストップしています」

とたんに登山者たちが詰め寄ってきた。

「暴動って、どういうことなんですか」

「バスはそのうち来るんでしょうか？」

口々に問われて、夕季はたじろいだ。

「実は……銃や爆薬で武装したグループが島内の町のあちこちを占拠《せんきょ》しています。危険ですから、みなさんはここで待機していたほうが……」

いいかけたとたん、中年男性の登山者が憤怒《ふんぬ》の形相《ぎょうそう》を浮かべて顔を寄せた。

「何を莫迦《ばか》なことをいってるんだ！　映画やドラマじゃあるまいし。だいたい、あんた誰なんだよ」

仕方なく夕季は警察手帳を出し、写真のあるＩＤのページを開いて見せた。

「鹿児島県警屋久島署地域課の高津巡査です。山岳救助隊の仕事もしています」

シャツに縫われた肩章には、鹿児島県警の文字と屋久島警察山岳救助隊のロゴが刺繍《ししゅう》されている。大勢の視線がそこに集まった。

登山者たちの間に動揺が広まっていく。

中には携帯電話を取り出し、どこかにかけようとしている者もいるが、あいにくとここだけではなく、島内の山岳地域のほとんどは携帯の電波は圏外である。さらに島内の携帯の基地局は彼らが破壊してしまっている。

「本当なんですか、それ」

不安に顔色を曇《くも》らせ、中年女性の登山者がいった。

夕季は頷《うなず》くしかない。「ただの暴動じゃなく、テロだと思います」

相手が北朝鮮の軍隊らしいとはさすがにいえなかった。

「だったら警察は何をしてるんですか！」

初老の男性が訊《き》いてきた。

彼女は小さく首を振る。「最初に襲撃されたのが屋久島署でした。私はたまたま難を逃れてここまで来ることができたんです。テロリストは島内の携帯の基地局をすべて壊し、海底ケーブルも切断したらしく、本土への電話連絡も不通です」

「そんな……」

最前の女性が言葉を失った。

「とにかくみなさんはここから動かず、救援の到着を待ってください」

踵《きびす》を返そうとすると、中年女性がいった。

「あなたはどこへ行かれるんですか」

「山には他の登山者がたくさん入っておられます。ひとりでも多くの人たちに危険を知らせなければなりません」

そういうと夕季は踵を返した。

大勢の視線を背中に感じながら、重たいザックを背負って足早に歩き出す。

登山口から、観光名所としてあまりに有名な縄文杉《じょうもんすぎ》までは、ずっとトロッコ道をたどっていく。およそふつうの人間なら四、五時間もの歩きである。山岳救助隊員として、夕季はここを何度となく歩いていて、もちろん足も速く、一般のコースタイムの半分程度で走破する。

もともとここは山奥で伐採《ばっさい》された屋久杉を運搬するために作られた森林軌道で、伐採事業の前線基地だった小杉谷《こすぎだに》の村と安房の町をつなぐゆいいつの交通機関だった。二〇〇九年、土埋木《どまいぼく》と呼ばれる屋久杉の切り株や風倒木《ふうとうぼく》のトロッコによる運送がすべて終了し、二〇一六年にはヘリによる搬出も終わった。現在は登山道にあるエコトイレの屎尿《しにょう》運搬などのために、ごくごくたまにトロッコの運行が続けられている。

最近になって、ここを走るトロッコを山岳救助に使うべく、署員二名が免許を取得したばかりだった。それまで夕季たち屋久島署地域課の救助隊員らは、いつもこの道を走り抜けていたものだ。

手掘りのトンネルを抜け、鉄橋を渡り、山間《やまあい》に続く曲がりくねったトロッコの軌道をどこまでもたどってゆく。

5

都内新宿《しんじゅく》区——午前八時十三分

砂川雅彦《すながわまさひこ》一等陸佐は、部下が運転する黒塗《くろぬ》りのクラウンの後部シートで暗澹《あんたん》とした様子で沈み込んでいた。今は靖国《やすくに》通りの渋滞《じゅうたい》のまっただ中にいた。車列は数メートル流れては、また停まるの繰り返しだ。

大きな事件が起こっていた。

屋久島からのあらゆる通信、連絡が途絶えたという情報が飛び込んできたのは、昨夜遅くのことだった。文字通り寝耳に水で飛び起き、すぐに各方面に連絡をし、情報収集に当たった。

すでにインターネット——SNS等によってテロの情報が広まっていることも考えられる。当然、国家の安全にかかわることゆえに、この事件に関する投稿やスレッドの削除などを運営側に要請したり、何らかの措置《そち》を急がねばならないだろう。

屋久島は文字通りの島であり、ひとたび情報が孤絶すれば、そこで何が起こっているかをこちらが知るすべはない。現地に確かめにいこうにも周囲は海である。

屋久島からの携帯電話を受けたという本土の市民が何人かおり、彼らの通報によると、何者かによる襲撃があったという情報が伝わってきていた。さらに先刻、島でアマチュア無線をしている青年から緊急連絡があり、たまたま受信した宮崎の無線愛好家が現地の警察に通報した。

情報によると、屋久島が北朝鮮の上陸部隊によって武装占拠されたというのだ。

相手は複数の部隊編成であり、船や潜水艇《せんすいてい》を使って数箇所《かしょ》で上陸を敢行《かんこう》し、島民を何人か殺害、警察署なども襲撃されたらしい。そのことを無線で報《しら》せてきた本人とは、それきり通信が途絶したという。

おととい、二機の航空機が日本の領空を侵犯した。築城基地からスクランブルした二機の戦闘機が北朝鮮軍機と確認、その直後に同じ空域に侵入した米軍機によって二機は撃墜された。その事件との関連性を、砂川はずっと考えていた。

それにしても、なぜ朝鮮人民軍が屋久島に――？

内戦にかかわることで何か目的があるのか。しかし、だったら日本海側の島嶼部に軍事侵攻するほうがたやすいはずだ。

腕組みをしたまま砂川は考え続けた。

やがて車は渋滞を抜け、市ヶ谷《いちがや》に入った。目の前に防衛省の建物が見えてきた。


防衛省庁舎C棟に入り、いくつかのセキュリティを抜け、情報本部に飛び込んだ砂川は、統合情報部のフロア全体が妙な緊張に覆《おお》われているのに気づいた。それぞれのデスクに向かう自衛官や事務官たちの何人かが、入口に立つ砂川を見てから、また目を戻した。

「官邸対策室はどうなっている？」

統合情報部長である砂川の声に、すぐに応《こた》える者はいなかった。

「まだ臨時閣議は始まっていないのか」

事務官のひとりが仕方なくこういった。

「危機管理監と内閣官房副長官補らは夜明け前から入ってますが、少し前に閣僚が揃《そろ》って閣議が始まったそうです」

「総理は？」

「昨日は終日、山梨《やまなし》でゴルフだったそうで、朝イチであちらを出られたということで、そろそろ官邸に到着する頃だと思います」

「一刻も早く対策本部を設置しなければならないのに、何をのんきな……」

屋久島が軍事的に占拠されるというのは、かなりの非常事態だ。それなのに政府はまだ動いていない。もちろん防衛大臣からも、何の指示も届いていなかった。

「二時間ちょっと前に、鹿児島の枕崎《まくらざき》飛行場から防災ヘリがフライト。屋久島に向かったはずですが、現在は連絡が途絶しているようです」

「連絡が……途絶」

通信担当技官の男性がいった言葉の意味を悟って、砂川は声を失う。

「何らかの対空兵器で撃墜された可能性があります」

「監視衛星は？」

「およそ四時間後に屋久島上空に到達します」

「わかった。何か新しい情報が入ったら、すぐに報せてくれ」

そういってフロアの奥にある自室に入った。

扉を閉めて、机の上のパソコンを起動させる。画面にパスワードを入れながら、砂川は考えた。

これまでの大規模災害などにおいて、政府の初動の遅れはいつものことだが、今回は逆に好都合かもしれない。

北朝鮮内戦勃発《ぼっぱつ》から一年。パク・スンミ将軍率いる反乱軍が正規軍をほぼ制圧し、現在、北朝鮮は事実上、パク将軍の占領下にある。キム・ジョンウン朝鮮労働党総書記は相変わらず行方《ゆくえ》がわからず生死も不明だが、何よりも隣の大国、中国の沈黙が不気味だった。

そんな中であのスクランブル事件。そして今回の――。

我が国の国防にとって、屋久島を占領した部隊がどちら側かはあまり関係がない。しかし防衛省にとって、これは大きな問題だった。下手《へた》な推測をしても無意味だ。それでも砂川は報せを聞いたときから、こう考えていた。

おそらく彼らは敗色の濃い正規軍の一部で、反乱軍に占領された故国から脱出してきたに違いない。

しかし我が国の南の海に浮かぶちっぽけな島嶼を支配下に置いて、彼らはいったい何をしようというのか。

そのとき、彼の部屋の扉が激しくノックされた。

振り向く間もなく、スーツ姿の男性事務官がドアを開き、血相を変えた顔でいった。

「いま、屋久島を制圧した部隊の指揮官らしき人物から、衛星回線を通じて政府宛《あ》てに映像が届いております」

砂川は驚いて椅子《いす》を引き、立ち上がる。

事務官に続いて、急ぎ足に自室を出た。フロアの壁面にある大型モニターに、軍服姿の男性の上半身が映っていた。後ろに迷彩服の軍服を着た部隊が横一列になって控えている。さらにその背後は雑木林で、木の間越しに青空が見えている。どうやら屋久島の山中に彼らはいるようだった。

「これは……」

「政府間端末すべてに同じ映像が流れています。基幹通信ネットワークの専用衛星回線がハッキングされているようです」

そういったのは通信担当の女性技官である。

砂川の視線は画面の中の軍人に釘付《くぎづ》けになっていた。

軍服姿の男は五十代ぐらい。恰幅《かっぷく》が良く、ゴマ塩の頭髪を短く刈り上げ、目が鋭い。

男が朝鮮語で何かを話し、傍《そば》に立っている軍服姿の若い女性兵士が日本語に通訳した。

——日本政府に告ぐ。私は〈朝鮮人民軍屋久島解放部隊〉を指揮するリ・ヨンギルである。本日よりわれわれ部隊がこの島の全権を掌握《しょうあく》し、日本国の旗下を離れることになった。現在、島民一万三千人はすべてこちらの支配下にある。

女性兵士は流暢《りゅうちょう》な日本語で淡々と話した。それが終わると、またリ・ヨンギルと名乗った軍人が朝鮮語でしゃべり始めた。

「莫迦な……あいつが生きているはずがない」

砂川は小声でそうつぶやいた。

6

都内千代田区《ちよだ》永田町《ながたちょう》・首相官邸——午前九時十二分

あわただしくドアを開いて飛び込んできた堀井《ほりい》毅郎《たけろう》首相の姿を見たとたん、大きなテーブルについていた閣僚たちがいっせいに立ち上がった。いつもの閣議室ではなく、同じ首相官邸四階にある大会議室に彼らが集まっているのは、壁に埋め込まれた大型モニターのためだ。

そこに屋久島を武装占拠したリ・ヨンギルと名乗る軍人と通訳の女性兵士の姿が映っていた。ふたりの後ろには整然と横隊に並ぶ兵たちの姿がある。周囲は深い木立《こだち》だった。市街地を離れた山か森の中に彼らはいるのだろう。

そのモニターを中心として広い大会議室全体に緊迫した空気があった。

堀井首相は自分の座席につくと、隣に座る副総理兼財務大臣の岡部《おかべ》弘泰《ひろやす》に訊いた。

「本当にあれは北朝鮮の軍人なのかね」

「当人はそういってますが」

「だったら目的は何だ」

「まだ不明です」

と、朝倉隆司《あさくらたかし》官房長官がいう。

「もしそうだとしても、向ける矛先《ほこさき》が違いますよ。北朝鮮国内の内戦なんですから、あくまでも彼らの問題です。われわれ日本国を巻き込むのはどうかと……」

中山春信《なかやまはるのぶ》内閣官房副長官の声を遮《さえぎ》るように、モニターのスピーカーが男の声を流した。

——堀井首相。私は朝鮮人民軍陸軍大将、リ・ヨンギルといいます。あなた方、日本国政府に対して要求があります。

リ・ヨンギルだった。自分で日本語をしゃべっていた。

それまで通訳していた女性兵士よりもやや訛りが強いが、かなり流暢に聞こえた。

「いったいどういう要求ですか」

堀井首相が狼狽《うろた》えた声を発するのを、リ・ヨンギルが冷ややかな目でモニター越しに見ていた。

——われわれはキム・ジョンウン同志の解放と亡命を求めます。

「キム・ジョンウン……やはり彼は生きていたのか」

朝倉官房長官がつぶやいた。

——期限はこれより二日間です。さもなくば一万三千の島民の命の保証はできません。

「何をいってるのだ。無関係な我が国にいったい何を期待しているのだ」

堀井が小声でそうつぶやいた。

——われわれの現状をお伝えします。この屋久島に進駐《しんちゅう》した我が軍勢は一個大隊規模です。島内数カ所に四個の中隊がそれぞれの陣営を築いてます。部隊の構成は陸海軍からのえり抜きの精鋭ぞろいです。

「先刻、鹿児島県の防災ヘリが屋久島付近で消息を絶った。あなたたちが？」

塚崎敬一《つかざきけいいち》防衛大臣が訊くと、画面の中でリ・ヨンギルが頷いた。

「こちらからの警告を無視して島に接近したため、撃墜しました」

張り詰めた空気がさらに重くなったように堀井首相は感じた。

ふいに大会議室の扉を開いて、防衛事務次官が駆《か》け込んできた。

持っていた書類を塚崎防衛大臣の前の机に置いた。それを取って目を通してから、塚崎が首相にこういった。

「総理。リ・ヨンギルと名乗っているこの人物は、北朝鮮人民軍に実在し、階級は陸軍大将。肩書きは特殊作戦軍総司令となっております。本人に間違いないと思われます」

「特殊作戦軍？」

「いわゆる、特殊部隊のことです」

同じコピーが閣僚たちに素早く配られた。

堀井首相はコピーにある写真を見てからモニターに目を戻した。間違いなく資料にあるリ・ヨンギル将軍本人のようだ。

緊張の中で咳払《せきばら》いをしてから、堀井はいった。

「リ将軍。日本政府は、防衛出動の下に自衛隊を派遣する用意があります。あなた方はかなりの規模の部隊を率いて屋久島を占領しておられるようですが、我が自衛隊の防衛戦力をもってすれば、勝敗は火を見るよりも明らかです」

リ・ヨンギルはかすかに眉《まゆ》を上げた。そして余裕のある笑みを見せた。

――おっしゃるとおり、たしかに戦力の差はあります。もっとも通常戦闘であればの話ですが。

「それはどういうことですか？」

堀井が訊いたが、リ・ヨンギルは少し間を置き、言葉を選ぶように短くいった。

――われわれはこの島に〝核〟を持ち込んでいます。

大会議室がざわついた。北朝鮮の将軍が何か切り札を用意しているかもしれないとは予想できたが、まさかそんなものを……。

――出力はTNT換算でおよそ五十キロトン。広島型原爆の三倍以上の破壊力があります。爆発すれば、屋久島は一瞬で海上から消えます。

周囲の閣僚や事務官たちの間からどよめきが起こった。

――また、こちらは高性能レーダーを所有していて、島に接近する航空機は捕捉《ほそく》次第、問答無用で対空ミサイルで撃墜します。艦船に対しては沿海から砲撃をする用意もあります。核はあくまでも最終手段として使用しますが、下手にこちらに手を出さないほうが無難です。我が部隊の指揮下に入ったこの島に対して、何らかの挑発的行動をされることがあれば、われわれはあなた方に対して無慈悲《むじひ》なる軍事的行動を決行します。

「そちらが核で自爆すれば、キム・ジョンウン総書記の救出は無意味になりませんか」

――そのときはまた別の同志部隊が決起し、しかるべき場所で軍事行動を起こします。事態が好転しないかぎり、あなた方にとっての悪夢は続く。つまり核爆発の決行は、われわれの本気度だと取っていただいてかまいません。

「しかし……キム・ジョンウン総書記が生きていて、どこかに拉致《らち》されているとしても、あくまでもそれは貴国の内政問題です。我が日本国としては、北朝鮮の内情に外から干渉《かんしょう》することはできません」

堀井がいうと、リ・ヨンギルは頷く。

――現在、平壌に置かれたパク・スンミの暫定《ざんてい》政府に対して、貴国政府から交渉することは可能なはずです。あるいはあなた方とたいへん親しい同盟国であるアメリカ政府が動いてくれることがいちばん望ましい。

「そんな！　当てつけもいいところだ」

――それは違います。けっして無関係ではない。われわれ共和国の内戦の勃発の原因が貴国とアメリカ合衆国にあるという事実を、あなた方は知っておく必要があります。

「どういうことですか」

――我が国の内戦は、外からの干渉によって引き起こされたということです。いずれ、あなたたちもその事実を知ることになります。

「そんな――！」

堀井が言葉を失った。

7

淀川登山口――午前九時三十九分
通信を終えたリ・ヨンギルは自分を撮影していたムービーカメラのＬＥＤが消えているのを確

認し、軍服のズボンから引っ張り出したハンカチで額の汗を拭《ふ》いた。

後ろに控えていた隊員のひとりが、ペットボトルを持ってきてくれた。それを受け取ると喉を鳴らして半分近くまで飲んだ。やけに甘いジュースだった。ペットボトルのラベルに書かれたオレンジのイラストを見つめる。

五月だというのに、夏のような暑さだった。南方の島嶼部にいるためだろうか。

しかしここは沿岸を離れた森の中、〈淀川登山口〉と呼ばれる場所である。標高も千三百メートル以上ある。屋久島最高峰の宮之浦岳が一九三六メートルだから、その半分を遥《はる》かに越えた標高にある森林に彼らは陣地を築いていた。

市街地を離れたところに陣営したのは敵襲を防ぐためだ。日本の自衛隊が防衛出動すれば、まず占領軍の中枢《ちゅうすう》を狙《ねら》ってくるだろう。市街地に主力を置けば一目瞭然《いちもくりょうぜん》にわかってしまう。そのため島の山中深くに部隊を移動させた。

一般の登山客が何人かいたが、全員を〝排除〟していた。だから、彼らがここに本部を置いていることは日本人たちにはわからない。

ペットボトルのジュースを飲み干《ほ》し、空容器を片手で握りつぶす。それを部下に渡すと、近くに設営しているモスグリーンのテントの下に入った。

彼らはここを指揮所と呼んでいた。

用意してあった折りたたみの椅子に座り、煙草《たばこ》を取り出して一本くわえると、部下がライターを差し出してきた。

煙を深々と吸い込み、ゆっくりと吐き出した。

傍らに無線機やパソコンなどが設置してある。さらに左右には通信兵や情報担当が並んで座り、仲間の部隊その他から入電する情報を受けては逐一《ちくいち》、将軍に報告をしている。

安房の町から車列を連《つら》ねて登ってきたが、八台の軍用車両はすべて枝葉で覆って、軌道上の衛星から見つからないようにカムフラージュしてある。

島を占領したおよそ五百の兵のうち、百名の中隊をこの指揮所の守備につけ、残り四百名の部隊は屋久島の各地区に残してある。彼ら沿岸警備部隊の任務は、外から来る敵からの防衛および島民の制圧と監視だった。

彼はふと外の森に目をやった。

近くの梢《こずえ》でミソサザイがさえずっている。透《す》き通るような美しい声だった。故国にも森や山はある。あちらではグルトゥクセと呼ばれるミソサザイも生息していたが、ここ屋久島のそれとは声がまるで違って聞こえる。

リ・ヨンギルは一九六六年、開城《ケソン》に生まれた。

南朝鮮との軍事境界線に近く、市街地から板門店《パンムンジョム》までは八キロしかなかった。そのため子供の頃から軍隊を当たり前のように身近に見てきた。親は農業を営《いとな》んでいて、郊外に大きなトウモロコシなどの畑地を持っていたが、干魃《かんばつ》などの異常気象が続いて作物がなかなか収穫できず、おかげで家は貧しかった。

幼い頃から郊外の自然の中で生きてきたため、野生鳥獣が好きだった。本当は鳥類学者になりたかったが、そんな職業を選んで生きていけるほど、故国は決して豊かではなかった。年老いていく両親や弟たちのために、彼は軍人になる将来を選ぶしかなかった。それがゆいいつの出世の道だからである。

朝鮮労働党に入党し、苦学の末に金星《クムソン》政治軍事大学への入校を許された。卒業後は特殊工作任務の訓練を受け、陸軍に配属された。射撃や格闘技の素質を見抜かれて、特殊作戦軍に入隊。平壌に置かれた第一軍九十一旅団という国防委員会直属の部隊に入れたことが、のちの昇進につながった。

それから四十年近くが経過し、リ・ヨンギルは十二万いるといわれる特殊部隊(SOF)のトップになっていた。文字通りどん底から這い上がってきたのだ。

いつしか立ち昇る煙草の煙の向こうに過去を見ていた。

こうして自分のあの頃の思い出をたどったことはあまり記憶になかった。軍人になって以来、過去を振り返る余裕もなく、毎日を必死に生き抜いてきた。

ふっと視線を逸《そ》らして、過去の残像を追い払った。

足音が聞こえた。

アン・スンイルがゆっくりと歩いてくる姿が見えた。

階級は中将、陸軍特殊作戦軍副隊長である。今は占領軍の副官を務めている。

短く刈り上げた髪は真っ白で、無精髭《ぶしようひげ》も同じ。目元には無数の皺《しわ》が刻《きざ》まれていた。まだ六十前のはずだが、七十代ぐらいに見える。しかしガッシリした体軀《たいく》は鍛《きた》え抜かれた特殊部隊の軍人そのものだ。

一礼してリ・ヨンギルの隣の椅子に座り、彼はいった。

「内戦の勃発以来、あなたの右腕となって方々で戦ってきましたが、とうとうこんな異国の、それも南の島にまで来てしまいましたね」

リ・ヨンギルは煙草を取り出してくわえ、自分で火を点《つ》けた。

「賽《さい》は投げられた。あとは結果を待つだけだ」

リ・ヨンギルがいうと、彼は頷く。

「日本政府は動きますか？」

「いや」リ・ヨンギルは目を細めながらいった。「彼らには何の期待もしていない。われわれが望んでいるのはアメリカ政府が出てくることだ。つまり日米同盟がどこまで結束が固いか、ここは試しどころだな」

「しかし将軍、なぜこの島の多数の住民を殺したのですか。無抵抗な非戦闘員を殺害することは、のちのちこちらにとって不利になるとしか思えないのですが」

しばし間を置いてから、リ・ヨンギルがいった。

「われわれが本気であることを示すためだ。核爆弾もそのために持ち込んだ。いざとなれば躊躇《ちゅうちょ》なく起爆させる。その意思を奴《やつ》らに伝えねばならない」

「ときどきあなたという人が怖くなります」

「これは戦争なのだ。われわれ軍人は心や情を捨て去らねばならない」

アン・スンイルはそっと息を洩《も》らしたようだ。

ふとリ・ヨンギルのほうを見て、いった。

「ところでハン・ユリ大佐は？」

「こちらに向かっていると連絡が入った。間もなく合流できるだろう。彼女がいなければこの作戦を遂行《すいこう》できない。無事を祈るだけだ」

そういってリ・ヨンギルは指に挟んでいた煙草をへし折った。

8

投石岳《なげしだけ》東斜面――午前十時二十一分

羽虫のような音を立てながらドローンが戻ってきた。

狩野哲也はタブレットを立てたプロポを両手で保持したまま、真っ青な空の中に小さな点となって見えるＤＪＩ社のドローン〈ファントム４プロ〉を見つめている。それは見る見るプロペラの羽音とともに大きくなり、白い機体がはっきり確認できるようになった。

自分の頭上に定位するように誘導すると、徐々に高度を下げる。

そうしてすぐ真上に降下してきたとき、狩野はプロポから片手を離し、スキッドと呼ばれる脚部の一方を素早くつかんだ。

ドローンのランディングは、一般にはそのまま着地させることが多いが、ここのような山間部では足場が悪くなるため、こうして空中キャッチする。すかさずプロポを操作して、スロットルを切る。四つのプロペラが停止して、騒音が消えた。

数メートル離れたところに立っていた清水篤史がやってきた。

狩野とともにドローンの分解を始める。

空中撮影は順調に終わった。黒味岳と安房岳の山腹の植生を、彼のドローンは低空から舐《な》めるように飛行して動画を撮影して戻ってきた。山の陰になって目視ができない場所が多いため、モニター代わりになっているタブレットの液晶画面を見ながら、プロポを巧《たく》みに操作して飛行させていたのだった。

「これからどちらに向かうんですか？」

分解したドローンを樹脂《じゅし》ケースに納めながら、篤史がいう。

狩野はその場に座り込むと、胡座をかいた。

「宮之浦岳と永田岳に群生するシャクナゲを撮影しなきゃいかんからな。花之江河《はなのえごう》経由で登山道に入ろう」

「出発する前に、ちょっと腹ごしらえしませんか。昼まではまだだいぶあるんだけど、俺《おれ》、さっきから腹減っちゃって……」

狩野はつらそうな篤史の顔を見て、思わず笑った。

「実は俺もだ。朝が早かったからまあ無理もないよな。ラーメン、急いで作るよ」

そう答えると、ザックの中から食料と調理器具を取り出した。インスタントラーメンはふたりで二食分ずつ。どちらも大食いなのでひとつでは足りない。

ピークワンと呼ばれるコールマン社製のガソリンストーブを狩野はポンピングする。今は軽量なガスストーブが登山ツールの主流だが、重さのあるガソリン式がなぜか狩野は手放せない。

内圧を高めてからライターで火を点ける。ゴオッという音とともにオレンジ色の炎が大きく立ち上がった。さらに執拗《しつよう》にポンピングすると、次第に安定した青色の炎に変わっていく。この頼もしい燃焼音が彼は好きなのだ。

大きめのコッヘルでラーメンを茹《ゆ》でてから、向かいに座る篤史と分け合ってすすった。汁まですべて飲み終えて、ロールペーパーで汚れと水分を丹念に拭《ふ》き取る。それをザックに納めているとき、ふいにエンジン音が聞こえてきた。

狩野は空を見た。向かいに座る篤史も。

島の北側に雲がわき上がっている。その手前に小さな機影が見えた。プロペラ機独特の音が聞こえてくる。目を細めながら見ているうちに、ふいに狩野は気づいた。

「珍しいな。複葉機だぞ」

「そうっすね」

篤史にもそれが見えたようだ。ベースボールキャップのツバを持ち上げながら空を見ている。

それにしてもエンジン音がおかしい。一定ではなく、ときおりバリバリッと妙な音を立てている。機体も不安定な感じで揺れていた。それはしだいに接近してきた。機体はモスグリーンである。

「狩野さん。あれ、Ａｎ－２っすよ」

素《す》っ頓狂《とんきょう》な声でいう篤史を、思わず見た。「何だ、それ」

「旧ソ連製のアントノフっていう飛行機です。えらい旧式の星型レシプロエンジンを積んでるプロペラ機ですが、中国とか北朝鮮、それに東欧辺《あた》りじゃ未《いま》だに軍が現用してるそうです。こんな場所で飛んでるのを見るなんて、めったにないっすね」

「お前、やけに詳しいな」

「狩野さん。こう見えても俺、ミリオタっすよ」

ふたりが話し合っているうちに、それはさらに接近し、やがてふたりの頭上を通過した。三百メートルぐらい上空だった。ふいにバリバリという音が激しくなったかと思うと、機体側面から白煙の尾を曳《ひ》き始めた。

「何だ……」と、狩野がつぶやいた。

篤史が「あっ！」と叫んだ。

複葉機の機首辺りに小さく火が見えた。煙がさらに濃くなり、機体の背後に黒くたなびくようになった。機体が徐々に左側にかしいでいく。

「墜落するぞ」

思わず狩野がいったとき、アントノフ複葉機の胴体中央部にある扉が開かれた。そこから何かがこぼれるように落ちた。ふたりが見上げる先で、それがパッと黒い傘《かさ》を開いた。

落下傘《らっかさん》だった。

複葉機は炎と黒煙を曳きながら徐々に高度を下げる。

バリバリという不規則なエンジン音は相変わらず、その機首は前方にそびえる屋久島最高峰の宮之浦岳に向かっている。

見ているうちに、アントノフ複葉機がだしぬけに爆発した。

驚くふたりの前で、それは紅蓮《ぐれん》の炎を花のように空中に散開させた。爆煙を曳きつつ、主翼がクルクルと回りながら飛んでいくのが見えた。エンジン部を含めた機体の主要部はそのまま放物線を描きつつ落下し、宮之浦岳の中腹に激突した。他の機体の破片も、それぞれ煙を曳きながら山裾《やますそ》に落ちていった。

あっけにとられたまま、狩野は視線を移した。

黒いパラシュートはまだ空中にあった。

風に流されている。

宮之浦岳とその向こうにある永田岳の上を越して、さらに北に向かいつつ、徐々に高度を落としていた。やがてそれは高塚山《たかつかやま》の稜線《りようせん》の向こうに見えなくなった。

「篤史。行くぞ!」

狩野の声に反応して、清水篤史があわてて荷物をザックに突っ込み始めた。

9

大株《おおかぶ》歩道——午前十一時十七分

荒川登山口を出て森林軌道をひたすらたどった。

通常三時間のコースタイムを二時間で走る。

トロッコの線路が行き着く先に公衆トイレがあった。そこから先は大株歩道と呼ばれる登山ルートである。そこから縄文杉まで二時間のところ、夕季は半分の一時間で到着した。

縄文杉は屋久島最大の観光名所である。

夕季は展望台でザックを下ろし、スポーツドリンクを入れたペットボトルをあおった。

頭上を仰《あお》げば、重なり合う枝葉越しに見える空がよく晴れていて、雲が流れている。

これまで五十名以上の登山者、観光客らに遭遇した。小杉谷集落跡やウイルソン株付近にはグループ登山の人々も多くいた。

彼らにことの次第を説明するのは難しかった。自分の役職を証《あか》し、島で何が起こっているかを正直に伝えるしかなかったが、ほとんどの者たちは話を信じなかった。気が狂った者を見るような目を向けられることも少なからずあった。

むりもないことだ。あまりに常軌を逸《いっ》している。

しかも島の山岳部一帯は携帯電話の電波の圏外エリアであり、衛星携帯電話でもないかぎり事実を確かめようがない。

大勢の人を相手に説得を試《こころ》みるも、なかなか話が通じないため、今は町に戻らず、山の中にとどまったほうがいいと勧告するしかなかった。そのことを話しておけば、いざ何かがあったときに危険を回避することができるかもしれない。何も知らないまま渦中《かちゅう》に飛び込む可能性が少しでも減ってくれたら――。

縄文杉の前には十数名の観光客がいて、平和そうに写真を撮り合ったりしていた。

夕季は彼らから遠巻きに避けられていた。木製の手すりにもたれながら、自分の無力さを実感した。

縄文杉に目をやった。

まさに神を思わせる風格を持った巨大な老樹である。

この島で屋久杉と呼ばれるのは、樹齢千年以上の杉をいう。それ以下は小杉とされる。中でも縄文杉は格別だ。周囲は十六・四メートルもあり、威風堂々とした姿をしている。樹齢は七千年以上といわれてきたが、最近の研究ではいくつかの杉が融合した合体木であり、樹齢二千年ぐらいではないかと推測されている。

それにしてもまさに威容という言葉がふさわしい。

何度となくここから目にしているが、いつ見ても心を打たれるものがある。

ふと目頭が熱くなった。あふれる涙を拭《ぬぐ》う。

鹿児島県警の警察学校の初任科と実習を経て、屋久島署に卒配が決まったときは嬉《うれ》しかった。都市部と違って島の警察はのんびりした業務だというし、きっと事務仕事かそんな感じの職に就《つ》けるだろうと思っていた。

ところが地域課の警察官として二年の勤務ののち、山岳救助隊に任命された。さすがに夕季は驚いたが、山の経験が買われたのだと理解した。父親が林業を営んでいたこともあって、子供の頃から何度となく、この屋久島の山に入っていた。いわば屋久島の奥岳が夕季にとっては遊び場のようなものだった。

山岳事故で両親を亡くしたことも、自分自身を決心させる動機となった。

あのような悲劇を、この島で起こさないために——。

最初の一年はきつかった。傷病者を救助するのみならず、山から麓《ふもと》まで担《かつ》いで下りることが少なくなかった。ヘリが飛べる天候ならともかく、屋久島は雨の島である。今でこそトロッコが救助の一役を買うようになったものの、それまでは交代で要救助者を担ぎ下ろしたものだ。

そんな日々が、嫌でも夕季の体を鍛えていった。

それなのに——。

夕季はまたゆうべの事件を思い出し、無意識に眉根を寄せていた。

同僚たちはおそらくほとんどが殺された。救助隊の面々も、鬼のように怖くて優しかった隊長も彼らに射殺されてしまったはずだ。

また涙がこぼれそうになる。目をしばたたき、あらぬ方を向いて堪《こら》えた。

目の前で楽しそうにはしゃぎながら、縄文杉を背景に写真を撮っている人々。そのあまりに平和な光景を見ていると、あのときのことが悪夢だったのではないかと思える。

夕季はまた縄文杉に目をやった。

複雑怪奇な形状に無数の皺を刻まれた木肌。大きく枝葉を広げて立ちはだかる勇姿は、まさに神がそこに鎮座しているかのようだ。その古代杉に向かって夕季は目を閉じ、深々と頭を下げた。

「神様。島のみんなをお守りください」

小さな声でつぶやくと、足元に下ろしていたザックを拾い、背負った。

そのとき、どこかで雷鳴が聞こえた。

夕季はハッと振り向く。

雷鳴ではなかった。明らかに何かが爆発した音だ。

体を硬直させていた夕季は、ふと気づいた。音は上からだった。

空を振り仰いだが、頭上にかかる葉叢《はむら》でよく見えない。ゴウゴウという残響がしばらく続き、やがて消えた。

縄文杉を見るための展望台にいる登山服姿の男女が、青ざめた顔、怯《おび》えたような表情で、一様に夕季の顔を見ていた。

「あの……」

チェック柄のシャツに登山ズボンの若い女性が近づいてきて、怖《お》じ怖《お》じといった。

「あなたのさっきの話。あれって本当なんですか?」

夕季はまた空を見てから、目を戻した。

彼女に向かって頷いた。

10

小高塚山《こたかつかやま》北斜面──午前十一時三十分

つかの間、気絶していたようだ。

ゆっくりと瞼《まぶた》を開くと、青空が見えた。目を凝らし、耳を澄まして自分の今の状況を確認する。

斜面に仰向《あおむ》けに横たわり、足のほうが上になっている。手足は無事だ。骨折や脱臼《だっきゅう》はない。しかし迷彩の軍服の脇腹《わきばら》が大きく褐色《かっしょく》に染まっている。おそるおそる手をやると、背中の側から、太い枝が脇腹に刺さっているのがわかった。

それを引き抜こうとして、やめた。大出血につながる恐れがあるからだ。

二度、三度と深呼吸をして、あらためて辺りを見回す。

この場所は斜度がかなりあるが、体が落ちなかったのは、自分がつけていたパラシュートが岩に引っかかっているおかげらしい。

あまり不用意に動くと、それが外れる恐れがあった。そうなると転落だ。

朝鮮人民軍陸軍特殊作戦軍第一特殊部隊長、ハン・ユリ大佐は、緊張に体をこわばらせながら、左右の手をまさぐり、なんとかつかめそうな岩角を左手で捉《とら》えた。それがビクとも動かないのを確認し、自分の体を固定しているパラシュートのバックルを外そうとした。しかし、変形しているらしく、それは動かない。

仕方なく、体に装着していた強化ナイロン製のハーネスをなんとか外した。とたんに左から風が吹いてきて、パラシュート本体がふわっと膨らみ、ハーネスとともに、あっという間に遠くへと飛び去っていった。

ハン・ユリはそれを見送ってから、溜息《ためいき》をついた。

岩を握った左のホールドを放さず、ゆっくりと身をもたげる。日頃、鍛え抜いた体の筋肉を使って、体勢を立て直し、斜面に俯《うつぶ》せのかたちになった。

脇腹の痛みが激しくなり、顔をしかめた。歯を食いしばって、しばし耐える。

足元から数メートル下は垂壁になっている。その遥か下に小さな川が流れていた。落ちていたら命はなかった。

二度、三度と深呼吸をして気を落ち着かせ、急斜面を登り始めた。周囲は笹原《ささはら》で、ところどころに灰色の岩が点在する。花崗岩のようだ。岩はもろく、あっけなく割れたり、崩れたりするので、ホールドとしてあまり適さない。笹のほうがしっかり根を張っていて、彼女の体を支えてくれた。

三十分近くかかって急斜面を登り切り、平らな場所に出た。開けた尾根の上だった。

額の汗を手の甲で拭ってから、あらためて脇腹に手をやった。傷は内臓には達していないようだ。皮膚《ひふ》を破って刺さった枝をつかみ、慎重《しんちょう》に後ろに引き抜いた。

激痛が襲い、彼女は悲鳴を洩らした。

血まみれの枝を見てから、それを遠くへと放《ほう》った。軍服のズボンのポケットからタオルを引っ張り出す。迷彩柄のシャツを脱ぎ去ると、タオルを縦にふたつ折りにし、素肌にサラシのようにして巻いた。本来なら消毒をするべきだが、あいにくとファーストエイドの類《たぐ》いは機内から持ち出せなかった。

仕方なく、そのままシャツを着込んだ。

腰のベルトのホルダーから、モスグリーンに着色された小型トランシーバーを引っ張り出す。規定のチャンネルでコールトーンを送る。しかし反応がない。

おかしいと思って受信モードにし、チャンネルを変えてみるが、まったくの無反応だった。パラシュート降下して着地したときに、おそらく衝撃を受けて故障してしまったのだろう。この無線機にはGPSが仕込まれていて、所有者の位置を相手に報せる機能もあるのだが、送受信ができないとなれば、それも使えない。

彼女は役立たずとなった無線機を放った。

だしぬけに背後で笛のようなけたたましい音がした。ハン・ユリは振り返りざま、腰のホルスターから拳銃《けんじゅう》を抜いた。無意識に拇指《おやゆび》が安全装置を外している。

丈の長い笹の藪の合間に、黒いつぶらな瞳《ひとみ》がふたつ並んでいた。薄茶と白の被毛に小さな楕円《だえん》の耳が立っている。

ヤクシカだった。まだ、若いようだ。

ハン・ユリが硬直したまま見ていると、ヤクシカはピイッとまた啼《な》き、ふいに踵を返して跳ねた。軽やかなギャロップを見せながら、白い尻毛《しりげ》が笹藪の中に見えなくなっていった。

あっけにとられていた彼女は、右手に握っていた拳銃に安全装置をかけ、ホルスターに戻した。

とっさに引鉄《ひきがね》を引くところだった。

大型野生獣であるシカを撃っても、口径九ミリの拳銃弾ではまず倒せないだろうし、だいいち無意味だ。そんなことを考えながら自分を落ち着かせた。

どうしてこんなことになったのか。

彼女が搭乗したＡｎ－２複葉機は、数時間前に海州《ヘジュ》飛行場を離陸した。

本来ならば別の場所にある義州《ウィジュ》飛行場から昨日の真夜中に飛び立ち、故国を離れる予定だった。輸送機はダグラスＤＣ－３を改造したＬｉ－２という大型の機体だった。

ところが事前に計画が漏洩《ろうえい》していたらしく、輸送機は敵軍に接収され、飛行場ゲート前に武装した反乱軍の兵士たちが集結していた。そのため急遽《きゅうきょ》、予定を変更、別のプランを選ぶこととなった。

彼女は部下らとともに故国の南西の端、黄海《こうかい》に面した海州飛行場まで移動し、そこで待機していた第一航空陸戦旅団所属のＡｎ－２に乗り込んだ。レシプロエンジンを搭載した旧式の複葉機とはいえ、室内キャビンには十二名を収容でき、航続距離も長く、八百キロ以上は飛べる。しかも機体の大半が木製あるいはキャンバス張りで作られ、小型ゆえにレーダー反射断面積が小さく、キャッチされにくいという特徴《とくちょう》があった。

複葉機が滑走路を走り出して離陸したとき、ハン・ユリ大佐はようやく安心できた。これでようやく屋久島にいるリ・ヨンギル将軍同志と合流できる。彼女は今回の作戦に関して重大な任務を請《う》け負《お》っていた。

ところがまだ飛行機が充分な高度に達しないときに、地上から銃撃を受けた。彼女たちを追跡してきた反乱軍の部隊が、飛び立った複葉機に向かって射撃を開始したのである。銃弾の多くは逸れたが、たまたま数発が機首にあるエンジン部に命中した。

エンジン本体は無事だったが、燃料系統に致命的な打撃を受けたらしく、Ａｎ－２は不規則な排気音とともにときおり白煙を洩らすようになった。

海州空港から屋久島まで、直線距離で七百キロ。彼らの飛行機はレーダーサイトに捕捉されないよう海面すれすれを飛行する予定だったが、いつエンジンが止まってもいいように、高度を取らねばならなかった。

当然、各国のレーダーは機影を捉えたはずだ。それが無事に屋久島まで到達できたのは、おそらく民間機だと思われたからに違いない。ところがあと少しで屋久島空港に着陸するというときに、ついにエンジンが火を噴いてしまった。

空港に向かって降下していく間に、おそらく失速するか、エンジンが爆発する。

そのためハン・ユリ大佐の部下たちは、機内にたったひとつだけあったパラシュートを彼女に装着させ、機外に飛び降りさせた。その直後、Ａｎ－２複葉機は空中で四散したのだった。

自分の命と引き換えに、飛行機のパイロット二名と部下十一名が死んだ。

そのことが胸の奥に重く残っていた。

いや、彼らだけではない。故国を脱出する前の作戦で、二十名以上が死んだのだ。

脇腹の痛みは少し治まってきた。

喉がひどく渇いていることに気づいた。しかし飲料水の持ち合わせはない。まったくの空身であった。どこかで沢水を飲まねばならない。

ハン・ユリ大佐は尾根をたどって歩き出した。

11

安房――午前十二時

町は意外に平穏《へいおん》のように見えた。

銃声は聞こえない。人けはまったくなく、異様なほどに静かだった。

高津克人は小学校に近い道路の植え込みの中に、じっとしゃがみ込んでいた。

家を出て二時間、これまで三度ほど〝彼ら〟を見かけた。

いずれも軍用のトラックや小型車で道路を走っていたが、さいわい克人のほうが先にエンジン音に気づいて、物陰《ものかげ》に素早く姿を隠し、やり過ごすことができた。さすがに生きた心地はしなかった。

姉に電話で伝えたように、しばらく家にこもっているつもりだった。

ただ、空腹だけはいかんともしがたかった。

何度も冷蔵庫を開け閉めしては、食べるものがないと落胆し、食器棚の抽斗《ひきだし》を引き出しては嘆《たん》息《そく》していた。ふだんなら姉が料理してくれるし、インスタントラーメンやカップ麺《めん》などのストックもあったのだが、夕季の仕事が重なって帰宅がままならず、克人は家にあった食料のストックをほとんど食べてしまっていた。

あれだけ朝っぱらから拡声器でアナウンスしながら走り回っていた彼らが、なぜか午後にはピタリと沈黙して、安房の町は不気味なほどに静まりかえっていた。

もしかすると奴らは撤退《てったい》したのかもしれない。

そう思いつつも、やはり楽観はいけない、危険は極力避けるべきだと自分にいい聞かせていた。

やがて自販機を見つけたので、硬貨を入れてペットボトルのコーラを選び、ボタンを押す。ガタンという音を立てて出てくると、思わず肩をすくめて周囲を見てしまう。

自販機の後ろに回り込んで、キャップをひねり、ごくごくと飲んだ。喉が渇いていたので、あっという間に半分なくなっている。それをデイパックに入れて、また歩き出した。

町のどこかで発生した火災はまだ鎮火していないらしく、黒煙が遠くに流れていた。風が焦げ臭さを運んでくる。

〈スーパー・オノダ〉という看板が前方に見えた。

克人や姉がよく買い物にいく店だ。そこが目的地だった。

慎重に周囲の安全を確かめながら、そろりそろりと近づいていく。店の中は照明が消えていて暗かったが、自動ドアは開いた。店内に入り、まっすぐ惣菜《そうざい》コーナーを目指す。

ところがコーナーの棚に商品がまったくなく、克人はがっかりした。

パンならあるかと思って商品棚の間をそっと歩く。ようやくカレーパンなどを見つけて手を伸ばしたとたん、後ろに物音が聞こえて驚いた。

振り向いた克人の目に、バットをかまえた男の姿が飛び込んできた。

店主の小野田仁《おのだひとし》だった。四十代の小太りの男性。若い頃はラグビーの選手だったとかで、テニスシャツの胸がパンパンに膨らんでいる。

その険しい顔がふと和らいだ。

「高津くんか……？」

彼はいいながらバットを下ろした。

「すみません。お腹《なか》がすいたものですから。お金はきちんと払います」

パンを棚に戻しながら詫《わ》びると、小野田は苦笑していった。

「いいんだよ。好きなものをとって食べてくれ。それより姉さんはどうした？」

「警察署が爆破されたんですけど、寸前に脱出できたようです」

「そうか。良かった」

店の奥から怖じ怖じと小野田の妻、加世子《かよこ》が顔を出した。

「あら。かっちゃんじゃないの？　よく無事で……」

やっと知り合いに会えたという安堵《あんど》の感情がこみ上げてきて、思わず涙が出る。それをごまかすように、克人は頭を下げた。

スーパーの二階にある部屋に通されて、克人は夫婦にお昼をごちそうになった。

屋久島名物のトビウオの唐揚《からあ》げを載《の》せたうどんだった。畳《たたみ》部屋の真ん中に置いた卓袱台《ちゃぶだい》に三人向かって、うどんをすすった。

姉の夕季もこのトビウオが大好きで、おかずにする他、乾燥させて出汁《だし》をとったりもしていた。うどんの汁をすべて飲み干したら、加世子がデザートにとオレンジシャーベットを持ってきてくれ、恐縮しながらもいただいた。

「それにしても、こんなこといつまで続くのかねえ」

加世子は畳の上に座り、不安げに窓の外に目をやった。

「いくら何でも日本政府が黙っちゃいないよ」

小野田がテレビのチャンネルを切り替えながらいった。

ちょうど昼時のニュース番組の時間だったが、どの局も屋久島の事件にはまったく触れないのが奇妙だった。ここで何が起こっているかわからずとも、通信が途絶したことはもう判明しているはずだ。

「しかしテレビもラジオも何もいわないし、どうなってんだ。俺たちがこんなことになっているというのに」

「国民をパニックにしないために公表できないのだと思います」

シャーベットをすくうスプーンを止めて、克人がいった。「おそらくすでに自衛隊に防衛出動の命令が出されているはずです」

「まさか……戦争が始まるの？」

加世子はまとったエプロンの裾を握りしめている。

小野田はかすかに眉根を寄せ、口を引き結ぶ。ふと、克人を見ていった。

「それはそうと……警察署を出たはいいが、お前の姉さんはどうしてる？」

「今頃、山にこもってるはずです」

「それなら大丈夫だ。小さい頃から根っからの山好きで、まるで山姫みたいに奥岳を走り回ってたからなあ」

山姫とは屋久島に伝わる伝説で、木の精霊といわれている。

「だったらかっちゃん、おうちにひとり？　今夜はここに泊まっていき」

加世子にいわれ、克人は考え込んだ。

姉がいつ戻るかわからないというのに、今さら家に戻ってどうなるのだろう。

克人はふたりを見てから、あらためて頭を下げた。

「ありがとうございます。でも、うちに帰らなきゃ」

「あいつらに見つからないようにね、くれぐれも気をつけてよ」

心配そうにいう加世子を見てから、克人は頷いた。

12

栗生岳——午前十二時三十一分

「飛行機はこの辺りに墜落したはずだよな」

狩野哲也は尾根筋の登山路の途中に立ち止まった。どこまでも広がる笹藪の上を、うっすらと霧が流れている。

「そういえばなんか臭《にお》いません？」

少し離れた場所から清水篤史がいった。

狩野は鼻をひくつかせた。たしかに臭いがする。揮発性《きはっせい》の臭気である。

「航空燃料だったらヤバイんじゃないか」

すると篤史がいう。「実は飛行機の燃料って、ガソリンみたいに簡単に火が点かないんですよ。ましてやプロペラ機ならなおさらです」

狩野は臭いをたどって歩き出す。篤史がついてくる。

笹原のところどころ、カルスト台地のように丸くて白っぽい花崗岩が点々と顔を出している。それらは人の顔に見えたり、動物のようにも見える。さらにいくつもの枯存木が、奇怪なオブジェのようにあちこちに突き立っていた。

これがまさに屋久島の、奥岳と呼ばれる山岳地帯の典型的な風景だった。

ふたりが登山道を外れ、東に向かって笹藪をこぎながら歩くと、ふいに崖《がけ》っぷちに出た。大きな花崗岩のひとつに乗って、腹ばいとなり、そっと下を覗いてみる。かなり高度感があるが滑落《かつらく》の恐れはない。

屋久島の花崗岩は肌が粗《あら》く、正長石《せいちょうせき》と呼ばれる四角い結晶が散らばっているのが特徴である。

粗めのサンドペーパーみたいにザラザラしていて、フリクションが利《き》くのである。

急斜面だった。まばらに生えた立木の合間に何かが見えた。

モスグリーンの色を目に留め、狩野は確信した。先刻、空中で四散したアントノフ複葉機の機体の一部に違いない。少し離れた場所にプロペラの破片のようなものもあった。

「間違いないですね」

隣に腹ばいになった篤史がいった。「下りてみますか?」

狩野はザイルやハーネスなどの登攀《とうはん》ツールをザックに入れていた。が、かぶりを振った。

「いや……ここまでバラバラになったら、とても生存者がいるとは思えない。それよりもさっきのパラシュートのほうが気になる」

身を起こして空を見た。

雲がかなりの勢いで流れていた。そろそろ気圧が下がり始めたようだ。

「パラシュートはこの上空から北側に向かって落ちたんだ」

そういいながら、視線を移動させた。

小高塚山の北東にそびえる高塚山。ふたつの山の間の、北斜面の辺りに違いない。狩野はそう思って、また篤史とともに歩き始めた。

13

首相官邸・内閣危機管理センター――午後一時

二時間前、堀井首相や閣僚、官僚たちが四階にある大会議室から地下一階の危機管理センターに移動していた。それぞれの担当ごとにテーブルに着席し、壁際の大スクリーンに全員が注目している。

スクリーンには監視衛星から送られてきた映像が映されている。

宮之浦、安房など、屋久島のそれぞれの町の俯瞰《ふかん》である。かなりの解像度で拡大投影され、管制局からのコントロールで画面が切り替わるたび、フロアのあちこちから驚きの声が上がる。

ロケット砲を撃ち込まれたか、あるいは爆破されたのか。原形をとどめないほど破壊された建物があった。道端に何人かが倒れたまま放置されているが、いずれも死体のようだ。とりわけ安房の町では、あちこちで火災が発生しているらしく、燃えさかる家屋やビルがあり、上空には黒煙がわだかまっていた。

「屋久島空港は無事のようだぞ。真っ先に叩《たた》かれると思ったが……」

塚崎防衛大臣がそういった。

「援軍を呼ぶために滑走路を温存しているんじゃないですか?」

隣に座る防衛事務次官の小平昌樹《こだいらまさき》の声に、多くの視線が彼を見た。

「まだ、やってくるというのかね」

堀井首相の狼狽えた声に小平が頷く。

「市ヶ谷の情報本部からの連絡では、彼らは分散して出国したようです。貨物船に偽装《ぎそう》したり、潜水艇で浜に上陸したりしています。当然、未着の部隊がいると見たほうがいい」

そのとき、危機管理センター入口の扉が開き、書類を持った若い官僚の男性が飛び込んできた。

その書類を受け取ったのは木原隆《きはらたかし》防衛大臣政務官である。

書類に目を通して彼はいった。

「つい先ほど、屋久島上空で未確認の航空機が事故を起こしたという報告が入りました」

「詳しく報告したまえ」

堀井首相の興奮した声に、木原はちらと目をやり、また書類に視線を戻す。

「国籍不明機が一機、北西側から我が国の領空に侵入し、屋久島に到達したところでレーダーから消えたということです。民間航空のフライトスケジュールに該当機《がいとうき》はなし。もちろん空自の飛行機でも米軍機でもないため、自衛隊のレーダーサイトによって監視していたところでした」

「空自のスクランブル発進もなく、まんまと屋久島に？　どうやって領空に入れたんだ」

塚崎防衛大臣が怒ったようにいった。

「プロペラ機だったということで、当初は民間機と思われていたようです」

そう答えたのは芝崎邦弘《しばさきくにひろ》内閣危機管理監だった。

「本当に落ちたのか？　高度を下げて、屋久島空港に着陸したのではないのか」

堀井首相の言葉を、芝崎危機管理監が否定した。「それならそうと判明しますよ。島の中央部付近でレーダーから消えたんです。間違いなく墜落です」

堀井首相は目をしばたたいていたが、複雑な表情でこういった。

「まあ、我が国の機体でなければ問題はないではないか」

それから防衛大臣に顔を向けた。「自衛隊のほうは？」

「出動準備を整えて、首相のお言葉をお待ちしております」

塚崎大臣がいったので、堀井は頷く。

しかしあのリ・ヨンギル将軍に核という切り札があるかぎり、うかつに自衛隊を出動させるわけにはいかなかった。だからといって、あちらの要求を呑《の》むことはできない。そもそも北朝鮮という国との外交手段をまったく持ち得ないのだから、すでに匙《さじ》を投げたようなものである。

頼みの綱《つな》はたったのひとつだ。

「加藤《かとう》くん。アメリカ政府からの回答はまだかね」

ふいにふられた外務大臣、加藤敦子《あつこ》が顔をしかめて眉根を寄せる。

「それが……こちらからの再三の催促《さいそく》にもかかわらず無言のままです」

そういってハンカチで額を拭った。

「在日米軍の動きは？」

加藤外相は、今度は何もいわずにただかぶりを振っただけだった。

「大統領はいったい何をしているんだ」

首相がつぶやくのを見て、芝崎危機管理監がいった。「マスコミを通じてあれだけ大統領との仲をアピールされたからには、ことが国民に発覚する前になんとしてでもアメリカ側に動いていただかないといけませんな」

「屋久島に関する噂《うわさ》は、すでにネットを中心に国民に広まり始めてます。情報拡散をこれ以上、留め置くことは無理……というか、そろそろ限界です」

そう報告した和久田秀志《わくたひでし》文部科学大臣を、堀井はにらむように見た。

「今さらいわれんでも、報告は聞いている。加藤くん。国連のほうは？」

「それが、まだなんとも……」

言葉を濁《にご》す外務大臣から目を離し、堀井首相は両掌《りょうて》で自分の顔を覆った。

「厄介《やっかい》なことを、なんで我が国に押しつけてくるんだ……」

そうつぶやいた。

14

宮之浦歩道第一展望台付近——午後一時十八分

ハン・ユリ大佐は急峻《きゅうしゅん》な斜面をたどって、なんとか谷に下りることができた。

それまで二度ばかり足を滑らせた。二度目はまともに滑落しそうになり、あわてて立木にしがみついて事なきを得た。

しかし、そのたびに脇腹の傷が痛んだ。体を引き裂かれるようだった。

谷底は緑に包まれ、清涼な水が岩の上を舐めるように流れていた。

かなり沢が細い。おそらく水源に近い場所なのだろう。

その場に這いつくばると、流れに手を入れた。切れるほどに冷たい水を両掌にすくった。口に持っていこうとして、一瞬、考えた。このまま飲んでも大丈夫なのかと思った。自然の水の中には寄生虫などがいることがある。部隊では必ず浄水器を水筒とともに背嚢《はいのう》に入れていたが、あいにくと飛行機からパラシュート降下したとき、荷物を背負う余裕がなかった。

掌の中で揺れる水を見つめ、思い切って口に含んだ。ひとたび飲み込むと、なんともいえない甘味があって、夢中で沢水をすくっては飲んだ。軍服のズボンの膝が水に浸《つ》かっていたが、まったく気づかなかった。

次に迷彩柄のシャツを脱ぎ、サラシのように腹に巻いたタオルをほどいた。出血は止まっているようだ。傷口に冷たい水をかけ、固まった血を洗った。タオルをそこに巻き付け、シャツを着込んだ。

それからまた浅瀬に手を入れて水を飲んだ。

気がつけば、冷たい流れの中に両手を突いていた。

口を引き結んだまま、清冽《せいれつ》で透明な水をじっと見つめた。一切のよどみもなく流れる水面《みなも》に、自分の顔が影となって揺らいでいる。

ふと向こう岸に目をやる。汀《みぎわ》の岩場に小さな白い花がポツンと咲いて、風に揺れている。

小さな子供の頃から、花を摘《つ》んだこともなかった。心の余裕がなかったし、花になんか興味もなかった。家族は飢《う》えていて、なんとか食べていくことばかりを考えていたからだ。だから自分が女であることを意識せずに育ってきた。

子供の頃から自分の顔が嫌いだった。鼻梁《びりよう》が高く、目が大きい。まるで西洋人のようで朝鮮人らしくない容貌《ようぼう》ゆえに、周囲から苛《いじ》めを受けていた。家は貧乏《びんぼう》で、将来の夢も展望もなかった。そんな不幸を覆《くつがえ》したい、自分が強くなりたい。それだけの気持ちで十八歳で軍隊に入り、二十年の間、泥沼《どろぬま》の中であがくような訓練を続ける日々だった。

その間、男どもの性欲の対象として、何度もつらい目に遭《あ》ってきたが、やがて格闘技において右に出る者がいなくなると、状況は一変した。狼藉《ろうぜき》に及ぼうとする相手は容赦《ようしゃ》なくたたきのめした。手足をへし折るのは造作もないが、男性器を破壊することだけはやめた。男どもは自分のその機能を失うと、あらゆる意欲がなくなって廃人のようになり、けっきょく除隊せざるを得なくなるとわかったからだ。

二十二歳で政治軍事大学入りを認められ、主に特殊任務を想定した軍事学をまなび、そのあと、特殊部隊である陸軍特殊作戦軍に配属が決まった。

ここでの訓練はさらに過酷《かこく》だった。

毎日二度、ＡＫ47アサルトライフルの射撃を行い、およそ四時間で二千発の実弾射撃を繰り返す。手榴弾《しゆりゆうだん》の投擲《とうてき》は四十メートル以上。これを二百回。そして月に一度の山岳行軍では、四十キロの行程をたった四時間で走破しなければならない。隊員の中には脱落者が多く、血を吐いて倒れたり、滑落して死亡する人間が後を絶たなかったが、上層部はその訓練を決してやめようとはしなかった。

やがて彼女が士官になると、待遇《たいぐう》はてきめんに変化した。部下たちはみな忠実で、覇気もあり、南北統一という目的のために心がひとつになったような気がした。

このまま軍という組織のトップに登りつめる。そのためにハン・ユリはあらゆる努力を惜《お》しまなかった。彼女は次第に功名を獲得していき、陸軍特殊作戦軍最高の部隊といわれた第一特殊部隊の隊長になる。

その頃のハン・ユリの渾名《あだな》は〈白頭山《ペクトサン》の虎《ホランイ》〉。あるいは朝鮮人民軍の女虎ともいわれた。

そんな名誉《めいよ》も、この内戦ですべて無意味となってしまった。

朝鮮人民軍の多くの兵力が反乱側についたのは、おそらく待遇問題等の不満ゆえだろう。ろくな給金もなく、武器は旧式、食糧《しょくりょう》の配給もままならぬ兵士たちにとって、自軍に誇りを持てるはずもない。

彼女のようにおのれの実力で這い上がってきた一部の者はともかくとして、大半の兵士たちは奴隷《どれい》同然に扱われ、事故による死者、病死、自殺者も多く出る。近年は食糧が行き届かず、餓死《がし》者《しゃ》まで出るようになっていた。

そこに来て、トップに立つ指導者があのていたらくではなおさらのことだろう。

兵士たちの忠誠心はもうなくなっていたし、それを立て直すすべもなかった。だから、必然的に反乱が勃発したのである。そのことは彼女自身もよく理解していた。

しかし、自分はあくまでも総書記を頂点とする軍の士官であり、特殊作戦軍を指揮するリ・ヨンギル将軍同志を誰よりも尊敬し、忠誠を誓《ちか》っていた。

その信義が今となって揺らいでいた。

国内で内戦が勃発したとき、なぜ、リ・ヨンギル将軍は積極的に総書記の援護に当たろうとしなかったのか。どうして単独で故国を出て、この屋久島という敵対国の領土に侵攻したのか――。

気がつくと、三十分以上も水際に座り込んでぼうっとしていた。

ハン・ユリは立ち上がり、迷彩ズボンについた泥や腐《くさ》った木葉をはたき落とした。それから谷川の下流を見る。沢筋に沿って下るべきか。いや、それはやめたほうがよさそうだ。沢を下ると崖に行く手を阻《はば》まれると、レンジャー訓練で習った。故国の山林のみならず、この屋久島でもそれはあり得る。

彼女は崖の上を見上げ、おもむろに立木をつかんで登り始めた。

鍛え抜いた体ゆえに登りは楽だった。脇腹の傷は疼痛となっていた。あえて意識をそこから逸らす。

急傾斜の林地をたどってよじ登り、尾根に戻ってきた。

周囲は木立に囲まれ、見通しの悪い場所だ。屋久島独特のヒメシャラの樹木の赤っぽくねじ曲がった幹が不気味に思えた。踏み跡が目立つ登山道が、森を抜けて続いている。

リ・ヨンギル将軍同志の部隊は、ここからそう遠くない山中に陣地を築いているはずだ。しかし地図もコンパスも持たず、おまけに地の利を得ていない自分にとって、そこにたどり着くのは至難の業《わざ》だ。

汗を拭ってひと息ついたとき、背後に足音がしてハン・ユリは振り向いた。

登山者らしき男がふたり、森を抜ける道を歩いてくるところだった。

先頭にいる瘦《や》せぎすの男は、驚くべきことに彼女が見たこともないほどの巨大なザックを背負っている。それはまるで小さなビルのように思えた。その後ろにいる若い男も、それなりに大きなザックを背負っている。

ふたりともまだこちらの存在に気づいていない。

ハン・ユリは素早く周囲に目を配ってから、そっと立木の中に身を隠した。

15

宮之浦歩道第二展望台付近——午後二時

「シャクナゲのハイシーズンなのに、やけに登山者が少ないな」

狩野がいうと、後ろから篤史がこういった。

「ハイシーズンだから必ず混むってことじゃないと思うっすよ」

「そりゃまあ、そうだが……」

腕組みをしながら、森を抜けるトレイルを狩野は歩く。

五月のこの時期は、宮之浦岳周辺の山肌を白とピンクのシャクナゲが覆い尽くす。それを目当てに登山者たちが押し寄せ、どこの山小屋もいっぱいになってしまう。当然、登山道ではそうした人々とすれ違う。山では登り優先であるため、下りの場合、常に行列が途切れるまで道を譲《ゆず》らねばならない。

ところがこの一時間ばかり、すれ違った登山者は十名前後だった。

「最盛期のはずなのに客が来ないという現象は、確率的にはあると思います。たぶんこの時期は混んでいるだろうから外そうという思惑《おもわく》がはたらいて、わざわざずらしてしまう。そういう偶然がたまたま重なって、ポッカリとこうした空白ができるわけっすね。つまりいわゆる蓋然性《がいぜんせい》という事象なわけで――」

「なんかお前、学者みたいな物言いするなあ」

狩野がつぶやくと、篤史が後ろで笑った。

「こう見えても俺、大学のゼミじゃ統計学をメインにやってましたから」

「お前、こないだ大学は生物環境を専攻だとかっていってなかったか？」

「正確にいえば生物資源学部、共生環境学科です。統計学は気象情報のための必須《ひっす》科目だったたっすよ」

「こちとらチンプンカンプン。なんだかなあって奴だな」

そういって狩野が肩をすぼめたときだった。

目の前の木立から、だしぬけに人影が現れた。それを見た狩野が足を止め、すぐ後ろを歩いていた篤史が彼の巨大なザックに顔をぶつけてうめいた。

「な、なんすかッ！」

だが、狩野は前を向いたままだ。

彼の前に立ちはだかった人物——それは若い女性だった。黒髪は七三分けのボブカット。鼻が高く、キリッと鋭い目をした美女だ。しかも軍服のような迷彩服を着ていて、足元は軍用らしいブーツ。

狩野の目は彼女が右手に握る拳銃に向けられた。銃口がこちらを向いている。

「驚いたな」

そうつぶやいて、狩野がしかめ面《つら》になった。「世界遺産の屋久島でサバゲーか？　いくらなんでもな、やっていいことと悪いことがあるんだぞ」

いいながら前に足を踏み出した刹那《せつな》、その女は右手の拳銃を発砲した。

すさまじい銃声が耳をつんざき、狩野をかすった弾丸が、すぐ近くのヒメシャラの幹にめり込んで木っ端《こっぱ》を飛ばした。銃声の残響が消えると、棒立ちになった狩野のすぐ眼前に銃口があった。発砲と同時に距離を詰めていたのである。

拳銃の銃口とスライドから青白い煙が洩れていた。女は無表情だ。

狩野は黙ったまま硬直していた。耳鳴りが残っている。

「狩野さん。マジに実銃っすよ」

後ろにいる篤史の声。

「黙ってろ」

ちらと後ろに目をやってから、狩野はまた彼女に視線を戻した。

女は徹頭徹尾《てっとうてつび》、無表情だ。拳銃を発砲したときも、冷ややかに目を開いたままだった。

「スルデオンヌン・チョハン・ハジマラ！」

威圧するような低い声で女がそういった。「むだな抵抗、やめろ」

訛りのある日本語。

「あんた……韓国人か？」

近頃、韓国からの登山者が多く、狩野も何度か彼らのツアーをガイドしたことがあった。

女が首を横に振った。

「チョソン・インミングン――」

どこか日本語に似た彼女の言葉。その意味に狩野は気づいた。

「朝鮮人民軍……まさか、北朝鮮！」

空中で四散したアントノフ複葉機は、中国や北朝鮮などが軍用に使っていると篤史がいっていた。だとすれば、あのとき脱出してパラシュート降下したのは、目の前にいるこの女だったのだろう。

本能的に後ずさって、狩野が相棒にいった。

「篤史。早く逃げろ！」

とたんに女がわずかに視線を逸らし、狩野の背後に銃口を向けた。

二発目の発砲。

今度は狩野の顔のすぐ近くだったため、まともに爆風を浴びた。が、かまわず振り返り、叫んだ。

「篤史！」

見れば、清水篤史は無事だった。踵を返した姿勢で凍り付いていていた。

彼の向こうの地面に、篤史のお気に入りのベースボールキャップが落ちていた。その中央に弾丸が貫通したらしい小さな孔《あな》がはっきりと見えていた。

女は銃弾で彼のキャップを撃ち飛ばしたのである。

篤史は震える両手をゆっくりと掲げて向き直った。顔色が蒼白《そうはく》だった。今にも泣き出しそうな顔をしている。

「狩野さん……頭、少し禿《は》げたみたいっす」

「黙ってろ」

そういって狩野は彼女を振り返り、訊いた。

「北朝鮮の軍人が、屋久島で何をしている？」

軍服の女は拳銃をかまえたまま、かすかに眉根を寄せ、口を開いた。

「われわれは、この島を、占領している。私、軍に合流しなければならない」

「屋久島を占領って？　まさか……」

あっけにとられた狩野に、また硝煙《しょうえん》をくゆらせる銃口が向いている。

「お前たち、登山者か？」

そう訊かれて、狩野はなんと答えるか、少し迷った。

「登山者じゃない。この山でガイドをしている」

「ならば、〝よとかわ〟、知っているか？」

つたない日本語で、女がそう訊いてきた。一瞬、狩野はわからなかった。

ようやく悟っていった。

「淀川……屋久島じゃ〝よどごう〟っていうんだよ。登山口のひとつだ。それがどうした」

女が無表情のまま、いった。「私を案内しろ」

軍に合流する――今し方、そういっていたが、まさかと狩野は思った。

「わが軍の指揮官がいる」

女が拳銃をかすかに振って、いった。「私をそこまで連れて行け」

「嫌だといったら？」

強がりをいったとたん、狩野は後悔《こうかい》した。

女が拳銃を両手でかまえ直した。その銃口は篤史に向いていた。

「やめろ！」

狩野が飛びかかった。

女が無造作に足を出し、狩野の右足を軍靴《ぐんか》が直撃する。激痛に膝をつかんだまま、狩野は登山道に転がった。すさまじい打撃だった。膝の皿が砕けなかったのはたまたまだろう。

しかし彼は立ち上がりざま、女にパンチを見舞おうとした。

ところが瞬時に目の前からその姿が消えた。魔法のように。

あっと思った瞬間、狩野は利き手を取られ、背中の側にひねられていた。そのすさまじい激痛に悲鳴を上げた。メキメキと肩の骨が音を立てた。

関節を破壊される。狩野はそう思って叫んだ。

「わかった、わかった！　あんたにはかなわない」

女が手を放した。

「案内役はお前だけでいい。もうひとりは、殺す」

女がいって距離を空け、ふたたび拳銃を篤史に向けた。

篤史が両手を肩の辺りまで挙げたまま、蒼白な顔になっている。泣きそうな表情。

「待て！　道案内にはあいつも必要なんだ」

痛む右肩を押さえながら、狩野がいった。

「なぜ」

女が横目で見た。

「これから雨になる。沢が増水すると渡れない。彼は別のルートを知っている」

とっさに口を衝いて出たでたらめだったが、信じてくれたようだ。

両手で拳銃をかまえていた女が、ゆっくりと撃鉄を戻した。

16

淀川登山口——午後三時

登山者のものらしい乗用車が何台も停まっている駐車場近く。

彼らが指揮所と呼ぶ天幕中央の折りたたみテーブルに向かって占領軍指揮官リ・ヨンギル将軍が座っていた。隣には副官であるアン・スンイル中将がいる。

あらかじめ日本国内に潜伏《せんぷく》させていた情報員からの連絡では、堀井首相による自衛隊への防衛出動は発せられたものの、具体的に陸海空の自衛隊が動き出すには至っていないようだ。おそらくまだ情報収集の段階なのだろう。

マスコミは屋久島の現状をいっさい報道していない。

今のところ、安房や宮之浦などの住民による反抗は報告がない。だが、監視を怠《おこた》るわけにはいかない。漁船や観光船などはすべて破壊し、沈没させたはずだが、それでもこちらの予想外の手段で島からの脱出をはかるかもしれない。

「第三偵察隊、キム・スリョン少佐からの報告です」

通信担当のホ・ミヨン中尉が傍にやってきて敬礼をした。

リ・ヨンギルは顔を向けて頷く。「話したまえ」

「少佐の偵察部隊は島中央部に到達。高塚山付近で山腹に散らばった輸送機の機体破片を発見。周囲に何名かの兵の遺体がありましたが、ハン・ユリ大佐は発見できず、とのことです。無線通信も相変わらず届きません」

今からおよそ五時間前、彼女が乗った飛行機は島の中央部で墜落した。海州飛行場を飛び立った直後に、地上からの銃撃を受け、エンジン近くの燃料系統を損傷したという。なんとか屋久島までたどり着いたが、山岳地帯を越えて空港まで飛ぶことができず、途中で墜落したらしい。直前の機長からの無線連絡だと、ハン・ユリ大佐は単独でパラシュート降下した。もし生存しているとしても、独力でこの指揮所までたどり着かねばならない。

報告を受け、リ・ヨンギルはいった。「捜索を続行するよう、伝えてくれ。ただし、登山者たちに姿を見られぬよう、できるかぎりの秘匿《ひとく》行動を取るのだ」

中尉は彼に敬礼をし、下がった。

リ・ヨンギルはあらためて屋久島の地図を机上に広げる。

「こうして見れば、実に奇妙な島ですね」

アン・スンイルがそういった。

周囲百三十二キロ、直径三十キロ弱、面積は五百平方キロの小さな島。その島の地質の大部分は風化した花崗岩だが、標高千メートル以上の山がなんと四十五座もある。その山々は標高ゼロメートルの海岸線から一気にそびえ立ち、まさしく島そのものがひとつの山塊《さんかい》といえるだろう。洋上のアルプスと呼ばれるゆえんである。

しかも島中央部の山岳地帯は、複雑に尾根が入り組んでいる。登山道をたどれば目的地に行けるが、いったんルートを外れたら道に迷い遭難になる確率が高く、ゆえに登山者による山岳事故が多発しているのだという。

「ハン・ユリ大佐は優秀な特殊部隊員と聞いておりますが、地形に通じていないこの島の山岳地帯で、果たして独力でここにたどり着けますかね。あるいは捜索部隊に合流できるでしょうか」

アン・スンイルの言葉に、リ・ヨンギルは腕組みをして考え込む。

この作戦は、まさに彼女が鍵《かぎ》であった。

それぞれが別々の脱出ルートになってしまったことは残念だが、彼女には重要な任務があったし、ともに敵の目を盗んで故国を抜け出すには、他に方法がなかったためだった。

米軍はあのとき、大型輸送機とジェット戦闘機を撃墜して安堵していたはずだ。リ・ヨンギルは自分たちがその輸送機で国外に脱出するという情報を、いかにも偶発的に漏洩したように事前に流し、敵の目を引きつけておいたのである。

彼らは貨物船に偽装した大型船に分乗し、この屋久島を目指した。

どうして日本海側の島を占領しなかったのか。それは日米軍を欺《あざむ》くためだった。北朝鮮を脱出した部隊が、壱岐《いき》対馬などの島嶼部に上陸することは、日米にとっては織り込み済みのはずだった。

日本海の海域では敵が目を光らせていたはずだ。ゆえに敢《あ》えて輸送機と護衛機をわざわざ日本の領空に侵入させ、さらに彼らの目を逸らせたのである。

一万三千を超える人口があり、周囲を海に囲まれて孤絶した屋久島こそは、彼らが陣営を築くにはうってつけの場所だった。のみならず、空港も、大きな港もここにはある。

作戦は計画通りに遂行《すいこう》された。

ゆいいつ、彼女の到着がないことだけが計算外であった。

17

新高塚小屋——午後三時十四分

高津夕季はハッと目を覚ました。

どこか近くで人の声がしている。

一瞬、自分がどこにいるか判然とせず、焦った。

薄暗い空間。窓から白っぽく光が差し込んでいる。やけに硬い板の間の上だとわかって、ようやく自分がいる場所に気づいた。

新高塚小屋という避難小屋だった。

極度の疲労と睡眠不足で、この山小屋に入ったとたんに猛烈な眠気に襲われ、仕方なく板の間に上がり込んで寝入っていたのだった。腕時計を見てびっくりする。

三時間近く、夢も見ずに眠っていたようだ。

また、小屋の外で人声がした。

夕季は急いで身を起こし、土間に足を下ろした。靴紐《くつひも》を結び、壁に立てかけていたザックを手にする。

小屋の外に出ると、ちょうど登山者二名に出会った。

中年の男女だった。

小屋の前は屋根が大きく張り出して軒が深く、休憩《きゅうけい》スペースとなっていて、向かい合わせに木製のベンチが作られている。ふたりは外側のベンチにザックを立てかけて座り、水筒をあおったり、ハンカチで汗を拭ったりしていた。

「こんにちは」

女性のほうが挨拶《あいさつ》してきた。

夕季は頭を下げて挨拶を返し、いった。

「屋久島署の山岳救助隊です。どちらからですか？」

「宮之浦岳を越して、下りてきたばかりなんです」

「何か異変はなかったですか」

夕季にいわれ、ふたりは奇異な顔をそろえた。

「異変……十一時頃だったかな。まだ、宮之浦岳の手前だったんだけど、雷みたいな凄《すご》い音がしてねえ。空を見たら、煙の塊《かたまり》が見えました。あれ、何だったんだろう」

そういったのは男性のほうだった。

夕季が異音を聞いたのも、その頃だった。おそらく同じものだろう。

「実は――」

山に入って以来、もう何十人もの登山者に話したことを彼女は伝えた。

中年男女のふたりは、最初はあっけにとられた表情になっていたが、夕季の真剣な表情に飲まれたように最後まで聞いていた。

「それで……私たち、どうすればいいんですか？」

女性がいうので夕季は考え、こう答えた。

「ここが絶対に安全とは断言できませんけど、やはり町に下りるよりいいと思います。しばらくはこの小屋に滞在されるべきです」

ふたりは少し青ざめたような顔で目を合わせていた。

「わかりました」

男性のほうがいって、夕季に頭を下げた。

「ご理解に感謝します」

彼女はそういって、軒下から外へと向かった。

入口側から裏へと回り込むと、小屋の横の幕営指定地は板張りとなっていて、オレンジや赤のテントが三つあった。いずれも到着したばかりらしく、数名が周囲でドローコードを張っていたり、ジッパーを開いたテントの入口から荷物を中に入れたりしている。

青いダウンベスト姿の若い男性を見て、夕季は声をかけた。

「北村《きたむら》くん？」

ハッと上げた顔は、まさに彼だった。

この屋久島で山岳ガイドをやっている北村健史《たけし》である。周囲の数名は、彼が案内している登山客たちだろう。

「あ。高津さん。お疲れ様です。パトロールですか？」

向き直って、屈託《くったく》のない笑顔で彼はそういった。

「いえ。あの……」

何というべきかと逡巡《しゅんじゅん》した。

「ね。ちょっといい？」

そういって夕季は北村の腕を取ると、少し離れた森の中にある水場へと引っ張った。

「どうしたんです？　血相変えたりして」

「北村くんたち、どっちから来たの？」

「荒川からですけど」

夕季が眠っている間に、同じコースを伝って追いついてきたということだ。

「この島でたいへんなことが起こってるの。にわかには信じられないかもしれないけど」

「え」

北村はわずかに視線を泳がせた。「そういえば、ここに来る途中で行き会った登山者から、変な噂を聞きましたよ。屋久島が外国の軍隊に制圧されたって、そう吹聴《ふいちょう》している人がいるんだそうです。まったく何いってんだか、ですけどね」

「それって私のことなの」

「嘘《うそ》でしょ」

あっけにとられる北村の腕を、夕季はつかんだ。

「本当のことなのよ」

そういって詳しく彼に語った。

最後まで聞き終えた北村は、しばし呆然《ぼうぜん》としていた。

「ねえ。高津さん……頭がおかしくなったんじゃないですよね。だとしたら、たいへんなことじゃないですか。警察署が襲撃されたって、他の救助隊の人たちは？」

夕季はつらい顔になって首を横に振った。

「そういうわけだから、あなたたちにはしばらく行動を慎《つつし》んでほしいの。少しの間、下山も控えてくれない？」

「そりゃ、余分の食料もあるからできない相談じゃないけど……」

そういって北村は頭を掻《か》いた。「困ったなあ。ツアーのお客さんたちになんて説明すりゃいいんですか」

「それは考えて。プロのガイドでしょ？」

「いや、まあ……」

そうつぶやきながら、彼はまた頭を掻いていたが、ふと夕季を見ていった。

「そういえばガイドっていや、狩野さんがちょうど今頃、山に入ってるはずですよ」

「え。狩野くんが？」

「何でも環境省からの委託を受けて、自然環境モニタリングの事前調査をやってるそうです。ほら。あの人、ドローンの操縦が得意でしょ。四日前だったかな、麓《ふもと》でたまたま会ったときに、そんな話を本人から聞いたもんですから」

夕季は北村から目を離し、木の間越しに見える空を見上げた。

嬉々《きき》とした様子でドローンを操縦する狩野の姿を思い出しているうちに、彼女はまた不安に包まれた。むろん、狩野はこの事件のことを知らないだろう。しかし彼の性格を思えば、ことが明らかになったとき、無茶をして危ない橋を渡るかもしれない。

とにかく無鉄砲な人間なのである。

「狩野くんを捜してみる」

「旧石塚歩道から入って宮之浦岳を回るっていってたから、この小屋で待ってたら嫌でも向こうから来るはずですよ」

「そう……」

夕季は考えた。

あの狩野のことだから、登山道を歩くとは限らない。自然環境モニタリングの事前調査ということなら、植生などを求めて支尾根に踏み込んだりするだろう。山にいれば安全という話ではない。

夕季は少し前に聞いた爆音のことを思い出した。

「やっぱり宮之浦岳方面に行ってみる。今夜はどこかでビバークするから」

北村は神妙な顔で頷いた。

「じゃあ、高津さん。お気をつけて」

彼に手を上げ、夕季は歩き出した。

18

宮之浦歩道平石《ひらいし》付近――午後四時

狩野哲也と清水篤史が笹藪を抜ける登山道を歩いている。

ふたりが越してきたばかりの宮之浦岳に戻るかたちである。

笹藪のところどころに、白やピンクのシャクナゲの花が塊となって散らばっていた。その合間、花崗岩がそこかしこに点在している。

空は一面、雲に覆われていた。明日は雨。狩野の観天望気がそう報せていた。降雨率百パーセント。天気予報もそう伝えている。

ふたりの少し後ろを、迷彩柄の軍服姿の女性がついてきていた。彼女の腰のホルスターには拳銃があり、いつでもそれを素早く抜ける。逃げ出そうとしたり、変な振る舞いを見せたら、躊躇なく発砲すると警告されていた。

狩野も篤史も逆《さか》らいようがなかった。

午後四時を回って付近に他の登山者の姿はない。登山の基本は早発《はやだ》ちと早い到着だ。この時間ならば、すでに下山を終えたか、あちこちにある避難小屋に到着し、夕食をとりはじめている頃だろう。

狩野も空腹だったたし、ときおり後ろから篤史の腹が鳴る音がしていた。

「北朝鮮の軍隊がこの島を占領してるって、彼女、いってましたよね。あれってマジなんすかね？」

篤史がそういってきた。

「確かめたくても、ここからは携帯も通じないけどな」

「だったら、なんで自衛隊が来ないんすか」

「知るかよ」

「政府はこの事実を知ってるはずですよね」

「俺は政治家じゃないんだから、わかんねえってば」

するとに篤史は狩野に近づいて、傍らから小声でささやいた。

「ところで……なんとか逃げる手はないっすかね」

「無理だ。あの女の射撃を見ただろ」

狩野がいって、彼がかぶっているベースボールキャップを指さした。あのとき、篤史の頭皮をかすりもせず、帽子だけを撃ち飛ばしたのである。キャップにはそのときの銃痕《じゅうこん》が小さくうがたれたままだ。

「たとえ百メートル逃げたって、今度は頭を撃ち抜かれるぞ」

未だに痛む右肩の関節を揉《も》みながら、狩野がいった。「それにあの格闘技だって、タダモンじゃねえ」

「奥岳には登山者もいっぱいいるし、みんなに危険を報せるべきだと思うんすけど」

「とにかく今は無理だっていってるだろ」

篤史はしょげ返り、また狩野の後ろを歩き始めた。

「……それにしても、俺たちの俊足《しゅんそく》にちゃんとついてこられるんだから、相当鍛えてるんでしょうね」

篤史の声に狩野は頷く。

鍛えているどころか、女ターミネーターみたいな存在だと狩野は思った。

巨大なザックを背負いつつ、ガイドが本業の狩野も助手の篤史も、通常の登山者の倍以上の速さで山を歩ける。そんなふたりにまったく後れを取ることなく、彼女はついてくる。おそらく軍隊で山野の強行軍を続ける訓練を受けてきたのだろう。射撃の腕といい、格闘技といい、もしかすると特殊部隊と呼ばれる精鋭チームかもしれない。

屋久島の武装制圧が本当ならば、彼らはかなりの人数を擁《よう》する部隊規模で上陸したことになる。安房、宮之浦、一湊《いっそう》、尾之間《おのあいだ》……各町に武装した兵たちがやってきて、武力行使したとしたら？

「狩野さん、ちょっと」

また、後ろから篤史の声がする。

「何だよ」

「俺、ふと思い出したんすけど、あの女って右利きですよね」

狩野は彼女が右手に拳銃をかまえていたことを思い出した。

「たぶん、そうだな」

「前に何かで読んだことがあるんすけど、相手が拳銃を右手に持ってるときは、その相手の視線から向かって右側に走って逃げたら、弾丸が命中しにくいんですって」

「マジか？」

「こう見えても俺、往年の大藪春彦《おおやぶはるひこ》の小説をかなり読み込んでるんすから」

ふたりの前に木製の道標が立っているのが見えてきた。

その場所で登山ルートがY字になって分岐《ぶんき》していた。左に行けば宮之浦岳の頂上、右に行けば永田岳だ。

狩野は相変わらず小声でいった。

「大藪春彦なら俺も何冊か読んだけど、憶《おぼ》えがないぞ」

「違う作家だったかもしれませんが」

「そんなアバウトでいいのかよ」

「とにかく、そこの分岐点で思い切り右ダッシュして、永田岳に行くルートに走ってみます。俺がうまく逃げられたら、狩野さんも速攻で続いてください」

「無茶をして、また撃たれたらどうするんだ。今度は帽子《ぼうし》だけとは限らんぞ」

「やってみなきゃ、わかんないっすよ」

「だから、よせっての――」

狩野がいいかけ、道標の前で足を止めたとたん、篤史が宣言通り、右にダッシュした。

「篤史！」

狩野が叫んだとたん、少し後ろにいた女が躊躇なく発砲した。

すさまじい銃声が耳をつんざき、あわてて視線を移した狩野の眼前——篤史が右手で自分の頭を押さえていた。そのずっと先の笹の間に、彼のベースボールキャップがひっくり返って落ちている。

女がまた発砲した。一瞬、空気が張り詰め、固体になったように思えた。

篤史の前に落ちているベースボールキャップが弾丸に弾《はじ》かれ、さらに遠くへとすっ飛んでいき、ヤクザサの藪の向こうに見えなくなった。

篤史が硬直したまま、ゆっくりと振り向く。

泣き顔である。

「ヤバイっす。俺、洩らしちゃいそうです」

「我慢しろ」

そういった狩野に向かって、女が歩いてきた。右手の拳銃を狩野の額に向けた。

煙をくゆらす小さな銃口を狩野は凝視《ぎようし》し、女の顔を見た。黒い瞳に冷たい光が宿っている。情け容赦のない獣の目のようだ。

「カブルジマッ！」

女が鋭い声で怒鳴《どな》った。

「な、何だ？」

「ふざけた真似《まね》、するな！」

そういって女が眉間《みけん》に深く皺を刻んだ。「次は、本当に殺す！」

狩野はその容貌をじっと見ていたが、やがて肩越しに篤史にいった。

「早くこっちに戻ってこい。どうやら逃げ道はなさそうだ」

凍《こお》り付いて動けない篤史。

狩野は吐息を投げ、彼のところまで行って腕をつかみ、拳銃をかまえる女のところに連れ戻った。

「コロッ（歩け）！」

女に命じられ、狩野と篤史はまた歩き出した。

彼らの目の前には、標高一九三六メートルの宮之浦岳がそびえ立っている。

19

南アルプス、北岳《きただけ》――午後四時四十九分

それでなくても足場が悪い斜面。瓦礫《がれき》混じりの岩稜《がんりよう》帯だった。

そこに脚立を立てて、寒河江信吾はてっぺん近くまで登っている。下で脚立を支えている二名は――岡崎《おかざき》光太《こうた》と上郷《かみごう》彩佳《あやか》。

寒河江は環境省の出向機関、野生鳥獣保全管理センターの管理官である。俗にワイルドライフ・パトロール（ＷＬＰ）と呼ばれている。赴任《ふにん》は二年前、その前は環境省の一技官として中央で働いていた。

光太は生態系保全専門員。彩佳は管理官補佐として、ともに寒河江の助手を務めている。

ふだん三人は八ヶ岳南麓《やつたけなんろく》にあるセンター事務所に勤《つと》めているが、今回は南アルプスの主峰である北岳に来ていた。頂稜《ちようりよう》の北側に連なる小太郎《こたろう》尾根。その南斜面に広がる高山植物の群生地を、ニホンジカの食害から守るためだった。

脚立の上に立った寒河江は、軍手をはめた両手で木槌《きづち》を慎重に振り上げては、鉄柱の頭に振り下ろす。ガン、ガンとリズミカルな音が、斑模様《まだらもよう》に雪が残った傾斜地に響いていた。

この冬は雪が多く、あちこちで防シカ柵《さく》が雪崩《なだれ》を受けて倒壊していた。それを花のシーズンが来るまでに直さなければならなかった。

本来、環境省からの委託で地元の業者が修繕《しゆうぜん》作業を行うのだが、作業終了の報告を受けて現地の様子を視察に来ると、いくつかの場所で工事の不手際《ふてぎわ》が見つかった。

そのため応急処置として、こうして三人で防シカ柵の修理をしていたのである。

ようやくすべての鉄柱を打ち、ネットを張り終えた。三人は資材を片付けてから、尾根まで這い登るようにして戻った。そしてその場に座って休憩をとった。

風が冷たく、息が白く凍るが、重労働で汗を掻いた身には心地よかった。

尾根のずっと彼方《かなた》に、まだ白い雪をまとった北岳の雄姿がそびえている。富士山に次いで日本で二番目に標高の高い山である。バットレスと呼ばれる六百メートルの巨大な岩の壁を這うように、ガスが流れているのが見えた。

「広河原《ひろがわら》まで下りますか？」

ペットボトルのスポーツドリンクを飲みながら、眼鏡をかけた光太がいった。

「いや。今からだと日没までに下りられないだろうから、今夜は白根御池小屋《しらねおいけごや》の冬季避難小屋を使わせてもらおう。そう思って食料を余分に持ってきたんだ」

この小太郎尾根から草すべりと呼ばれる急斜面を下りたところにある山小屋だった。今はシーズンオフで閉鎖中だが、冬山登山者のために小屋の一部が開放されている。

「それにしても、思ったよりも修繕箇所があったからなあ。ふたりとも今日はたいへんだったね」

「だけど、これでたぶん、草すべりのシナノキンバイやキバナノコマノツメがシカの食害から守られます」

光太の隣で額の汗を拭きながら彩佳がいう。

「だといいんだけどね」

寒河江がつぶやいたとき、彼の上着の下でスマートフォンが震えた。

それを引っ張り出して、寒河江は液晶を見た。

090で始まる番号だが、彼が知らない相手のようだ。通話モードにして耳に当てた。

「もしもし？」

――こちら防衛省海上幕僚監部の宮内《みやうち》と申します。野生鳥獣保全管理官の寒河江信吾さんの携帯でよろしいでしょうか？

低い男の声だった。

「そうですが。防衛省……自衛隊の方が私に何か?」

――実は環境省のほうから特別に許可をいただき、お電話させていただいております。このたびはとくに寒河江さんの力をお借りする重要事案がありまして、大至急でもうしわけないのですが、私どものほうにお越しいただきたく思います。

「あの……しかしですね。どんな用事かわかりませんが、すぐに来いといわれましても困りますね。明日や明後日《あさって》じゃダメなんですか」

――一刻を争う、緊急の案件なのです。

「こっちは南アルプスの山の中にいるんです。北岳ですよ」

――そちらの位置はＧＰＳで把握しております。

「だったらよけいに無理なことじゃないですか。そもそもどうして私が自衛隊に協力をしなければいけないんですか」

――あなたは屋久島のご出身ですよね。

「え。まあ……そうですが」

――前のご職業は、屋久島の自然保護官事務所でアクティブ・レンジャーをされていた。しかも故郷の山岳地帯に精通していらっしゃるとうかがいました。

「え、ええ。そりゃあ、多少は……」

――それだけ確認がとれたらけっこうです。すぐにお迎えにあがります。

「ここに迎えにくる、ですって？　どうやって……」

寒河江がそういったとたん、どこかからヘリコプターの音が聞こえ始めた。

彼の前で、光太と彩佳が驚いた顔になり、空を見た。

雲の合間を抜けるように、芥子粒《けしつぶ》のような黒い点があって、それがだんだんと大きくなってきた。

「まさか……？」

空の点は見る見る大きくなり、ローターのブレードスラップ音と力強いエンジンの爆音が高まってきた。

ふたりの頭上を一気に越えたと思うと、ヘリは尾根の北側で大きく旋回しながら、こちらに戻ってきた。それは白い機体で、胴体に日の丸のマークがあり、テイルブームにははっきりと〈海上自衛隊〉と書かれてあった。

シコルスキー社の軍用ヘリ、ＳＨ－60Ｂを日本の三菱《みつびし》重工業がライセンス生産したＳＨ－60Ｊだった。海上自衛隊の哨戒《しょうかい》ヘリコプターとして現用されている。

それは三人の頭上高い場所に定位し、徐々に高度を下げてきた。

ブレードスラップ音が大きくなり、同時にローターの回転が作り出すダウンウオッシュと呼ばれる突風がすさまじい圧力をともなって押し寄せてきた。

ヘリはゆっくりと下りてきて、尾根の上にランディングした。

ローターの回転を止めることなく、側面のスライドドアが開いて、ヘルメットに隊員服姿の男がひとり、岩稜の上に降り立った。彼は急ぎ足に寒河江たちの前に来ると、敬礼をした。

「海上自衛隊特別警備隊の国見《くにみ》俊夫《としお》一等海尉であります。寒河江さんをお迎えにあがりました。よろしくお願いします」

年齢はおそらく三十代半《なか》ば。鍛えた厚い胸。ヘリの騒音に負けぬ野太い声だった。

「驚いたな。マジに都内の防衛省まで行くんですか？」

狼狽えた声で寒河江がいうと、国見と名乗った特警隊員はかぶりを振った。

「寒河江さんには、佐世保《させぼ》基地までお越しいただきます」

「佐世保……そのヘリでそんなところまで飛べるんですか？」

「途中、和歌山県の由良《ゆら》基地で給油をしてから向かう予定です」

寒河江ははっと吐息を投げると、あっけにとられた顔で光太と彩佳を見た。

「どうやら逆らえない事情らしい。悪いが、君たちは予定どおり、白根御池の冬季避難小屋に泊まって、明日下山をしてくれるか。食料などは渡していくから」

「わかりました」

やや青ざめたような顔で彩佳がいった。

寒河江は自分のザックからインスタントラーメンやガスストーブなどを取り出して、ふたりに渡した。それからザックを肩掛けすると、ゆっくりと立ち上がった。

「寒河江さん。なんだかわかんないですけど、とにかく気をつけて」

光太にいわれ、彼は頷いた。

「ありがとう」

ふたりに目配せをすると、寒河江は国見のあとを追って、ヘリに向かって歩き出した。

20

安房——午後六時

高津克人はクワズイモの群落の中に身を潜《ひそ》めていた。

大きな丸い葉っぱが、斜面にびっしりと生えている。クワズイモはサトイモ科の常緑性多年草で、屋久島の海岸や町など標高の低い場所によく群生している。サトイモというよりハスに似た傘のように大きな葉のおかげで、外敵から隠れるには都合が良かった。

屋久島の山間部には屋久杉やヒメシャラ、ヤマグルマ、ハリギリなどの高冷地の樹木が生えているが、海辺にはガジュマルやアコウ、ユーカリといった南洋を連想させる植生が目立つ。シダを大きくしたようなヘゴという植物も多い。

少し前、自宅に向かう道を歩いていて、バイクの排気音に気づいた。

とっさに走ってクワズイモの中に飛び込んだ。彼の目の前を迷彩服にヘルメットの兵士二名がモスグリーンのサイドカーに乗って走ってきた。克人に気づかず、そのまま通過していった。

その音が聞こえなくなるまでじっとしてから、克人は胸をなで下ろした。

小野田夫妻と別れ、店を出たのは午後三時過ぎだった。

すぐに家に戻らず、いったん港が見える場所まで行って、双眼鏡で確認した。

安房港周辺の客船や漁船、貨物船などは、すべて攻撃を受けて沈没、あるいは燃えていた。まだ黒煙を上げている船も見えた。おそらく島民たちがここから勝手に脱出できないように、奴らが徹底的にやったのに違いない。

他に島から出る手段はないかと何度も考えるが、やはり思い浮かばない。

実は姉と決めた周波数で、これまで二度ばかり無線を飛ばした。しかし姉が無線の電源を入れていないためか、通話はできなかった。果《は》たして無事なのか。そのことも不安の影を心に投げていた。


クワズイモの群落の中から這い出し、克人はまた歩き出した。

背負ったデイパックいっぱいに、〈スーパー・オノダ〉でもらった食料——インスタント麺やパン類、缶詰などが入っていて、荷物が重たかった。

安房川の右岸に出た。

夕暮れが迫っていた。空は灰色の雲に覆われていた。明日辺りから雨が降るはずだ。

町は相変わらず静まりかえっていて、人の気配がまるでない。住民たちはそれぞれが家に閉じこもって息を潜めているのだろう。川の対岸に繁華街《はんかがい》が見えるが、ネオンが灯《とも》る気配もなかった。

ふいに排気音に気づいて振り向いた。

川の上流側からバイクが走ってくるのが見えた。

克人は凍り付いた。あのとき見たサイドカーの兵たちだった。

うかつだった。それまで奴らに見つからないよう、物陰から物陰へと隠れながら移動していたのに、つい油断をしていた。根拠もないのに、一度はやり過ごしたものだからきっと大丈夫だと思い込んでしまったせいだ。

距離は二百メートル以上あった。しかし、向こうもこちらに気づいているらしく、まっすぐバイクを飛ばしてくる。

迷う余裕もなく克人は走った。

背後から爆音が追いかけてくる。それがどんどん接近してくる。

何度も足がもつれそうになり、まるで悪夢を見ているようだ。

だしぬけにサイドカーが克人を追い越し、前方を塞《ふさ》ぐようなかたちで急停止した。ヘルメットに迷彩服姿のふたりの兵が飛び降りた。ひとりは短機関銃、もうひとりは拳銃をかまえて、それぞれ克人に銃口を向けている。

「ネノン・モハニャッ（貴様、何をしている）！」

拳銃を持った迷彩服の兵が怒鳴った。しかし克人に朝鮮語はわからない。

「イッチョグロ・ワー（こっちに来い）！」

兵のひとりが怒声を飛ばしてきた。

克人は両手を挙げた。唇《くちびる》が震え、足がガクガクとなり始めた。

そんな克人の様子を見て、ふいに兵が笑った。短機関銃を持ったもうひとりを見て、何かいった。怯《おび》える様子を嘲笑《ちょうしょう》しているのだろうと克人は思った。しかしどうすることもできない。

そのときだった。

近くから聞こえる音に気づいた。

——ご町内の皆様。ちり紙交換車が参りました。古新聞、古雑誌などございますでしょうか？ちり紙交換のご用命はありますでしょうか？

拡声器から流れる男の声だった。

兵たちが振り向く。克人も見た。

安房川の土手道を下流から白い軽トラックがゆっくりと走ってくる。そのルーフの上に拡声器が取り付けられている。運転席と助手席に男がふたり乗っているのが見えた。

克人は我が目を疑った。

武力制圧された屋久島で、こんな光景があるわけがない。

——ご町内の皆様。ちり紙交換車が参りました。

のんきなアナウンスを繰り返しながら、軽トラはだんだんと近づいてきた。

ふたりの兵は互いの目を見てから、やってくる軽トラにそれぞれの銃口を向けた。やがて兵たちの前でいったん停まった。ドアのところに〈加賀谷《かがや》商店〉と黒く書かれていた。

ふいに軽トラの助手席の窓が下りた。キャップをかぶった男が左手を出し、中指を立ててニヤッと笑った。運転席の男ともども、克人が知らない男たちだ。

二名の兵たちが何か怒鳴った。

刹那《せつな》、軽トラが急発進して、目の前を通り過ぎた。

兵たちはとっさにサイドカーに乗り込んだ。ひとり立ち尽くす克人に目もくれず、走り去っていく軽トラを猛然と追跡し始めた。

二台はともに道路のカーブを曲がって見えなくなっていた。

克人は茫然自失《ぼうぜんじしつ》となっていた。いったい何が起こったのだろうか。

ふいに別の方角から排気音が聞こえた。

克人は腰をぬかしそうになった。肩越しに振り向くと、フルフェイスのヘルメットに革ジャン姿のライダーが大きなバイクにまたがって、こっちに来るのが見えた。

それは克人の前に停まった。

ライダーはフルフェイスのヘルメットを脱ぎ去った。その日焼けした顔を見て、克人がふたたび驚いた。

「え。山下《やました》……さん？」

近所に住む山下朋之《ともゆき》だった。屋久島漁協に所属するトビウオ漁専門の漁師だ。

「莫迦野郎。ひとりでチョロチョロしてんじゃねえよ。とっとと後ろに乗れ！」

手招きされた。

一瞬、克人は迷ったが、すぐに彼のバイクの後ろのシートに乗った。

「これって偶然ですか」

「今し方、小野田さんのところに立ち寄ったんだ。お前、ひとりで家に戻ったっていうから心配で来てみたのさ」

「さっきの軽トラの人たちは……」

「ふたりとも仲間だ」

「仲間？」

「こいつで連絡を取り合ってる」

そういって山下は革ズボンのベルトのホルダーから小さなトランシーバーを引っ張り出して見せた。

「それって、特定小電力の無線機ですよね」

「さすがにわかってるな。４００ＭＨｚ帯の電波だ。近距離しか使えないが、その代わり、奴らから傍受されにくい」

克人は驚いた。そういう手があったとは。

「いいから、しっかり掴まってな！」

ヘルメットをまたかぶると、山下はクラッチを踏んでアクセルを回し、エンジンを吹かせた。

急加速に、克人はあわてて山下の腰にしがみつく。

バイクは安房川に沿った道を走る。ガードレールがシュンシュンと音を立てて、前から後ろへ走りすぎていく。

「ところで警察署が爆破されたが、お前の姉さんは……？」

ヘルメット越しに山下の声がした。

「姉は無事です。今、山に入っているはずです」

「そいつは良かった」

前方の交差点は赤信号だったが、山下はそれを無視してT字路を突っ切った。


山下のバイクが向かったのは、意外な近所だった。

安房川の少し上流にある〈日高《ひだか》酒造〉である。有名な〈三岳酒造〉とならんでよく知られた焼《しよう》酎《ちゆう》の酒蔵で、明治《めいじ》の開業だというからかなりの老舗《しにせ》だ。

生け垣に囲まれた広い敷地に蒸留所や倉庫、事務所などが並ぶ。その途中で克人はバイクから下ろされた。山下がまたヘルメットを脱いでいると、車の排気音がして、さっきの軽トラが酒蔵の敷地に入ってきた。

「お疲れさん」

山下が手を挙げると、軽トラから出てきた男たちが挨拶を返した。

ひとりが右手にトランシーバーを持っていた。

「無事……だったんですね」

克人が思わずいった。

ふたりのうち、キャップをかぶった男がニヤッと笑う。

「俺たちはこの町を知り尽くしてるからな」

「でも――」

「実は前もって路面に油を撒《ま》いておいたんだ。奴ら、まともにそこに突っ込んで、コマみたいにスピンしてやがった」

もうひとりの男がいって、腹を抱えて笑った。


克人は、山下たちとともに大きな倉庫のひとつに向かった。

敷地に入ったときから、アルコールの独特の匂《にお》いが鼻をついた。克人は嫌いではなかった。山で亡くなった父も母も酒が好きで、食卓にはいつも屋久島の芋《いも》焼酎が出ていた。大人になったらきっと自分も飲むことになるのだろうと漠然《ばくぜん》と思っていた。

倉庫の入口近くに上下青のジャージ姿の男が立って、鋭く目を光らせている。見張りであることがすぐにわかった。

その顔を見て、克人は驚いた。

「岩川《いわかわ》……先生？」

彼は克人を見て、ニヤッと笑った。

「おお、高津か。無事で良かったな」

岩川浩二《こうじ》。克人が通う高校の体育教師だった。やはり片手に〝特小〟らしきトランシーバーを持っている。

「とにかく中に行こう」

山下にうながされ、克人は倉庫の中に入った。

薄暗い倉庫内は細かく仕切られていて、入口すぐのところは酒の原料となる芋の貯蔵庫となっていた。コンテナに大量に詰め込まれて天井近くまで積み上げられている。

いくつかの扉を抜けると、巨大なステンレスタンクが並ぶ、天井の高い空間があった。壁のところに〈一次仕込み〉と書かれたプレートが貼《は》ってある。その奥には常圧蒸留機が二機、設置されていて重低音のようなものが聞こえていた。

その手前の土間に数名の男女が座って円座になっている。克人たちがやってくるのを見て、全員が振り向いた。安房の町の者たち。中には克人が見覚えのある人間も少しいた。

「屋久島署の高津巡査の弟さんです。安房川のところで奴らに捕まりそうになっていたため、救出しました」

山下が説明をした。「高津巡査は無事で、山にいるそうです」

車座になっていた人々の中から、すらっと背の高い老人が立ち上がった。

それを見て、克人が驚く。

篠崎円了《しのざきえんりょう》といい、自宅近くにある本成寺《ほんじようじ》の住職だったからだ。先祖の墓は寺の墓地にあり、当然、高津家は檀家《だんか》のひとつだった。いつもの袈裟《けさ》を着た姿ではなく、よれよれのズボンに白い開襟《かいきん》シャツだから、ぱっと見た目で気づかなかったのだ。

「克人くんか。ここに来られて良かったな」

篠崎住職は目を細めて笑い、克人の頭を軽く叩いた。

「みなさん、いったい何を?」

そこに集《つど》う人々を見て、克人が訊いた。すると山下がこういった。

「俺たちはな、奴らに立ち向かう抵抗組織だ。昔っぽくいえばレジスタンスとか、パルチザンって奴だ。島を乗っ取られて一日しか経《た》ってないから、まだまだ人数は少ないがな。しかし、みな士気は高いぞ」

「抵抗組織……」

「同胞や家族を殺されたり、職場や家を焼かれたり、武器で脅《おど》されたりして、ただ黙って怯えて隠れているだけじゃダメなんだ。だから、みんなで戦うことにしたんだよ」

そういったのは、山下の隣にいる黒髭の男だった。

胡座をかいた膝に猟銃《りょうじゅう》を載せていた。おそらく猟師なのだろう。

「江戸の時代はな、島を襲っては人をさらい、作物や金を奪った海賊たちに対して、島の者たちが一致団結して抵抗し、苦戦の末に追い払った。そんな儂《わし》らの先祖たちから連綿《れんめん》と流れる屋久島魂を忘れるわけにはいかん」

住職が顎髭《あごひげ》を撫《な》でながらいった。「他人をあやめる行為《こうい》は仏の道に反する。だが、儂らはなんとしても立ち上がり、奴らからこの島を奪い返す。さもなければ、ご先祖様たちにもうしわけが立たないからな」

ポカンと口を開いて立っている克人の肩を、山下が叩いた。

「いずれ自衛隊による反撃があるはずだ。そのときは、俺たちも即応して内側から奴らを切り崩す」

「だけど……あいつらに勝つ方法があるんでしょうか」

そうつぶやき、克人は莫迦なことを口にしてしまったと後悔した。

「きっと、あるさ。俺はそう信じてる」

山下はそういって不敵に笑った。「屋久島に来たことを、奴らに後悔させてやる」

21

投石平《なげしだいら》——午後六時二十分

灰色の雲が満天を覆っていた。東から吹く風が涼しく、荒々しい花崗岩の一枚岩の上を走り抜けていく。

狩野哲也と清水篤史は灰色の大きな岩盤の上に立っていた。

少し離れたところに迷彩服姿の女がいる。

拳銃はホルスターの中だが、油断のない鋭い目でふたりを見ていた。

登山地図では投石平とある。この場所は宮之浦岳の少し南にある黒味岳の手前、大きな花崗岩の岩稜でできた平らな場所である。周囲がよく開けて奥岳の絶景が望めるため、登山者たちの休憩スポットとしてよく知られていた。

すぐ南には灰色の巨岩が山頂に載った黒味岳が見えている。

「早く、歩け」

女の声がした。

狩野は肩越しに振り向く。

「もう日暮れになる。夜間の行動は無理だ。ここでビバークするべきだ」

そういったとたん、女が拳銃を抜いた。

「歩け！」

狩野は口を引き締め、彼女をにらんだ。

ふと、女の顔色が妙に青ざめていることに気づいた。表情もどこか冴《さ》えない。

「あんた……様子が変だぞ」

女はかすかに首を横に振る。「何でも、ない。いいから、歩け」

そういいつつ、顔色が見る見る悪くなっていく。額に汗の粒が浮かんでいた。

それを見て狩野は確信した。

「その様子じゃ、百メートルも行けないはずだ」

「狩野さん。もしかして彼女、どこか怪我《けが》をしてるんじゃないっすか」

横から篤史にいわれ、彼は頷く。

迷彩柄のシャツの脇腹が、そこだけどす黒く染まっている。

最初、それを見たときは、泥汚れか何かかと思っていたのだが、乾いた血であることに気づいた。

だとすれば、かなりの出血に違いない。

今まで我慢をして無理に歩いてきたのだろう。

だしぬけに女が白目を剝《む》いた。その場に両膝を落とし、そのまま横倒しになった。右手から離れた拳銃が、花崗岩の上をカタカタと金属音を立てながら滑っていく。

ふたりは走った。

篤史が拳銃を拾い上げた。

狩野は女の前に膝を突き、顔を見た。汗だくの額や頰、鼻梁。虚《うつ》ろな目を開き、小刻みに呼吸をしている。額に掌を当てると明らかに高熱だった。

彼女の視線がふいに狩野に向いた。その目が鋭利に光ったような気がした。

「ニヌン・ムォル・ハルチャクチョンインガ（お前、何をするつもりだ）！」

叫びざま、狩野の顔に向けて二本そろえた指を突き出した。

あわてて片手で弾いた。一瞬でも遅れていたら、目をつぶされていたはずだ。

女は身を起こし、狩野の顔を殴《なぐ》りつけた。彼はもんどり打って倒れた。すかさず立ち上がった女が、身を起こした狩野の首筋に手刀を叩き込もうとした。

銃声。

女が、そして狩野が振り向く。

篤史が緊張した表情のまま、両手で拳銃をかまえている。真上に向けられた銃口やスライドの排莢口《はいきょうぐち》から、青白い煙が流れていた。

ふいにドサッと音がした。

見れば女がまた横倒しになっていた。

「おいッ！」

狩野は彼女を抱き起こした。真っ青になって、汗だくの顔。目を閉じている。

完全に意識を失っているようだ。

他に武器を持っていないか、狩野は彼女の軍服をチェックした。各ポケットをさぐっていくと、ズボンの左ポケットに小さな黒い金属の筐体《きょうたい》が入っているのに気づいた。

大きさはスマートフォンぐらい。中央に液晶の四角い窓があり、デジタル表示で赤く数字が並んでいる。

〝539476211577〟

それが見ているうちに数字が点滅を始め、ふっと消えて別の数字の配列になった。

〝426655915245〟

篤史のほうを見て、手招きする。

「何だと思う？」

彼はそれを手にして、表や裏を確かめた。

およそ三分ぐらいで、液晶の数字の配列がまた変わっている。

「わかんないっすね。十二桁《けた》の数字が並んでて、一定時間になると変わるようになってるらしいけど、まるであれっすよ。ほら、ネットバンクの振り込みのときの、ワンタイム・パスワードって奴」

「パスワード……」

ボディ側面には小さなスイッチがいくつかあった。

ためしにそのひとつを押してみると、現在時刻らしい〈6：28：24〉が表示された。下の桁の秒数が刻々と進んでいる。もう一度、押してみると、前の十二桁数列に戻った。

「あんまりいじらないでくださいよ。爆発とかしたらどうするんすか」

少し青ざめた顔で篤史がいう。

狩野は眉根を寄せながらそれを見ていたが、そっと自分のポケットにしまった。


花崗岩の巨大な岩盤の上に、狩野たちはテントを設営した。

岩の上ではペグが打てないため、テントから伸ばしたドローコードの先を重たそうな石に結んで四方に張った。テントは数年前に買ったモスの四人用で、かなり広いぶん重量もある。山岳ガイドという職業柄、機材や食材を大量に持ち運ぶために必要な大きさだった。

軍服姿の女は、完全に意識を失ったまま、近くに敷かれた寝袋の中で仰向けになっている。ときおり狩野は彼女のところに行って、脈を測り、体温をチェックし、顔色や呼吸を確かめた。

脇腹に大きな刺し傷があった。刃物か何かで刺されたかと思ったが、傷の形からして枝のようなものらしい。パラシュート降下したときに、背中の側から刺さったのだろう。出血に膿《うみ》が混じっている。傷が化膿《かのう》したのだとわかった。

痙攣《けいれん》はなく、呼吸が安定しているため、破傷風《はしょうふう》にはかかっていないと判断する。

女がずっと意識を失ったままだったため、狩野は応急処置を施《ほどこ》した。

山岳ガイドという職業ゆえに、ザックの中には必ずファーストエイドの薬やツールが入っている。生理食塩水で傷口を良く洗い、傷の内部に膿がたまらないようにガーゼを押し込んでおく。それから患部を中心に包帯を巻き付けた。

女の上体をそっと起こして、抗生剤を飲ませた。水を口に入れてやると、かすかに喉を鳴らして嚥下《えんげ》した。

「それにしてもタフっすねえ。こんな傷でよくもまあ、ここまで歩いてきたと思いますよ」

ザックの中からヘッドランプや食材を取り出しながら、篤史がいった。

「北朝鮮の兵隊だからな。訓練とかで徹底的に鍛え上げてるんだろう。だが、いくら鍛えても野生動物ほどタフにゃなれんからな」

「でも、狩野さん。さっきは危機一髪でしたよ。あれって武術とか格闘技じゃなく、〈撃術《キヨクスル》〉っていう、奴らの殺人テクニックでしたからね」

「お前に助けられた」

「いや。最初に俺が撃ち殺されそうになったとき、狩野さんがとっさに助けてくれたじゃないですか」

「口から出任せでな」

「得意っすね」

ふたりして笑った。

ふと思い出して、こういった。「それにしても拳銃の撃ち方、よく知ってたな」

篤史はズボンの後ろに挟んでいた黒い拳銃を抜いた。

「これ、白頭山拳銃っていって、朝鮮人民軍が使ってる最新式の拳銃です。口径九ミリ、チェコ製のCZ75のコピーらしいです」

「やけに詳しいじゃねえか」

「こう見えても、いっぱしにガンマニアっすよ。モデルガンやガスガンとか集めてるし、グァムやハワイで実弾射撃もやったことがあります」

「どんだけマニアやってんだ」

呆《あき》れていいながら、狩野は大型ザックの中から、二リットルのペットボトルを引っ張り出した。中には屋久島の名物焼酎〈三岳〉が入っている。さっそく蓋を開け、中身をマグカップに注《つ》いだ。

「つか、狩野さん。今夜も飲むんすか！」

思わず訊いてきた篤史を見て、彼は鼻に皺を寄せる。

「当たり前だろ。こんな異常な状況だぞ。飲まんとやっとられんわ」

〈三岳〉を入れた大きなペットボトルを、狩野はザックの中に三本も入れていた。

呆れ顔の篤史の前で、狩野はマグカップをグイッとあおる。熱い刺激が喉を胃袋まで滑り落ちる。顔をしかめてから、手の甲で口元を拭い、女のほうを振り向いた。

ガスストーブにコッヘルやフライパンを載せ、狩野と篤史は黙々と夕食を作った。

飯盒《はんごう》でご飯を炊き、シチューを煮込む。あらかじめ切ってあった野菜を肉といっしょに炒め、あまりの生野菜でサラダを作る。

お互いテキパキとした動きで、三十分とかからず、それを終えた。

日の入りが近い時刻になったので、ふたりともヘッドランプを頭に装着している。が、まだ周囲は明るい。山では日が暮れないうちに夕食を終えるのがセオリーだ。

ふたりして向き合って夕食を食べ始める。

「狩野さん……」

篤史にいわれて気づいた。

出入り口のジッパーを開いたままのテント。その中であの女が目を開いている。食事の支度《したく》をする前、篤史とふたりで彼女を運び込んでおいたのだった。

「どうします？」

「容態《ようだい》を診《み》てみる」

「くれぐれも気をつけてください。あの人、小指一本で人を殺せそうだから」

篤史は女が所持していた拳銃をズボンの後ろから引っ張り出した。

狩野はコッヘルをその場に置くと、そっと立ち上がり、テントのところに歩いて行った。そのあとから、拳銃を握った篤史が慎重についてきた。

マットと寝袋に横たわった女が、ひどく緊張した顔で見ている。狩野は両掌を前に向け、「大丈夫」とゼスチュアをしながら、テントの前に膝を突いた。

「熱を測らせてくれ」

そういいながら、そっと右手を伸ばす。女が身を引く。

「何もしない。安心しろ」

彼女の視線は狩野の後ろに向いている。篤史の拳銃に注《そそ》がれているのだった。

「それ、しまってくれ」

「だけど……」

「いいから」

仕方なく、篤史が拳銃をズボンの後ろに突っ込んだ。

女の額にそっと掌を当てた。

「だいぶ熱が引いてきたな」

そういいながら、女のシャツの裾を少しまくって、包帯の具合を見た。「感染症の類いはなさそうだが、一刻も早く医療機関に行ったほうがいい」

狩野がいうと、女が鋭い目で彼をにらんだ。

「あれを、どこに、やった？」

女の言葉の意味に気づいた。

「あの十二桁の数字が出てくる機械か？　大丈夫だ。保管してるよ。何のツールだ？　兵士が持つにしては妙な感じだが」

「返してくれ……武器では、ない」

「だったら何に使うんだ？」

女は口をつぐんだ。

狩野は少し迷ったが、いった。

「悪いが預かっとく。俺たちの立場は逆転したんだ。主導権はこっちにある」

女がわずかに視線を逸らした。

裾をめくっていた彼女のシャツを戻し、狩野は立ち上がった。女は仰向けのまま、ふたたび彼をにらんでいた。顔色は相変わらずだが、さっきよりもだいぶ血の気が戻っていた。

狩野は食事の場に戻り、シチューをコッヘルに入れて、戻ってきた。

「夕食だ。あんたのぶんも作った。あとで鶏雑炊《とりぞうすい》も作るから食べてくれ」

そういいながら、狩野は女の前にコッヘルとスプーンを置いた。

しばし様子を見ていたが、女は手をつけようとせず、隙のない表情で彼をにらんでいるばかりだ。

狩野は咳払いをして、こういった。

「大丈夫だ。毒も眠り薬も入れてない」

仕方なく自分のスプーンを持ってきて、コッヘルを取り、女の前で口に入れてみせた。

「これでも味付けにはこだわってるんだ」

咀嚼《そしやく》する狩野の顔を、女は凝視している。

「栄養をちょっとでも取らないと、よくならないぞ」

女は動かなかった。

仕方なく篤史とともに戻った。

ふたりで夕食をとりながら、ちらちらとテントの中の女を振り返った。しかしまだ彼女は料理に手をつけない。

「やせ我慢にもほどがある。せっかくの料理が冷《さ》めちまうだろうが」

ぶつぶついいながら、狩野はご飯をかき込み、おかずを食べた。ときおりマグカップの焼酎をあおる。篤史も隣でコッヘルを持ち、スプーンをカリカリ鳴らしながら勢いよく食事をしている。

ふたりとも、もともと早食いだから、あっという間に食べ終えてしまった。

狩野は空になったマグカップに焼酎を注いでから、また女を見た。

相変わらず料理に手をつけた様子がない。

「莫迦野郎が。勝手にしろ」

そういって狩野はグイッと一気に飲んだ。

22

海上自衛隊佐世保基地——午後九時十七分

ヘリで佐世保基地に到着した寒河江信吾は、国見一等海尉とともに総監部に通された。会議室で紹介されたのは、海上自衛隊の特殊部隊として知られる特別警備隊（ＳＢＵ）の隊長を務める長坂俊和《ながさかとしかず》一等海佐、四十代後半で大柄な男だった。

室内には今回の作戦に従事する特警隊員十八名——すなわち小隊のメンバーが並んで座っていた。国見は彼らを指揮する小隊長だった。寒河江は彼らとともにプロジェクターに向かって座った。

全員の前に、九州地方全体の海図と屋久島の地図がプロジェクターから投影されている。

「寒河江さんにはヘリの中でおおよそのことは説明させていただきました」

地図の前に立って、国見がいった。「すでに隊員へのブリーフィングは終了しておりますが、あなたのために繰り返します。われわれはこれより二時間後、二二《フタフタ》・〇〇《マルマル》時、護衛艦〈やぶき〉に乗船して佐世保港を出港し、南へ向かいます。およそ百二十海里の航行ののち、鹿児島県枕崎市の沖合から三隻《せき》の小型特殊高速艇に乗り込んで出発。屋久島を目指します」

国見は投影された海図にレーザーの赤い光点を当てながら説明する。

「——島の西側を回り込み、南の海岸線に接近。〈シドッチ上陸記念碑〉のすぐ西側の海岸線に接岸し、すみやかに上陸。北上して山岳地帯へと向かいます」

「すみません。質問があるんですが」

寒河江が恐る恐る挙手した。国見が頷く。「どうぞ」

「あの……ぼくのような素人《しろうと》の意見でもうしわけないんですが、どうして自衛隊はヘリや戦闘機などの航空機を使って、屋久島の敵部隊を殲滅《せんめつ》にいかないのですか?」

「それはあとで説明します」

国見がそう答えた。

「しかし……たしか屋久島を占領した北朝鮮の軍隊は高性能レーダーを所有しているとうかがいました。いくら小さな高速艇でも、海上を走って接近したりしたら、向こうから発見されるんじゃないでしょうか」

寒河江の質問に、国見はプロジェクターを操作する自衛官に合図を送る。画面が切り替わり、彼らの高速艇らしい写真となった。扁平《へんぺい》なデザインで船首がやけに細長いのに気づいた。

「これはステルス設計で作られた高速艇です。極めてレーダーで捉えられにくいように設計されています。実はまだ極秘段階で公表していないんですが、これを三隻、すでに護衛艦〈やぶき〉に搭載しております」

「ステルス高速艇……」

おそらくそれは上陸作戦などに使用するための兵器だろう。専守防衛を建前とする自衛隊がそうした攻撃兵器を保有することが明らかになれば、当然のように波風が立つ。公表していないのではなく、公表できないのではないか。寒河江はそう思った。

「では、続けます。こちらが衛星から撮影した現在の屋久島の写真です」

画面がまた切り替わり、屋久島を上空から撮った画像が現れた。

衛星写真とはいえ、かなりの解像度なので寒河江は驚く。プロジェクターを操作する自衛官がそれを拡大投影させていく。安房の町の俯瞰であることが、寒河江にはすぐにわかった。自分の故郷だった。

消防署、港湾事務所などが徹底的に破壊されているのが上空からでもわかる。

他に火災が発生しているらしく、至るところから煙が海の方角に向かって流れている。それを見ていて胸が痛くなった。自分の故郷がここまで蹂躙《じゅうりん》されているとは。

そして警察署——。

爆薬か何かが使われたらしく、署の建物は原形をとどめぬほどに徹底破壊されていた。放射線状に煤《すす》けた焦げ跡と、四方に散乱した瓦礫《がれき》の塊ばかりが目につく。それを見ているうちに、彼の脳裡《のうり》を不安がよぎる。

さらに画面は街区のアップとなった。

安房港の近くの道路。昼間の撮影だというのに、走っている車が映っていない。駐車場や家屋の前に停まっているものはあるが、道路を走行する車は皆無《かいむ》だし、人の姿もまったくなかった。

「島を占領した敵部隊は、おそらくそれぞれの町で島民に外出禁止を強要したのだと思います。いわば全島の住民たちを彼らは人質に取っているもおなじ。つまり……いくら内閣総理大臣から防衛出動が宣言されても、自衛隊が総力戦で屋久島に向かえない理由が、これでおわかりですね」

画面が宮之浦の上空から移した街区のアップになると、モスグリーンの幌《ほろ》をつけたトラックが中学校近くの道路に映っていた。一湊や栗生、尾之間の俯瞰にも、銃を手にした北朝鮮兵らしき姿や、車両などがくっきりと映っている。

「われわれにとっても、島民が屋内にいてくれたほうが都合がいい。一般市民を戦闘に巻き込む可能性が低くなりますから」

戦闘——その言葉を聞いて、寒河江はドキリとした。

怖じ怖じとまた手を上げる。

「あなた方が屋久島に上陸する目的は、つまり……占領軍の壊滅ですか？」

国見は彼を見て頷く。

「最終的にはそういうことになります。が、まずは敵司令部を叩くことです。そのために周囲の町にいる兵たちに気づかれないよう、敵の中枢に接近しなければなりません」

「司令部というのはどこに？」

画面が切り替わり、軍服姿の恰幅のいい男の上半身のアップとなった。動画を静止させているのだと寒河江は気づく。男の背後は森のようだ。杉や栂《つが》などの植生からして、いかにも屋久島っぽくは見える。

「これは屋久島を占領している部隊のリーダーとおぼしき人物です。リ・ヨンギル将軍と自称しております。政府に送られたこの映像からして、おそらく彼らは島の山間部のどこかに陣地を築いているのだとわかります。そこで——」

画面はまた屋久島を上空から見下ろした画像となった。それが赤や黄色、緑といった複雑な縞《しま》や斑模様の図面に切り替わる。

「これは衛星の熱赤外線センサーで島を撮影した映像です。人間や動物の体温程度なら、かなり明瞭《めいりょう》に映像に反映します」

画像が拡大され、島の中央部に寄っていく。

永田岳、宮之浦岳、黒味岳といった奥岳と呼ばれる屋久島の山岳地帯を形成する高峰群を舐めるように、カメラの視点が南へと移動する。すると、ある場所に赤や黄色の点が密集している部分があった。

「ここは……淀川登山口ですね」

寒河江がいうと、国見が頷く。「これを撮影したのは、本日午後七時五十分です。その時間に登山口に大勢の人間がいる。変だとは思いませんか？」

たしかにそうだと思った。屋久島を縦走する登山口に登山者たちが集まるのは、山登りを開始する早朝か、下山を終える午後から夕刻にかけてだ。日が暮れてから、ここに人間が集まっているのはおかしい。

「すみません。先ほどのリ・ヨンギルとかいう人の画像をもう一度、見せてください」

寒河江がいうと画面が切り替わった。

政府に向けて送られた映像だというその画像。中央にリ・ヨンギルという人物の上半身が映り、その背後に警護の兵らしき軍服姿のふたりの男。彼らの足元にかすかに石を組んだ路肩が見えた。アスファルト舗装されたとおぼしき路面もわずかに映っている。

じっと見てから、寒河江はいった。

「間違いありません。ここは淀川登山口です」

「ありがとうございます」

国見は少し笑みを見せた。

「これほど明瞭に敵陣の場所がわかるなら、私の案内はいらないのでは？」

寒河江がいったとたん、国見の顔から笑みが消えた。

「あなたならご存じだと思いますが、淀川登山口に至るルートはひとつ。当然、そこには敵の見張りがいるし、罠《わな》も張られているでしょう。だから正面突破は自殺行為です。寒河江さんには別のルートを模索していただきたいのです」

「え」

驚く寒河江に、彼はこういった。

「さっき説明したとおり、われわれの高速艇は屋久島の南岸に向かい、上陸。敵の目を欺《あざむ》き、まっすぐ北上して山岳地帯に入る予定です。そこから山越えをして淀川登山口を目指します」

「だから、ぼくをガイドに？」

「むろん強制するわけではありません。選択の自由はあります。しかしわれわれとしては、あなたを戦闘には巻き込まないつもりです。だから、安心していただきたい」

寒河江は少しの間、目をしばたたき、それからいった。

「断るつもりはありませんでした。島には親戚《しんせき》や知人が大勢いますから」

国見を見て、彼はいった。

「ひとつ訊いてもいいですか。彼らの本陣がそこだとわかって、どうして自衛隊は積極的に動かないんですか。たとえばヘリからミサイル攻撃をすれば、相手は一瞬で壊滅でしょう？」

国見が険しい表情になった。

長坂一等海佐と視線を交《か》わし、頷いてからいった。

「屋久島を占領した敵部隊が、現地に核兵器を持ち込んでいるという情報があるからです」

唐突にいわれたその言葉に、寒河江は面食らった。

「それはたしかなんですか？」

「先方からの通達です。が、こればかりはさすがに無視するわけにはいかない」

国見の言葉に寒河江は声を失う。

「地上部隊による敵本拠地の確保が必要なのです。そのために、あなたの案内がぜひとも必要だ」

長坂がいってから、また硬くこわばった表情で口を閉ざした。

「あの……」

寒河江が少し思い切って手を挙げた。

「何か」と、国見。

「安房の警察署が壊滅的打撃を受けたということですが、実は安否確認をしたい警察官がひとりいるんです」

「その方のことをうかがっても？」

国見がやや興味深そうに訊いた。

寒河江は頷いていった。

「屋久島警察署地域課の高津夕季巡査です。地元の山岳救助隊員を兼職しています」

「わかりました。判明しだい、あなたにお伝えするようにします」

国見は自分からプロジェクターのスイッチを切った。

「では、これにて説明を終了します。出発まで少し時間がありますから、寒河江さんにはお休みいただきたいと思います」

隊員たちがそれぞれの席から立ち上がったが、寒河江はなぜか動けずにいた。

第三部　五月四日

1

屋久島近海——午前三時四十七分

海上自衛隊特別警備隊一個小隊十八名および隊長である国見俊夫一等海尉と寒河江信吾が分乗したステルス特殊高速艇三隻《せき》が、漆黒《しっこく》の波を切って深夜の海上を滑っていた。

まったくの無風で海面は実に穏やかだ。

昔から船酔いにかかりやすかった寒河江にとって、それは実に幸運といえた。

昨夜の二十二時ちょうど、予定どおり佐世保の軍港を出航した護衛艦〈やぶき〉は、およそ三四二キロの距離を航海し、およそ四時間半後の午前二時半、屋久島から百キロ北西の予定海域に到着した。

去年、就航したばかりの〈やぶき〉の基本排水量は三千トンとかなりの小型だが、最大速力は四十ノット（時速七十四キロ）。海自の他の艦船に比べても抜きん出て速く、旧海軍で最速だった駆逐艦《くちくかん》〈島風《しまかぜ》〉なみの速力を誇っている。

休む間もなく三隻の高速艇が海面に下ろされ、特警隊員や寒河江たちがそれに乗り込んで、屋久島に向かって出発した。

高速艇は青灰色一色の、まるで矢尻《やじり》のような形状で、先端が尖《とが》り、流線型をしている。高さもない扁平《へんぺい》なデザインなのは、船体に塗装《とそう》された電波吸収体塗料にくわえて、敵のレーダー波を反射させないためだということだった。スクリュー推進ではなく、海水を噴射するジェット推進ということで、そのため航行する船の背後に生じる航跡がほとんどない。

キャビンの中には操縦者を含めて七名の収容が可能で、寒河江は一号艇と呼ばれる船に、国見俊夫一等海尉とともに乗船していた。他の二隻は、左右やや遅れた場所を航行していて、毫《ごう》も乱れぬ三角形態を保っていた。

ヘルメットにネイビーブルーの隊員服、黒の防弾チョッキを着て小銃を肩掛けした男たちは、誰《だれ》もが沈黙を続けている。たいへん危険な任務だし、その緊張もあるが、日頃《ひごろ》から海自の特殊部隊である特警隊（ＳＢＵ）の隊員たちは、作戦中は絶対に無駄な会話をしないという。

寒河江の隣で国見が腕時計を見た。

「あと十分と少しで屋久島の北端に到達します。島の西側を回り込んで、上陸地点に着いたら、予定どおりわれわれとともに下船してください」

「わかってます。足手まといにならないようにします」

「島に着いたら、そこはあなたの庭みたいなものでしょう。むしろ、われわれが足手まといにならないようにしますよ」

そういって国見が笑う。

高速艇キャビン内のコクピットにあるスコープのようなものはＧＰＳの受信画面なのだと国見が説明した。レーダーのようにこちらから電波を発信すると、敵にキャッチされてしまうらしい。

船窓を通して前を見た。しかし真っ暗で海と空の境界すら目にすることができない。空には星がなく、低い雲から今にも雨粒が落ちてきそうだった。

——本部から〈ブラックバード・ワン〉。緊急電！

ふいに無線機から男の声が流れた。それを聞いて国見が驚く。

作戦本部と高速艇との無線交信は、基本的にしないことになっていた。デジタル回線で秘匿《ひとく》通話になっていて傍受《ぼうじゅ》は不可能になっているが、無線そのものをノイズというかたちで敵にキャッチされると怪しまれるためだった。

国見がマイクを取った。

「〈ブラックバード・ワン〉から本部。どうしました？」

——監視衛星が島の西側に敵艦船らしきものを捉《とら》えました。艦影からしてチョンジン型警備艇だと思われ、屋久島の西岸沖合をそちらに向かって北上中です。

「まずいな……」

国見がつぶやいた。

「失礼ですが、こちらはステルス性能があるし、敵の目をかわせるのでは？」

寒河江がいうと、彼は小さくかぶりを振る。

「本当にチョンジン型警備艇だとしたら、高性能の電子兵装を備えている可能性があります。いくらステルス性能の小型艇でも、近距離からならキャッチされる確率が高くなる。見つかって砲撃を受けたら、こちらは一巻の終わりだ」

国見は決意したらしく、無線のチャンネルを切り替えた。

「〈ブラックバード・ワン〉から各艇。これより作戦変更。進路を東側に取り、島の東岸に沿っていく」

――〈ブラックバード・ツー〉諒解《りょうかい》。

――〈ブラックバード・スリー〉諒解しました。

二号艇、三号艇からの応答を聞いてから、国見は無線を切った。

「のっけから足をすくわれた感じです。何もなきゃいいが……」

そうつぶやく彼の姿を見て、寒河江は胸の奥の不安を拭《ぬぐ》いきれずにいた。

三十分後、三隻のステルス特殊高速艇は進路を変え、屋久島の東側の海を南下していた。

屋久島の西側なら、ほとんど町がない。しかし東側の海沿いには宮之浦や安房といった市街地があり、当然、敵兵もそこに多くいる。海上に向けて目を光らせているのは間違いないし、発見される畏《おそ》れもあった。

それでも彼らは任務を遂行しなければならない。

宮之浦の沖合およそ十五キロの場所を通り、彼らは南下を続けた。

さらに屋久島空港の沖合にさしかかり、それを通り過ぎたときだった。

寒河江は船窓越しに何か光るものを見た気がした。ハッと驚いた瞬間、昏《くら》い海面すれすれに、オレンジ色の光がこっちに向かって走ってくるのを目撃した。

それは派手に火花を散らしながら飛来し、寒河江たちの艇の右側にいる二号艇との間を抜けて、彼らの背後へと飛び去っていった。

やがて、ずっと後方で花火のような爆発音が聞こえた。

「まずいぞ。RPGだ！」

国見がうわずった声を放ち、叫んだ。RPG——旧ソ連製のロケット砲のことだと寒河江は気づいた。映画などで観《み》たことがあった。

ふたたび国見がマイクを取った。

「〈ブラックバード・ワン〉から各艇。敵艦船らしきものから攻撃を受けた」

——〈ブラックバード・スリー〉から〈ワン〉。暗視装置で確認しました。前方に二隻、小型艇です。

男の声に国見が動揺する。

「まさか？」

——北朝鮮の新型VSVのようです。

二号艇からの報告が、さらに国見を打ちのめしたようだ。

「VSV……向こうもステルス高速艇か」

また、船窓越しに光が見えた。

それは寒河江にとって、まさに悪魔の火の輝きのように思えた。

シュルシュルと不気味な音とともに、残像のようなまばゆい帯を曳《ひ》きながら海の上を飛来し、右隣を航行中の二号艇に命中した。次の瞬間、すさまじい轟音《ごうおん》とともに紅蓮《ぐれん》の炎が闇《やみ》を切り裂き、海上に火柱が立った。

「急速転針！」

国見が絶叫した。

今度はオレンジの光輝がふたつ、こちらに向かって飛来した。

ひとつはこの高速艇すれすれに後ろに逸《そ》れていったが、もうひとつが三号艇を直撃した。ふたつ目の爆発が起こって、船体が粉々になりながら四散するのが見えた。

ああ、ダメだ。寒河江は心の中で叫んだ。

これでは誰も生き残れない。

国見がマイクを握ったまま叫んだ。

「〈ブラックバード・ワン〉から本部。敵小型艇からＲＰＧによる攻撃を受けた。二号艇、三号艇がやられました」

――本部から〈ブラックバード・ワン〉。全力で回避せよ。

その声が聞こえたとき、また敵船らしき場所から、ロケット砲の光がこちらに向かっていくつも延《の》びてきた。

「クソ。かわしきれない……」

国見が寒河江を見つめた。絶望的な表情だった。

操舵《そうだ》手《しゅ》が舵《かじ》を切った。高速艇が大きく傾《かし》ぎながら、急旋回した。

寒河江は遠心力で吹っ飛ばされた。キャビンに壁に背中を叩《たた》きつけられ、さらに外に放《ほう》り出されて海に落ちた。その直後、爆発が起こった。

2

栗生岳北斜面——午前四時三十分

夢の中で寒河江信吾と山を歩いていた。

周囲はヤクザサの平原が広がり、ところどころに枯存木《こそんぼく》が立ち、灰色の花崗岩《かこうがん》が点在している。高盤岳《こうばんだけ》の独特の奇岩の前に到着すると荷物を下ろし、寒河江と並んで景色を眺めながら弁当を食べ始めた。

おかずは玉子巻きにタコウインナー。コロッケは冷凍ものだ。ただしコロッケは失敗。ちょっと揚げ過ぎていて、焦げ臭い。

おかしいなと夕季は思う。これってたしか——。

自分にとって初めてのデートだ。

寒河江とはよく山で行動をともにした。自分は山岳救助隊で、彼はアクティブ・レンジャー。行方不明者の捜索を何度も手伝ってもらったものだ。

——ごめんね、こんなコロッケで。

夕季がいうと、隣に座る彼が笑う。

その姿がいつの間にか、別の人間になっている。

狩野哲也だった。

「え――――？」


夕季は自分の声に驚き、テントの中で目を覚ました。

夢だとわかっていても、なぜかドキドキしていた。

狩野の横顔がリアルに思い出された。

「なんで、あいつが……」

山岳救助隊のパトロールで、夕季はよく狩野と山で出会った。山岳ガイドである彼は情報交換の相手として貴重な存在だったし、それ以上に友人として仲が良かった。麓《ふもと》の町でもよくいっしょに飲んだものだ。

六歳も年上なのに夕季が「くん付け」で呼ぶのは、天真爛漫《らんまん》というか、どこか子供っぽく純粋な彼の性格のためだろう。

実は一度だけ、狩野から告白されたことがある。

安房のある居酒屋で、カウンターに並んで飲んでいた。山の話や共通の人間のこととか、話題は尽きなかった。そのうち狩野はいつものように泥酔《でいすい》していた。浴《あ》びるほど焼酎《しょうちゅう》を飲んで、完全に目が据《す》わっていた。

そんな状態で「実は好きなんだ。自分と付き合ってほしい」などといわれて嬉《うれ》しいはずがない。

酒臭い息で顔を寄せてくるので、思わず平手で頬《ほお》をはたいた。

そのときの狩野の様子が、今でも忘れられない。鳩《はと》が豆鉄砲を食らったという言葉は、まさにその顔にふさわしい表現だった。

それきり、狩野は夕季に迫ることはなかった。

あの夜のことを憶《おぼ》えていないのか。それとも憶えていて、わざと知らん顔をしているのか。とにかくまるでなかったことのように、町で会っても、山で会っても、ふつうに会話をし、冗談《じょうだん》をいいあったりした。

実をいえば、夕季は狩野のことが嫌いではなかった。

それどころか、密《ひそ》かに心を寄せてもいた。

寒河江との交際が終わって以来、彼といっしょになってもかまわないと思っていた。

しかし何かがそれを止めていた。

それは寒河江への未練かもしれない。あるいは――。


腕時計で時間を確かめ、寝袋から這《は》い出した。出入り口のジッパーを開くと、冷たく湿気を帯びた空気が入ってくる。外はまだ真っ暗だ。頭にヘッドランプをつけてテントの外に出ると、携帯トイレで用を足した。

屋久島の主峰、宮之浦岳を越して、少し南へ下った場所だった。

周囲はヤクザサの平原となっている。

霧雨《きりさめ》が顔に当たる。頭上を見ると、星の瞬《また》きがまったくない。一面、雲に覆われていた。今日から天気が崩れるという。雨が降り出すのも時間の問題だろう。

屋久島の年間降水量は平地で四千ミリ、山間部で八千から一万ミリ。東京のゆうに三、四倍の雨量となる。「屋久島は月のうち、三十五日は雨――」と林芙美子《はやしふみこ》が小説『浮雲《うきぐも》』に書いているように、まさにここは雨の島である。

その雨が屋久杉に代表されるこの島の豊かな自然を育《はぐく》んでいる。それがゆえ、夕季はこの島の雨が嫌いではなかった。しかし、雨が山での行動を阻《はば》むこともたしかだ。いったん降り始めたら尋常でない勢いで、空から落ちてくるのだから。

ガスストーブにかけたコッヘルで湯を沸《わ》かし、手早くインスタントスープを作って、フランスパンをかじりながらすすった。それからテントをたたみ、荷物をザックに突っ込んだところで雨が降り出した。それがたちまち激しさを増す。

いかにも屋久島らしい、大粒の雨がバタバタと音を立てて頭や肩を叩く。

夕季はゴアテックスのレインウェアを急いで着込んだ。防水カバーをかぶせたザックを背負い、ヘッドランプを点《つ》けたまま、ゆっくりと歩き出した。

いつものように俊足《しゅんそく》にならないのは、雨と暗闇で視界が確保できないためだ。

この雨では狩野もドローンを飛ばすことができないだろう。おそらく今日じゅうに下山するはずだ。それまでになんとか見つけて、今、この島で起きていることを報《しら》せなければならない。

弟のことも気がかりだった。

克人はあれからどうしているだろうか。ひとりでじっと家にこもっていてくれたらいいのだが、彼の活発な性格を考えると不安になる。昨日のうちに無線で一度、連絡を取っておけば良かったと後悔した。

笹原《ささはら》がどこまでも続き、濡《ぬ》れてぬかるんだ道はところどころ木道となっているため、靴底が滑りやすい。ヘッドランプが作る小さな光の輪だけが頼りだった。それとて降りしきる雨の中で光が拡散し、視界が阻まれてしまう。

日の出の時刻まであと三十分ぐらいのはずだが、低く垂れ込めた雨雲のせいで、空は真っ暗なままだ。

栗生岳のピークにさしかかった。

〈くりお岳　標高1867m〉と白いペイントで描《か》かれた木製の道標が立ち、その横に〈ほこら〉と書かれて矢印がある。その方向には大岩が重なり合っていて、互いの隙間《すきま》の奥に祠《ほこら》が祀《まつ》られている。

そこに身を押し込むように入った。

島の民が〈岳参《たけまい》り〉と呼ぶ山の神様への奉納が行われる小さな祠に両手を合わせてから、下ろしたザックからトランシーバーを取り出した。ここなら雨に当たらず交信ができる。

電源を入れ、克人と示し合わせた周波数にチャンネルを合わせる。腕時計を見ると、時刻は午前五時を少し過ぎている。まだ、弟は夢の中だろうか。

コールトーンを送信してみたが、応答はない。

何度か試《こころ》みて、夕季があきらめかけたとき、ふいに弟の声が聞こえた。

――姉貴?

あわててPTTと書かれた通話ボタンを押した。

「かっくん。今、どこにいるの?」

ボタンを放すと、雑音とともに弟の声が届く。

――場所はいえない。奴《やつ》らに傍聴されてる可能性があるから。だけど、ここには町の人が大勢いる。

夕季はさすがに驚いた。

「どうして?」

――レジスタンスなんだって。みんなで抵抗軍を作ってる。

「そんな……無茶だよ。相手は訓練された兵隊なのよ。素人がいくら集まったって勝てるわけないじゃないの」

――正面切って戦うわけじゃない。あくまでもゲリラ活動だから。

「まさか、かっくんまで?」

――さすがに子供の出る幕はないって。だから、後方支援。

とりあえず夕季はホッとする。

「そこは安全なの?」

――今のところはね。だけど、ひとつところにとどまるのは危険だから、じきに移動するって。

それにしても自衛隊がまったく動かないのは、どうしてだろう。

「わからないわ。本土の情報がいっこうに入ってこないもの」

——姉貴はずっと山にいるの？

「うん。奥岳にいる登山者たちにはいちおう危険を告知したし、何しろこの雨だから、いつまでもここにはいられない。こっちもじきに下山することになると思うの」

——自衛隊の防衛出動があったら、きっと屋久島は戦場になる。なるべく町には近づかないほうがいい。

「かっくん。あなたは？」

——自分の命は自分で守るよ。姉貴もね。

「わかった。また、交信よろしくね」

——諒解。

無線の通話を切った。

それから両手でトランシーバーを抱きしめたまま、夕季は少し泣いた。


足音がした。

夕季は祠のある岩の隙間から、少し這い出してみた。

外は少し明るくなり始めていた。笹原の中を抜ける道を数名がやってくるのが見えた。登山者が歩いている——そう思って外に出ようとし、ハッと気づいた。

迷彩柄の軍服にヘルメット姿だった。

夕季はあわてて岩の隙間に引っ込んだ。そうして怖《お》じ怖《お》じと顔だけを出した。

足音がだんだんと近づいてきた。雨に打たれるヤクザサの茂みの向こう、兵たちがやってくる。

全員が小銃を肩掛けし、武装しているのが見えた。

最前の無線交信を傍受され、居場所を突き止められたのかと思った。しかし違うようだ。

さいわい、こちらに気づいている様子はない。

夕季のレインウェアは赤とオレンジの派手な色だ。ちょっとでも見られたら、すぐに発見されてしまう。だから岩屋のなるべく奥に体を押し込むようにした。

レインウェアもつけず、土砂降りの中を軍服姿のままで無言で歩く一団。

足音とともに、装備がふれあうガチャガチャという金属音がした。それがこの岩屋に近づいてきたらどうしようか。そう思うと体が震えた。

装備の音はだんだんと遠ざかっている。

彼らは栗生岳の道標の前を通り過ぎ、宮之浦岳方面へと向かっていったようだ。

夕季はホッと胸をなで下ろす。

間違いなく、〝彼ら〟だった。この山にも入ってきていたのだ。

しかしなぜだろうかと思った。ここ、奥岳にいる登山者たちを見つけて殺しても無意味だし、人質になるわけでもない。だったら――？

あれこれと思案したが答えが出るはずもなかった。

ふと、狩野のことが思い浮かんだ。

彼を捜し出さなきゃ――そう思って、夕季は唇《くちびる》を強く噛《か》みしめた。

ザックのショルダーベルトをつかんで、岩の隙間から外に出た。あらためて祠に向かって両手を合わせ、目を閉じた。それから荷物を背負い、兵たちが消えた方角とは逆の方向に急ぎ足で歩き出す。

3

投石平――午前六時十四分

テントを叩く雨音で、狩野哲也は目を覚ました。

日の出の時刻を過ぎているらしく、外は明るい。しかしバタバタと大げさにテントがゆがむほどの勢いで雨が降っている。

もっとも、この屋久島で山岳ガイドをやっている自分にしてみれば、こんな状況は当たり前のことで、むしろその音が心地よく感じられるほどだった。

ゆうべはまた飲み過ぎたようだ。いつものことだと思いつつ、朦朧《もうろう》とした意識の中で雨音を聞いていた。隣からは篤史の鼾《いびき》が規則正しく聞こえてくる。

唐突に身を起こした。

昨夜から女を見張るため、ふたりは交代で寝ずの番をしていた。夜中の零《れい》時から三時までは狩野が起きていて、三時から明け方までは篤史の番——のはずだった。

それが寝入ってしまったのだろう。

「莫迦《ばか》野郎が！」

そういってテントの奥を見た。

女の姿。寝袋にくるまって、横になったままだった。

とりあえず、狩野はホッとする。

篤史の傍《そば》に拳銃《けんじゅう》が落ちているのを見つけ、それを自分のところに引き寄せ、拾った。そうしてまた、女を見た。こちらに後頭部を向けて寝ている。呼吸は安定しているようで、寝袋が規則正しく上下していた。

もしも彼女が目覚めていたら、自分たちは無事にすまなかったかもしれない。

そう思うと、ゾッとした。

狩野に背中を向けて鼾をかく篤史を乱暴に揺さぶった。寝ぼけ眼で上体を起こした彼は、狩野の顔を見て目を見開いた。

「あ……」

「何が〝あ〟だ。お前なあ。ちゃんと自分の仕事をやれよ」

「すんません。つい——」

しきりと頭を掻《か》く篤史の額を、狩野は指で弾《はじ》いた。

女が目を覚ましたのは、それから三十分ばかり経《た》ってのことだ。

ふいに寝袋が動いて、女がこっちを向いた。黒髪が顔を覆い、その間からキラキラと目が光っていた。

「目覚めたな。怪我《けが》の様子はどうだ」

狩野が声をかけたが、女は答えない。

「傷の様子を見せてくれ」

そういって彼女のところに這っていった。

少しでも抵抗しそうな素振りがあれば、すかさず身を引こうと思ったが、女は動かなかった。ためらいがちに迷彩柄のシャツの裾《すそ》をそっと上げ、包帯の様子を見る。腫《は》れや熱を帯《お》びている様子はない。顔色もずいぶん良さそうだ。

「驚異の快復力だな。あとでまた抗生剤を出しとくから、飲んでおけ」

女は横になったまま、彼をじっと見つめていた。


雨はどんどん激しさを増していく。

テントを打つ雨音がドラムを打ち鳴らすようだ。

狩野は篤史とともに、ダブルウォールのテントの上に、さらにタープを張った。テントの出入り口前にポールを二本立てて、庇《ひさし》のようにすると、この激しい雨の中でもテントの出入り口を開けっぱなしにしておける。

そこでふたりは黙々と朝食を作った。

やはり気になるので、彼らはちょくちょく肩越しに後ろを見る。テントの奥で、女はまた寝入っているようだ。

「狩野さん。マジにいうけど、意外に美女っすね」

「黙ってろって」

ガスバーナーでホットサンドメーカーをあぶりながら狩野がいう。

「でも、これからどうするんすか。淀川口まで案内しろっていわれたけど、今さら連れて行くわけにはいかないですし」

篤史にいわれて、彼は口を引き結んだ。

「とりあえず、北朝鮮の軍隊がこの島で何をやらかそうとしてるか、聞き出すんだ」

「白状するわけないっすよ」

「親身になって話せばわかるかもしれん」

「何いってんすか」

篤史は鼻に皺《しわ》を寄せ、いった。「狩野さん。めっちゃ酒臭いじゃないですか。ゆうべあれだけ飲んで、どうせまた宿酔《ふつかよい》っしょ？　そんなんで何の説得力もないっすね」

狩野はふたたび言葉を失った。渋面《じゅうめん》になったまま、携帯用ミルでコーヒー豆をガリガリと挽《ひ》き始めた。

4

安房沖四キロ付近、海上――午前六時四十分

寒河江信吾が、ハッと気づいた。

眠っていたらしい。顔の下半分まで海の水に浸《つ》かっている。だから呼吸ができず、苦しくなったのだ。思わず水を飲んだ。あわてて顔を上げて、激しくむせた。塩辛い海水を喉《のど》の奥からなんとか吐き出した。

黒い救命浮き輪にしがみついていた。高速艇が爆発したとき、船体から剝離《はくり》して海を漂っていたようだ。それを見つけたおかげで溺《おぼ》れずにすんだのだ。

雨が激しく降っていた。周囲の海面にバタバタと音を立てて無数の飛沫《ひまつ》が上がるほど大粒の雨だ。

腕時計で時間を確かめた。

あれから二時間近くが過ぎていた。浮き輪に摑《つか》まっているとはいえ、首から下はずっと海中に没しているから、さすがに体温が低下して背中に震えが走っていた。

隣に国見俊夫一等海尉がいる。同じ浮き輪にしがみついているが、やはり半ば意識を失っているようだ。

敵が発射したＲＰＧのロケット弾に被弾し、特殊高速艇が爆発した。

その直前に寒河江は海に放り出されていた。爆発のときは水中に没していたため、ほぼ無傷だった。水泳が得意だったことも功を奏したようだ。

しばし海を泳ぎ、波間に漂っていた救命浮き輪を見つけたとき、そこにもうひとりがしがみついているのに気づいた。国見だった。

高速艇の爆発から生き延びたのは奇跡だったに違いない。しかし、顔にひどい火傷《やけど》を負い、頬から顎《あご》にかけて火ぶくれができていた。特警隊の制服の上にはおっていた防弾衣は、水を吸って重くなったため、脱ぎ捨てていた。

そのうちに攻撃してきた敵高速艇二隻がやってきて、しばらく付近の海上を走り回っていたが、さいわい見つからずにすんだ。奴らが去ってから、ふたりは浮き輪に摑まったまま泳いだ。

国見の防水腕時計にはGPS機能がついていたため、屋久島の海岸の方角がわかるという。それを頼りにして、彼らはほとんど会話もなく、足を動かして泳ぎ続けた。

日の出の時刻を過ぎ、空が明るくなっていたが、雲は低く垂れ込めたまま。周囲を見ても鉛色の海面しか見えない。波が無数の小山になって不規則に上下している。

やがて雨が降り始めた。しかしこうして長時間、海に浸かっていると、どんなに激しい降りでも気にならない。もともとずぶ濡れなのだから。

濡れた腕時計を水中から上げ、国見が操作してGPSの地図を確認したようだ。

「このまま、まっすぐ……あと少し行けば海岸にたどり着くはずです」

かすれた声で彼がいった。

「島に上陸できたとして、その先はどうするんです。部隊はわれわれを除いて全滅したし、作戦続行はもう無理じゃないんですか？」

寒河江が訊《き》くと、国見はまた黙り込んだ。

「すみません。つらいことをいったりして」

「とにかく、このまま陸に向かいましょう」

それきり会話もなく、ふたりは足を動かし、泳ぎ始めた。


安房の町から南へおよそ四キロ下ったところの海岸線だった。

岩礁《がんしょう》の合間に小さな砂浜があるのを見つけて、寒河江と国見はそこをめざし、ようやくたどり着いた。浅瀬になったことを確かめると水中で足をつき、摑まっていた浮き輪を放した。

とたんに体が鉛《なまり》のように重く感じられた。

国見もよろけ、前のめりに水に突っ伏していた。

あわてて彼を助け起こし、肩を貸しながら砂浜に上陸した。大粒の雨に打たれながら、砂地に座り込んだ。

周囲に家屋や建物はなかった。ガジュマルやシュロの木の林があり、その向こうは道路らしく、白っぽいガードレールが木の間越しに見える。

声もなく惚《ほう》けていた。

疲れ果てていて、しかも寒さに震えている。それでも地面の感触にホッとする。自分が生き延びたという実感が湧《わ》いてきた。

しばしふたりして前髪から水滴を落としながら、雨の中に座って俯《うつむ》いていた。

ふと隣の国見を見る。

血の気がなく、真っ青な顔。今にも死んでしまうのではないかと寒河江は思ったが、自分もおそらくそうなのだろう。水を吸って白蠟《はくろう》のようになった掌《てのひら》。指先が震えている。

「大丈夫……ですか」

声をかけると、国見は虚《うつ》ろな視線を向けてきた。

「とにかく、少し移動しましょう。ここにいたら、海上から発見されるかもしれない」

「わかりました」

寒河江はなんとか自力で立ち上がる。一瞬、よろけたが耐えた。

国見に手を貸し、彼を立たせた。

ガジュマルなどの植生がある林を抜けると、白っぽい砂の道路が見えた。木立の向こうに家があって、雨音に混じってニワトリの声が聞こえる。ふたりはそこに向かって歩いた。

喉がひどく渇いていた。海水をずいぶん飲んだせいだろう。

茂みを抜けると、庭先に出た。

平屋造りの一軒家である。白壁にツタが這い登り、トタン屋根の軒先から雨が滝のように落ちて砂利《じゃり》に飛沫を上げていた。庭は草が生えていて、あまり手入れをされていないようだ。というか、空き家なのかもしれない。

しかし少し離れたところにはたしかに鶏舎《けいしや》があった。錆《さ》び付いたトタン屋根の下、金網の向こうに動くニワトリの姿があった。その近くに外水道らしき蛇口《じやぐち》が見える。そこに向かって歩き出そうとしたとき、家の玄関の扉が開いた。

白いランニングシャツにサンダル履きの老人が出てきて、ふたりの姿を目に留め、ギョッとした表情になった。あわてて戸口から引っ込もうとしたのを、寒河江が止めた。

「すみません。あの……」

老人が動きを止め、怯《おび》えたような顔で見つめている。

自分の名を伝えようとしたとき、寒河江にしがみついている国見が力尽きたように地面の水たまりに膝《ひざ》を落とし、そのままドサリと横倒しになった。

「国見さん！」

濡れそぼった彼の上体を抱き起こした。

鍛えられた自衛隊員のはずだった。それまでやせ我慢をしていたのか、やはりＲＰＧの爆発に巻き込まれたダメージが体に残っていたのかもしれない。

足音がして、振り返る。老人が雨の中に出てきたところだった。

じっと国見の姿を見ている。彼が特警隊の隊員服を着ているためだと気づいた。しかも腰のベルトのホルスターに拳銃が入ったままだ。北朝鮮の兵ではないといおうとしたとき、向こうが先に口を開いた。

「あんたら……日本人か」

しゃがれたような声で、老人がそういった。

5

首相官邸・内閣危機管理センター――午前七時三十四分

堀井毅郎はうとうとと舟をこいでいた。

ハッと気づいて、周囲を見る。

官邸地下にある内閣危機管理センターの広いフロアいっぱいに、整然と並べられたデスクについた閣僚や官僚のうち、大半が寝込んでいた。中にはあからさまに大きな鼾を立てている者もいた。

欠伸《あくび》をかみ殺していると、危機管理センターの出入り口から、防衛省の事務官のひとりがあわただしく入ってきて、近くに座っている塚崎防衛大臣のところに書類を届けた。眠そうな目でそれを観ていた塚崎が、ふと立ち上がって堀井のところに急ぎ足で来た。

「首相。昨夜、屋久島に向かった海上自衛隊の特警隊ですが……」

「上陸に成功したのかね」

「それが……」

塚崎の曇った顔で堀井は理解した。「やはりダメだったか」

「屋久島近辺の海上で、特殊高速艇三隻が敵船からのロケット砲攻撃を受けたという報告を最後に連絡を絶ちました」

「レーダーでも見つからないステルス性能だったはずだ」

「奴らは周辺海域を複数の船で警戒していたものと思われます。遭遇はたまたまかもしれませんが」

堀井は渋面になって掌を額に当てた。

「それで部隊は？」

「全滅と思われます」

防衛大臣がいったとき、通信担当官のひとりが大声で叫んだ。

――衛星回線を通して、屋久島占領軍の指揮官から映像が来ました。

センター内がいっせいにどよめいた。

堀井は口をへの字に曲げた。リ・ヨンギルが何をいうか、もうわかっていたからだ。

しかし、向こうからの連絡を拒否するわけにはいかない。

「映したまえ」

仕方なく彼はそういった。


リ・ヨンギル将軍は昨日と同じような場所で画面の中央にいた。

背後の森は雨のようだ。

岩のように硬直した彼の表情は、怒りの表現だろうと堀井は思った。

——堀井総理。姑息《こそく》な手段を使って私を失望させないでいただけますか。

今回は初っぱなから通訳なしで本人が日本語で伝えてきた。

「……何のことですか、将軍」

狼狽《うろた》えた声で堀井がいう。

——本日未明、われわれの哨戒《しょうかい》部隊が島に接近中の高速艇三隻を発見、撃破しました。すでに情報はそちらに届いているはずです。とぼけてもらっても困りますね。二度とこのようなことがないように警告しておきます。さもなければ、あなた方は最悪の事態を自ら招くことになります。

堀井が黙っていると、彼はさらにいった。

——通告から二日目です。期限まであと一日。しかし日本政府が動いたという情報はいっさい入りません。

「いま、アメリカ政府に強くはたらきかけているところです。もう少し待っていただけないと——」

——我が国の内戦に関してですが、パク・スンミ将軍が反乱軍を率いて平壌を攻略した、そもそもの原因はアメリカ合衆国ＣＩＡからもたらされた偽情報によるものです。キム・ジョンウン同志が中国と密約を交わし、我が国の解体を了承したという情報を、パク将軍にわざと伝えた人間がいます。もちろん、それはまったく事実からかけ離れていることですが。

「そ、それはいったい？」

——あなた方の防衛省内部からの漏洩《ろうえい》ですよ。

だしぬけにいわれて、堀井は息を呑《の》み込んだ。

大きく開いた目を、ゆっくりと塚崎防衛大臣に向ける。しかし塚崎は知らん顔で彼に横顔を向けたままだった。堀井は仕方なくリ・ヨンギルに目を戻した。

「つまり、我が国の防衛省の内部に北朝鮮と通じている人間がいるということですか」

——どう解釈していただいてもかまいません。何よりもあなた方の国の問題ですからね。ただ、そういった情報がわざとリークされたことはまぎれもない事実です。それがきっかけで我が国の内戦が勃発《ぼつぱつ》した。だから、あなた方にも責任があると申しました。

堀井はハンカチで額の汗を拭《ふ》いた。

「そ、そのことは早急にこちらで調査をします」

するとスクリーンの中でリ・ヨンギルがかすかに笑った。

——では、あらためて条件を繰り返します。明日の朝、七時までにキム・ジョンウン同志の解放と亡命が実行されなければ、こちらは最終手段を執《と》ります。

「ほ……本当に核兵器を持ち込んでいるんですね」

リ・ヨンギルははっきりと頷《うなず》いた。

突然、画面がゆっくりと横移動して、彼らがいる天幕の外に向けられた。

カーキ色の軍用トラックがそこに停《と》まっていた。荷台には銀色の円筒形をした物体が頑丈に固定されている。長さは二メートルぐらいのようだ。

リ・ヨンギルの声がした。

――開発中だった新型長距離弾道ミサイル〈銀星《インソン》〉に搭載《とうさい》するはずの核弾頭を汎用《はんよう》に改造したものです。すでに明日の午前七時に起爆するようセットが完了していて、他に遠隔操作による手動起爆も可能です。あなた方がまた何か不穏な動きをしたならば、われわれ占領軍は無慈悲に起爆を敢行《かんこう》します。

堀井は声を失っていた。

周囲の閣僚や官僚たちも呆然《ぼうぜん》とした表情を並べ、スクリーンに目を奪われていた。

「もう勘弁してくれ」

そうつぶやいて堀井は両手で顔をおおった。

――連絡は以上です。堀井総理。

画像が途絶して、スクリーンが砂の嵐《あらし》になった。

少しずつセンター内でざわめきが起こり始めた。

6

淀川登山口――午前十時

大きく張った天幕を、大粒の雨が叩いている。

支柱として立てたポールとポールの間を、天幕が垂れて、そこからたまった雨水が滝のように落ちていた。

リ・ヨンギルはそれをぼんやりと見ていた。ゆうべはほとんど眠っていない。が、意識は冴《さ》えていた。

本日未明、故国に残した部隊より入電があった。

アメリカ海軍の空母が三隻、東シナ海を北東方面に航行しているという情報だった。朝鮮半島を目指していることは明白だった。駐韓米軍も活発に動き、それに呼応するように韓国軍も部隊を集結させている。

畏《おそ》れていたことが始まろうとしていた。

北朝鮮の動乱は、アメリカ政府にとっては大きな好機である。ましてや今は親米の立場を取るパク・スンミが政権を握っている。キム・ジョンウン総書記は幽閉され、正規軍はちりぢりになってしまった。

米国にとってこれは千載一遇《せんざいいちぐう》のチャンスである。

そんな中、残存していた正規軍の中でも大きな戦力である特殊部隊を率いて、彼はわざわざこの屋久島にやってきた。日本政府に提示したキム・ジョンウンの解放という条件はもちろん、リ・ヨンギルにはまだ別の狙《ねら》いがあった。

そのためにも軍事同盟国である日本の領土の一部を占領し、島民を人質に取ることによって、アメリカの出方を変えるか、あるいは彼らの行動を少しでも遅らせることができるはずだった。

しかし、どうやらその目論見《もくろみ》は外れていたようだ――。

「将軍同志。少々、お疲れのご様子ですね」

彼の隣に座っているアン・スンイル中将が声をかけてきた。

「いかがですか」

アン・スンイルが差し出してきた煙草《タバコ》を一本とってくわえると、ライターの火を差し出してきた。リ・ヨンギルは身を傾《かし》がせて煙草の先を赤く光らせた。

煙を吸い込み、ゆっくりと吐く。

「君は故郷に家族を残してきたが、別れはいえたのか?」

アン・スンイルは少し笑った。

「顔を見ると未練が生まれるので、会わずにおりました」

「私の妻も、この作戦のことを知らない」

「やはりそうでしたか」

立ち昇る紫煙《しえん》に目を細めながら、アン・スンイルがいった。

「多くの部下たちもそのはずです。この戦いに勝利はないのですから」

リ・ヨンギルはふうっと煙を吐き、目を細めた。

「ところで、スパイのことをいつ明かすつもりですか」

ふいにいわれて考えた。

「機を見て公表する。それまであの男を悩ませておけばいい」

防衛省情報本部内に、北朝鮮に通じていた人物がいる。そのことを日本の首相や閣僚たちにほのめかしておいた。その人物のことを明かしても良かったが、彼はあえてそこまで触れなかった。

私怨《しえん》ゆえであった。

あの男はアメリカCIAと手を組み、この自分を罠《わな》にかけて殺そうとした。むろん、たやすく甘言《かんげん》に乗るような自分ではなかったが、それを実行してきた彼に対しては、相応の報いを受けさせてやるつもりでいた。

奴の名前だけは絶対に忘れない。

それにつけても気がかりなのは、ハン・ユリ大佐の安否である。

彼女が消息を絶ってから、もう一日近くになる。昨日から捜索にあたったが、まだ発見の報告がない。ぜんぶで三つの小隊を繰り出したが、そのうち二隊が何の手がかりもつかめぬうちに、この指揮所に帰還していた。

残る一隊も、宮之浦岳付近から、こちらに向かっているという報告だった。

しかし彼女をあきらめるわけにはいかない理由があった。

三小隊すべてが帰還したら、また別の部隊を繰り出そう。

「報告であります！」

声に振り向くと、情報将校のチョ・ジュンヨル中佐が斜《なな》め後《うし》ろに立っている。

リ・ヨンギルは頷いた。煙草を灰皿の中でもみ消した。

「先ほど、カン・スギル特務中佐率いる長距離偵察部隊が本指揮所に到着しました」

「すぐに中佐をここに呼びたまえ」

チョ・ジュンヨルは背筋を伸ばして敬礼し、こういい足《た》した。

「もう一報。安房の解放部隊第一軍から連絡が入りました。昨日より、現地の日本人たちが不穏な動きをしている模様です」

「抵抗があったのかね」

「いえ。具体的な抵抗や反乱はありませんが、外出禁止令を無視している者が多く、中にはこちらを挑発するような動きを見せている集団がいるということです。複数の無線交信もキャッチしましたが、出力の弱い無線を使っているらしく、容易に傍受ができない状況です」

「目に余るようだったら強硬手段に出てもいい。場合によっては市民の射殺も仕方ない。安房のほうには、そう伝えておいてくれ」

チョ中佐は軍靴の踵《かかと》をそろえて背筋を伸ばし、敬礼してきた。

「ピルスン（必勝）！」

クルッと背を向けて、チョ中佐が去って行くのを見送った。

「カン・スギル……あの男は危険です」

アン・スンイルがいった。「狂っているという噂《うわさ》は信憑性《しんぴょうせい》があります」

「わかっている。だが、有能であることもまた事実だ」

リ・ヨンギルは顔をしかめると、前方に視線をやった。

「狂っている……我が故国もまた狂っている。主体《チュチェ》思想の名の下《もと》に独裁で国民を苦しめる為政者《いせいしゃ》もまた同じ。われわれはその下で戦乱に引き裂かれ、傷だらけになりながら、この無謀《むぼう》な作戦に出るしかなかった。狂気以外の何ものでもないな」

降りしきる雨。

天幕の外に停めてあるトラックの荷台。そこにセッティングされた銀色の円筒形の物体が見える。長距離弾道ミサイルの弾頭を改造した核爆弾だ。正式名は未発表だが〈解放1号〉と密かに呼ばれている。

設計はイラン人の核技術者。それをコントロールする装置も、同じイランの電子工学の権威が作った。

時限装置はすでにカウントダウンを開始し、明日の午前七時をもって起爆する。

解除するためには、ハン・ユリ大佐がこの島に届けるはずの〝装置〟によって、秘匿《ひとく》コードを打ち込むことが条件となる。

〝装置〟を操作できる者は、この部隊でもただの一名だ。

核爆弾の起爆がこんな厄介なシステムになった理由は、朝鮮労働党総書記だったキム・ジョンウン自らが、戦略軍に指導したコマンドだった。当時、クーデターが企《くわだ》てられているという噂がひっきりなしに流れていたため、万が一の安全のため、汎用小型核兵器に限って、秘匿コードを使用する遠隔《えんかく》操作でしか作動しない仕組みにしていた。

リモートコントロールで作動する〝装置〟と核爆弾〈解放1号〉の本体は、一定の距離内で連動するように設計されている。起爆のみならず、カウントダウンを止める場合も、〝装置〟に表示される秘匿コードの十二桁の数字を送信しなければならない。

パク・スンミ将軍が蜂起《ほうき》したとき、キム・ジョンウン総書記は自分の身の危険を知ってその

〝装置〟を腹心の幹部に預けた。しかしその人物は総書記を裏切り、パク・スンミ将軍側に寝返っていたのである。

リ・ヨンギルは核爆弾本体を国外に持ち出せたが、秘匿コードを核爆弾に送る〝装置〟は敵の手に渡っていた。だから、ハン・ユリ率いる部隊が〝装置〟の奪還を試みた。

故国を脱出したのち、お互いが屋久島で合流するという約束を交わし合って――。

こんなことは考えたくないが、万が一、ハン・ユリ大佐の身に何かがあって、もしもあの〝装置〟が日本人の手に渡ってしまったら？

その想像を何度も打ち消そうと思った。しかし、悪い予感はなぜか的中するものだ。

その場合は、彼女もろともあの〝装置〟を破壊するしかない。

屋久島は地図の上から消滅することになる。

「――カン・スギル、参りました」

野太い声がして、リ・ヨンギルたちは振り返った。

迷彩の戦闘服に戦闘帽の大男が敬礼のポーズで立っている。左眉辺《ひだりまゆあた》りから鼻の上を走り、右頬まで斜めに顔を横切る稲妻形の白い傷が、この男の凄絶《せいぜつ》さを物語っていた。

リ・ヨンギルはゆっくり立ち上がり、返礼した。隣でアン・スンイルも立って倣《なら》った。

「待っていたよ」

そういってリ・ヨンギルは破顔する。「遅かったな」

「われわれが乗り込んだ偽装貨物船が、敵の警戒網をくぐるために遠回りをしなければならず、おかげで合流がすっかり遅れてしまい、申しわけございませんでした」

「疲れているだろうが、さっそく麾下《きか》の部隊をすぐに出せ。任務はハン・ユリ大佐の捜索である」

「諒解しました。詳細はすでにうかがっております」

「万が一……いや、すでにあり得る事態だが、本人が日本人《イルボンサラム》の手に落ちていたら、どんな手段を使ってもいい、あの〝装置〟を持ち帰るのだ」

「大佐を失うことになりますが？」

「かまわん」

その答えを聞いたとき、カン・スギルの目がかすかに光ったのを、リ・ヨンギルは見逃さなかった。

カン・スギル中佐は胸を張ってまた敬礼をした。

「ピルスン（必勝）！」

踵をそろえてから後ろ向きになり、天幕から雨の中へと出ていった。

リ・ヨンギルはその後ろ姿から目を離すと、ゆっくりと着席した。

傍らからアン・スンイルがまた煙草を差し出してきた。

それをとってくわえ、ライターで火を点ける。

ふうっと煙を吐き出し、物憂《ものう》げな顔で天幕から激しく落ちる雨水を見つめた。

7

投石平――午前十時十五分

大粒の雨が依然《いぜん》、降り続いていた。

テントの入口近くで胡座《あぐら》をかいていた狩野は、ときおりストックの先をタープに当てて押し上げた。するとタープを重くたわめながらたっぷりたまっていた雨水が、滝のように轟然《ごうぜん》と地面に落ちた。

「午後になったら撤収するぞ」

テントの奥で女の額に手を当てていた篤史が振り向く。

「この人、どうするんすか」

「だいぶ快復したようだし、なんとか歩けるだろ」

「淀川口まで連れて行くんすか」

「莫迦。主導権はこっちに移ってんだ。ひとりで好きなところに勝手に行ってもらうさ。お前、たしか予備のレインウェアを持ってたよな」

「ありますけど……」

篤史が答えたとき、女がかすかにうめいた。

ついさっきも朝鮮語で寝言をいっていた。夢を見ていたらしい。

横向きからゆっくりと仰向《あおむ》けの姿勢になり、ふと瞼《まぶた》を開いた。ふたりを見てから、自分の境遇を思い出したようだ。素早く上体を起こした。

篤史が傍らに置いていた拳銃に手を伸ばした。しかし女はそれきり動かない。

「さすがに腹が減ってんじゃないか？」

狩野はそういってザックの近くに置いていたコッヘルを取り、折りたたみのフォークとスプーンとともに女の前にそっと置いた。

「すっかり冷めちまってすまんが、ゆうべの残りの鶏雑炊《とりぞうすい》だ」

女はコッヘルをちらと見てから、視線を外した。

その姿をじっと見ていて、狩野が悲しげに笑う。

「相変わらず頑固《がんこ》だな。いくら意地を張ったって腹は満たされんぞ。あんたのお国は食糧《しょくりょう》事情もたいへんだと聞いてるが？」

そういうと狩野はテルモスの水筒を取って、コーヒーをマグカップに注《つ》ぎ、すすった。

ふと篤史が自分のザックを引き寄せ、中から何かを取りだした。

小さな緑色のタッパーだった。

「狩野さん、ちょっといいっすか」

彼は拳銃を膝の傍に置くと、狩野の手からコッヘルを取り、タッパーの蓋《ふた》を開いた。

「これね……お袋の自慢の自家製キムチなんすよ」

タッパーに詰めていたキムチを箸《はし》で取り、コッヘルの雑炊に少し載せてから、女の前に置いた。

狩野はマグカップ片手に女の様子を見た。

様子が変わっていた。

キムチを載せた雑炊を前に、なおもわざとらしく視線を逸らし、横顔を見せていたが、何度か目をしばたたいた。唇を軽く噛んでいた。

ふいに女がコッヘルに視線をやった。

片手をコッヘルに伸ばした。折りたたみのフォークをとって、篤史が載せたキムチをすくって口に入れたようだ。

ひと口、食べた。

口を真一文字にして、ギュッと唇を噛みしめた。

「狩野さん……」

篤史が紅潮した顔でいった。

「いいから、知らん顔しとけ」

ふたりがわざとそっぽを向いている間に、女は食べ始めた。

土砂降《どしゃぶ》りの雨の中で撤収作業にかかった。

女の身長や体型が篤史に近かったため、彼の予備のレインウェアがピッタリだった。どんなに鍛え抜かれた兵士でも、屋久島の大粒の雨に打たれ続けて無事なはずがない。ましてや怪我を負って熱で倒れた身だ。驚くべき回復力だったが、体力的にはまだ健常に戻っていないはずだった。

大きなタープの下で荷物をザックに収め、次にテントをたたんでしまい込んだ。最後にタープを片付ける。ドローコードをすべて外し、支柱を分解して、狩野のザックの中に押し込んだ。

一二五リットルの巨大ザックの前に座り込み、狩野はいつもの馴《な》れた動きで立ち上がる。

篤史はすでにザックを背負っていて、そのウエストベルトに黒い拳銃を差し込んでいた。やや離れた場所に空身のまま、女が立ってふたりを見ている。

バタバタと派手な音を立てて落ちる雨が、彼女の頭や肩に飛沫を散らしていた。

「俺《おれ》たちはこれから下山する。あんたらの占領とかのせいで、下がどうなってるのかわからんが、自分の目で見なきゃな。淀川口にあんたの仲間がいるのなら、その近くまで連れてってやるよ」

女は黙って雨の中に立っていた。

狩野はフッと笑い、彼女の正面に向き合った。拇指《おやゆび》で自分を示してこういった。

「俺は狩野哲也だ。こいつは清水篤史。あんたも名前ぐらい教えてくれないかな」

しかし女は黙ったまま、やや俯《うつむ》きがちに口を引き結んでいる。

「この国じゃな、袖《そで》振り合うも多生の縁ってことわざがあるんだよ」

女がちらっと狩野を見た。

「ハン・ユリ……朝鮮人民軍陸軍特殊作戦軍第一特殊部隊長」

低い声で遠慮がちに名乗った。

狩野は篤史と目を合わせた。篤史が口笛を吹く真似《まね》をしてみせる。

「ユリか。まるで日本人の女性の名前みたいだな」

狩野がいうと、篤史が何かを思い出したようだ。

「K－POPの〈少女時代〉のメンバーにユリって子がいましたよ」

「それって日本人じゃないのか」

「ちゃんとした韓国のスターですよ。向こうで〝ユリ〟っていうのは瑠璃《ガラス》っていう意味らしいんです」

篤史はレインウェアのフードをかぶった頭を掻きながらいった。

「こう見えても俺、〈少女時代〉のファンなんすよ。CD、何枚か持ってました」

「だから、どんだけたくさんマニアやってんだってんだよ」

掛け合い漫才のようなふたりの会話を耳にしても、彼女はむっつりしたまま、よそを向いている。それに気づいて、狩野が咳払《せきばら》いをした。

「行こうか」

歩き出そうとしたときだった。

投石岳方面からこちらに下りてくるトレイルを、小さな人影が歩いているのを狩野が見つけた。笹藪《ささやぶ》が起伏しながら広がる中、灰色の花崗岩の大岩が点々と頭を出している。そんな合間にある細い登山道を、赤っぽいレインウェア姿の単独行らしい登山者の姿。

「狩野さん、あれって」

傍らで篤史にいわれ、彼は確信した。

「間違いない。高津夕季だ」

視力のいい狩野には、すぐわかった。

レインウェアは赤とオレンジのデザイン。山岳救助隊の支給品である。

ハン・ユリに向き直って、彼はいった。

「知り合いだ。この島で山岳救助をしている女性なんだ」

あえて警察官であるとはいわずに、狩野は説明した。

しかしハン・ユリの表情から緊張の色が消えなかった。

やがて彼女が狩野のすぐ前にやってきた。

相変わらず沛然《はいぜん》と降り続ける雨に打たれながら、疲れ切った表情に無理やり笑みを浮かべて高津夕季がいった。

「狩野くん。会えて良かった！」

その笑顔がパッと消えた。狩野が驚いた。

まさかと思って後ろを見る。

ハン・ユリが篤史の横顔に拳銃を向けていた。

「いつの間に……」

「狩野さん。すんません。何しろ凄《すご》い早技だったもんで」

泣きそうな顔で篤史がいった。

いちばん驚いたのが夕季である。あっけにとられた表情でハン・ユリを見ていたが、ふと気づいたらしい。

「その人ってまさか……？」

狩野が小さく頷く。「島を占領している北朝鮮の兵士のひとりだ」

夕季が彼女をじっと見つめている。

ハン・ユリが着用している篤史の青いレインウェアの首の辺りから、迷彩模様のシャツがわずかに覗《のぞ》いていた。ズボンは迷彩柄の軍服、それに軍用の編み上げブーツだ。

「わざと心を開いたふりをしてたんだな。いつでもそうやって逆襲できたわけだ」

「お前たち、私を、指揮所まで案内すればいい」

そういって彼女は狩野に銃口を向けた。「その前に、あれ、返してもらう」

「あれって……？」

「わかているはずだ」

狩野は仕方なく、レインウェアのジッパーを下ろし、シャツの胸ポケットからそれを取り出した。十二桁の数字を表示する〝装置〟。ハン・ユリに向けて差し出す。

彼女の両肩が上下していた。呼吸が荒いのは、まだ体力が回復しきっていないからだ。狩野はそう思った。

ならば――。

右手の拳銃を狩野に向けたまま、ハン・ユリは左手でそれを受け取った。

その瞬間、狩野が相手の右手首をつかんだ。拳銃の狙いを逸らそうと思ったのだ。うまくつかめたと確信した刹那《せつな》、脇腹《わきばら》に強烈な蹴《け》りが来て、狩野はうめいて上体を折り曲げた。

そのまま濡れた花崗岩の上で横倒しになる。

とっさに立ち上がろうと試みるが、不可能だった。何しろ一二五リットルの超巨大なザックを背負った身だ。

「ソヨン・オプソ（無駄なことだ）！」

ハン・ユリが短く叫ぶと、狩野のこめかみに銃口を押し当てた。

撃たれる――彼は覚悟した。

カチッ。

かすかな金属音に、狩野はゆっくりと目を開く。

ハン・ユリはあっけにとられた表情で、自分が握った拳銃を見つめている。

次の瞬間、何かが空気を切る音がした。

篤史が逆《さか》さに持った登山用ストックが、ハン・ユリの首筋を直撃した。ストックがくの字に折れるのが狩野には見えた。彼女は首を押さえながら顔を歪《ゆが》め、ゆっくりと横倒しになった。

手から落ちた拳銃とあの〝装置〟が水たまりに飛沫を上げた。

篤史が折れたストックを放り出し、落ちた拳銃と〝装置〟を拾う。拳銃のスライドに手をかけて目いっぱい後退させると、そこで止まった。弾倉を抜いて、倒れたままの狩野にそれを見せた。

雨に濡れた顔に笑みを作りながらいった。

「実は、ゆうべのうちにこそっと弾丸を抜いてたもんで」

弾倉は空《から》だった。

狩野はハン・ユリを見つめた。

「本気で俺を撃つつもりだったのか……」

「何いってんすか。同情なんかしてどうするんですか」

あきれた顔で篤史がいう。

狩野は魂を抜かれたような気持ちで、倒れた女を凝視する。

夕季が寄ってきた。さすがに青ざめた表情だ。

「無事だったのか?」と、狩野が振り向いていった。

夕季が頷く。「だけど、警察署が襲撃されて爆破されたの。生き延びて逃げられたのは私ひとりだけだった……」

「そうか」

「ここで何があったの?」

「こいつは北朝鮮の特殊部隊の隊長だ。単独行動していた」

「そういえば……他にも兵士たちがこの山にいたのを見たんだけど。なんだか、ただならぬ様子で隊列を組んで走ってたのよ」

狩野が驚いて夕季を見た。「おそらく、彼女を捜索していたんだろうな」

「だったらグズグズしていられないわよ」

「わかってる」

そういって、狩野が夕季を見た。「手錠《てじよう》、持ってないか。警察官だろ?」

「荷物の中にあるけど」

「悪いが貸してくれ」

狩野は、雨の中に倒れたままのハン・ユリを見下ろした。彼女は打擲《ちようちやく》された首を押さえ、横向きに倒れている。意識はあるようだ。

夕季が持ってきた手錠を受け取り、ハン・ユリの両手にそれをかけた。

「本気で俺を殺す気だったな」

彼女は手錠をかけられたまま、あらぬほうを見たきり動かない。

「少しは仲良くなれたと思ったのにな」

狩野は険しい顔でいった。「あの機械は何だ」

ハン・ユリは横目で狩野をにらんでいたが、何も答えない。

「あんたらにとって大切なものみたいだが?」

なおも黙っているハン・ユリを見ていたが、狩野は篤史にいった。

「それを貸してくれ」

篤史が投げて寄越《よこ》したそれを、狩野が無造作に片手でキャッチした。

ハン・ユリの視線がそこに向けられる。

今も液晶には十二桁の数字が表示されていた。それを花崗岩の上に置いて、狩野はソフトボールぐらいの石をつかんだ。大粒の雨に打たれて飛沫を上げる中、液晶表示が瞬き、また別の十二桁を表示した。

「白状しないと、こいつをぶっ壊すぜ」

ハン・ユリの雨に濡れた顔。その目が見開かれた。

しかしなおも口を閉ざしている彼女の前で、狩野は石を叩きつけようとした。

「いっ、せーのーせッ！」

「ハジマ（やめろ）！」

大声で彼女が叫んだ。狩野は石を持つ手を止めた。

「占領軍指揮官リ・ヨンギル将軍同志は、この島に、核爆弾を持ち込んでいる。それはリモートコントロール装置なのだ」

だしぬけにそんなことをいわれ、狩野が驚愕《きょうがく》した。

「マジか……」

「明日の午前七時になれば、自動的に起爆する。止めるためにはそれが必要なのだ」

狩野はあっけにとられて、しばし言葉を失っていた。

「いつまで経っても自衛隊が来ないのは、つまりそういうことだったのか。なんでそこまでやる？　あんたらは、この島を乗っ取って、いったい何をしでかそうとしてるんだ」

ハン・ユリは少し口を閉じていたが、こういった。

「故国の内戦で捕まっている、キム・ジョンウン同志の、解放と亡命だ」

狩野は一瞬、彼女の言葉が信じられなかった。

「あのな……それはあんたらの国の問題で、日本は無関係だろう?」

ハン・ユリは狩野を見て、燃えるような目でにらんだ。

「狩野さん」

篤史が青ざめた顔でいった。「やっぱりそれ、ぶっ壊しちゃえばいいんじゃないっすか。奴らが持ち込んだ核爆弾も、これがなければただのお飾《かざ》りですよ」

「そうだな」

狩野は傍らに置いていた岩をまたつかんだ。

「ハジマ!」

ハン・ユリがまた鋭い声を放った。狩野が彼女の目を見つめた。

「私が、それをこの島に持ち込んだときから、〝装置〟と核爆弾は連動を開始したはずだ。それが発信している電波が消えたら、核爆弾は自動的に作動する」

「マジか? 嘘《うそ》じゃないだろうな」

ハン・ユリは小さく頷いた。

彼女から目を離した狩野は、篤史の顔を見つめ、こうつぶやいた。

「屋久島がヤバイ……」

8

安房——午前十一時五十分

寒河江と国見を助けてくれた現地の老人は寺田《てらだ》といった。

四年前に妻を病気で亡くし、子供たちはそれぞれ東京や大阪に行って、今は安房の町から外れたこの家にひとり暮らしだという。

ふたりは風呂《ふろ》で体を洗い、着替えを出してもらった上、畳の間で布団で休ませてもらった。四時間近く眠っていたようだ。

寒河江は目を覚まし、一瞬、自分がどこにいるか判然としなかった。

国見とともに布団から這い出した。

枕元《まくらもと》に彼らの衣類がたたまれて置かれていた。ふたりが眠っている間、洗濯《せんたく》と乾燥までしてくれたらしい。きちんとアイロンがかけてあった。

近くにある卓袱台《ちゃぶだい》には料理が置かれ、ハエ避《よ》けの食卓カバーがかぶせられていた。

「目を覚ましたかね」

声がして振り向くと、障子《しょうじ》を開いて寺田が入ってきた。両手にお櫃《ひつ》を抱えている。

「腹が減っているかと思ってな」

食卓カバーを外し、茶碗《ちゃわん》にご飯を盛った。

「遠慮せずに食べてくれ」

自分たちの服に着替えた寒河江と国見は、向かい合わせに敷かれた座布団に座った。ふたりして無言で料理に箸をつけた。焼き魚。味噌汁《みそしる》。漬物。そんな有り体なメニューだったが、疲れ切って空腹だった寒河江には何よりの贅沢《ぜいたく》なような気がした。

外の雨音が喧《かまびす》しい。

相変わらずスコールのような土砂降りが続いていた。

「そんなに固くならんで、足を崩してくつろげばいい」

湯飲みに茶を注ぎながら寺田がそういった。

ふたりはあっという間に料理を平らげ、もらった茶をすすった。

「どうしてここまでしてくださるんですか」

寒河江が訊くと、彼はよく日焼けした顔で笑った。

「自衛隊だといったからだ。沖で難破して岸に泳ぎ着いたそうだな」

「難破というか……奴らの攻撃を受けて、高速艇が沈みました」

国見がいうと、寺田は頷いた。

「他にもここに来ているのかね」

ふいに国見の顔が曇った。かぶりを振るしかなかったようだ。

「奴らはレーダーで島の周囲を見張っているので、特殊な小型艇で接近したんです。それが見つかってしまい、攻撃を受けて部隊はほぼ全滅しました。生き残ったのはわれわれだけです」

寺田は眉根を寄せて、口元を引き締めた。

「気の毒にな」

「なんとか敵の本陣を叩くつもりです」

国見の言葉に寒河江が驚く。この期《ご》に及んでまだやるつもりか。

「町の者たちも、少しずつ集まり始めている」

そういって、寺田はズボンのポケットから小さなトランシーバーを取り出してみせた。

特定小電力無線のタイプだ。職務で無線機を使い慣れた寒河江にはすぐにわかった。

一般の無線機のように免許が必要ないため、島で使う者は案外と多い。とりわけ林業や漁業関係者、山岳救助ボランティアやガイドたちが愛用している。

通常のＦＭ波なら、デジタル秘匿モードでも傍受される危険性がある。だが、通話距離の短い〝特小〟無線なら、その電波の範囲内に入らなければ絶対に第三者に洩《も》れることがない。

「島の人たちも戦うつもりなんですか？」

寒河江が驚いて訊いた。

「どこまで抵抗できるかわからんが、黙って奴らに従うつもりはない」

そのとき、車の音が聞こえた。

国見と思わず目を合わせる。

寺田がそっと立ち上がり、庭に面した障子を左右に開いた。

大粒の雨がバタバタと落ちている先、生け垣の向こうから黒いミニバンが曲がって家の敷地に入ってきた。停まったとたんに左右のドアが開き、作業ズボンに鉢巻き姿の若い男と、トレーナーの中年男が姿を現した。

雨の中をこちらに走ってくる。

緊張したまま見ている寒河江たちの前で、軒下に駆《か》け込んだふたりはともに屈託のない笑みを見せた。

「近所の山下くんと朝永《ともなが》さんだ。勝手にもうしわけないが、あんたたちのことを話して、迎えにきてもらった」

寺田がふたりを紹介した。

ふたりは縁側に遠慮なく上がり込む。

「こちら、海上自衛隊の国見さんだ」

寺田が紹介した。「それから……あんた、何だっけな」

「環境省の寒河江です」

すると鉢巻きの男がハッと目を見開いた。

「もしかして、信ちゃん……？」

その顔を見て、寒河江は気づいた。

「山下って、あの山下……か？」

「おお！　やっぱり寒河江信吾だ！　変わってないなあ」

鉢巻きの男が勝手に畳の間に入ってきた。興奮した様子で寒河江の横に座り込む。

安房で漁師をやっている山下朋之だった。

「何年ぶりだろうな」

驚く国見に寒河江はこういった。

「ぼくは安房の出身で、こいつとは幼《おさな》なじみだったんです」

「でも、信ちゃんがなんで自衛隊さんといっしょにいるんだ」

山下に訊かれ、寒河江はここに来ることになった経緯を詳しく説明した。

「そっちこそどうしてだ。安房の町も奴らに占領されたままじゃないのか。よく、見つからずにここまで来られたな」

ふいに山下が真顔に戻る。

「奴らの目を欺《あざむ》くのは簡単だ。こっちは裏道を知り尽くしてるからな。とにかく、なんとか一矢《いっし》報いてやろうと思って、町の人間がこっそり集まってる。武器も少しずつ揃《そろ》ってきたんだ」

「まさか……レジスタンスみたいなことを？」

山下は不敵な笑みを浮かべて頷く。

「自衛隊の反撃が始まったら、即応する予定だったんだ。だけど、あんたらがそのざまじゃなあ」

すると国見が身を乗り出して、こういった。

「彼らが核爆弾を島に持ち込んでいるという情報があるからです。だから自衛隊も動くに動けない」

さすがに山下が驚いた。

「し、信じられない……」

「しかし事実です。淀川登山口に彼らの本陣があります。おそらく核爆弾はそこにあるはずです。

奇襲攻撃をかけて、起爆を阻止《そし》する計画でした」

「なるほど、それで信ちゃんがガイド役というわけか」

「ところで山下さん。本部と連絡を取りたいのですが、どこかに無線機の類《たぐ》いはありませんか?」

「俺たちの仲間に高出力の小型トランシーバーを持っているのがいる。おそらくそれなら本土まで電波が届きます」

「ありがたいです」

「おうい。そろそろアジトに戻るぞ」

縁側に座って煙草を吸っていたもうひとり、朝永という男が声をかけてきた。

雨が降りしきる中、ミニバンまで走ってエンジンをかけている。

「諒解! すぐ行くよ」

ふたりを見てから、山下がこういった。

「信ちゃんも国見さんも、俺たちのところに来てほしい」

返事にもたつく寒河江を見て、彼はこういった。「高津さんとこの弟さんも、俺たちといっしょにいるんだ。実はトランシーバーってのはその子の所有なんだよ」

「本当か!」

思わず興奮して、寒河江の声がうわずった。

山下が頷いた。「安心しろ。夕季さんも無事らしい。警察署が爆破される前に脱出して、ひとりで山に入ったということだ」

「そういえばたしか、屋久島署の高津とかいう巡査という人の安否を心配されてましたが?」

「こいつの恋人のことですよ」

国見に向かって山下が説明した。「もともとふたりは幼なじみで、中学高校とずっといっしょだったんだよな」

仕方なく寒河江がいい足した。「ぼくは東京の大学を卒業後、環境省に入って、しばらくこの島でアクティブ・レンジャーの仕事を続けてたけど、本土の別の職場に出向することになったものだから、だんだんと疎遠《そえん》になっていったんです」

「なあんていいながら、まだまだ未練がありそうだな」

山下にいわれ、寒河江はわざとらしく咳払いをした。

「ま。いいじゃないか。もう、過去の話なんだ」

庭先からクラクションが短く鳴らされた。

「寺さん、教えてくれてありがとうな」

山下が寺田に礼を述べ、寒河江たちを促して雨の降りしきる庭に飛び出す。

寒河江と国見も玄関に回り込んで、靴を履き、寺田に頭を下げた。

「ご恩は忘れません」

「いいよ。達者《たつしゃ》でな」

寒河江にそう応《こた》えて、寺田は玄関先まで見送りに出てくれた。

9

黒味岳付近――午後一時

森林限界を越えて下ってくると、周囲は鬱蒼《うっそう》とした森となる。

杉、ビャクシン、ヒメシャラなどの樹林帯。

登山道はまるで川だった。

山靴は完全に水没し、浸水で靴下までびしょ濡れとなる。ときとして激流となった場所もあって、太腿《ふともも》の中程まで水が来ることがある。

とはいえ屋久島の山岳地帯は極端に土が少ないため、これだけの雨量でも足元を流れる水は泥《どろ》色に濁ることはない。ほぼ透明なまま、木立の合間をザアザアと音を立てながら、低い方へと流れてゆくのである。

そんな雨の森を歩く四人。

先頭は狩野哲也。続いてハン・ユリ――彼女は体の前で両手に手錠をかけられている。その後ろに清水篤史。しんがりが高津夕季だった。

いまだに夕季は考えがまとまらない。

やっと狩野を見つけた。それはいいが、彼と助手の清水篤史は北朝鮮の女兵士と同行していた。

これまでの道中で聞かされた話によると、空中爆発した飛行機からパラシュートで脱出した兵士らしい。敵陣に合流しようとして事故が起こってしまったようだ。

おそらくたまたま行き会ってしまったのだろう。

淀川登山口に占領軍が陣地を作っている。狩野たちはそこまで案内させられるところだった。相手は鍛え抜かれた女性兵士だったようだが、怪我を負っていたこともあって狩野たちに武器を奪われていた。

それがあの顚末《てんまつ》だ。

ハン・ユリという名の女性兵士が、狩野に銃口を向け、引鉄《ひきがね》を引いた。たまさか清水篤史が弾丸を抜いていたから良かったものの、そうでなければ殺されていたはずだ。

何があったかわからないが、狩野は彼女をどこかで信じていたようだった。

夕季にはその気持ちが少しだけわかるような気がした。昔から狩野にはそんなところがある。一途《いちず》なまでに誰かを信じようとしては自分ばかりが損をしてきた。ずるさ、小賢《こざか》しさとは無縁の男だった。

いっしょに酒を飲みながら、よく夕季はいったものだ。

――あなたって、本当に子供みたいね。

それはけっして彼を貶《おとし》める言葉ではなかったつもりだ。

ハン・ユリは手錠をかけられているせいもあるが、水没した大岩を、軍靴で慎重《しんちょう》に踏みながら歩いている。

先頭を歩く狩野が振り返りながらいった。

「この島の花崗岩は、いくら濡れても滑らない特徴《とくちょう》があるんだ。木の根や木道のところだけで気をつけていればいい」

いかにもガイドらしい狩野の言葉に、彼女は何も答えなかった。

夕季が所持していた警察の手錠をかけられたまま、黙然《もくねん》と歩き続ける。

狩野がいった。

「あんたの故国にだって雨が降るだろうが、屋久島の雨ってのは、いつだってこんな大粒の雨なんだ。島の者は〝らっきょう雨〟って呼んでる」

ハン・ユリは無表情のまま、何もいわない。

「らっきょうってわかんないか」

肩を持ち上げる狩野を見て、夕季が笑う。

「朝鮮語でもそのまま〝ラッキョ〟だから、伝わってると思う」

「お前、朝鮮語がわかるのか?」

「昔、ちょっとだけ囓《かじ》った。基本的な会話ならできるわ」

夕季がそういってから、ふとハン・ユリに声をかけた。

「あなたも日本語がとてもお上手だけど?」

すると彼女は俯きがちのまま、ちらと夕季を見た。

「故国で日本人から、教わった……」

「まさか、あなたの国に拉致《らち》された人たち?」

しかしハン・ユリは答えなかった。それが何を意味するか、夕季にはわかる。

ふいに狩野がわざとらしく咳払いをした。

「この先、花之江河で彼女と別れるつもりだ。そこからはひとりで行かせ、俺たちは石塚小屋に避難する」

「でも、この雨だし、途中の沢が増水して渡れないはずよ」

「雨はあと二時間ぐらいで止《や》むよ」

自信たっぷりの狩野を見て、夕季が納得した。

下手な天気予報よりも、彼の観天望気のほうがよっぽど的中することを思い出した。屋久島の雨は、突然、降り出して、唐突に止む。川や沢の増水も、嘘のように一気に引くのである。

「わかったわ」

ザーザーと音を立てて、彼らの足元を雨水が流れ続けている。

そこに飛沫を散らしながら四人が一列になって歩き続けた。


花之江河に到着した。

近くにある小花之江河《こはなのえごう》とともに、日本最南端の高層湿原といわれる。屋久島の山岳地帯にはいくつか湿地帯があるが、ここがいちばん大きい。登山道の途中にあって有名なビューポイントであり、格好の休憩場所となっている。ただし、こんな土砂降りの雨の中では、テントの中でしか安心して休めないだろうが。

湿原に渡された木道の途中で、先頭の狩野が立ち止まった。

続いてハン・ユリ、篤史、しんがりの夕季が足を止める。

「ここから一時間半か二時間ぐらいで、あんたの仲間がいる淀川登山口に下りられる。手錠を外してやるから、ひとりで行けばいい」

豪雨に打たれたハン・ユリは鬱々《うつうつ》とした様子で、見る影もないほどしょぼくれていた。

「〝装置〟がなければ、意味がない」

彼女がそういった。「ひとりで戻っても、処刑されるだけだ」

それを聞いて狩野が顔をしかめた。

「なんだか、ショッカーの掟《おきて》みたいっすね、北朝鮮の軍隊って」

あきれた顔で篤史がいう。

そのとき、夕季のザックの中で甲高《かんだか》い電子音が聞こえた。

無線のコールトーンだ。

急いでザックを下ろし、雨蓋を開いてトランシーバーを引っ張り出す。たちまち雨でずぶ濡れになるが、防水性能を信じて夕季はＰＴＴスイッチを押した。

「かっくん？　通話して大丈夫なの？」

一瞬、雑音がして弟の声がした。

――大丈夫。移動中の車の中だから、傍受されても位置の特定はできないよ。

そういってから、克人があわただしくこう続けた。

——姉貴。緊急通信なんだ。ゆうべ海上自衛隊の特殊部隊が小型艇三隻で屋久島に上陸しようとして、占領軍の反撃を受けたらしい。ほぼ全滅状態だったけど、ふたりほど生き延びて安房近くの浜に上陸したんだ。

「たったのふたり？」

——そのうちのひとりは姉貴、あの寒河江さんだよ！

夕季はさすがにあっけにとられて口を開けた。

「寒河江……信吾さん？」

——そうなんだ。特殊部隊を敵の本拠地まで案内するために、一般人として同行してたらしい。たまたま生き延びたおかげで、ぼくらに合流できたんだ。ちょっと待って。本人と替《か》わるから。

しばし間があって、懐かしい声が夕季の耳に飛び込んできた。

——寒河江だ。久しぶりだね。

「うそ……」

夕季はその場に膝を突きそうになった。

——屋久島署が爆破されたっていうから驚いたけど、うまく脱出できたって聞いた。ホッとしたよ。

「あなただって、よく無事で……」

あふれる涙を片手で押さえながら、夕季はいった。「それで、自衛隊は他にも？」

——いや。おおっぴらに動けないから、こんなことになったんだ。

「知ってるわ。あいつら、核爆弾をこの島に持ち込んでるんでしょ」

無線の向こうで寒河江が息を呑んだのがわかった。

——どうしてそれを？

「今、狩野くんたちといっしょなの。たまたまこの山に来ていてね。それにもうひとり、北朝鮮の特殊部隊の女性隊長を保護……というか拿捕《だほ》しているの。彼女がその核爆弾を起爆や停止させる暗号コードを表示する〝装置〟を持っているのよ」

少し間を置いて、知らない男の声が聞こえた。

——急に替わってもうしわけない。海上自衛隊の国見といいます。

敵攻撃から生き延びたもうひとりだと夕季にはわかった。

——それはたしかに核爆弾を操作するものなんですね？

「ええ。そう聞きました。すでにタイマーはカウントダウンを始めていて、午前七時には自動的に起爆するそうです。止めるためにはこれが必要なんだとか」

——なぜ、その〝装置〟が敵本隊にないんですか。

「おそらく、それを持った兵士に何らかの理由があって、別動のかたちで屋久島に向かっていたのではないでしょうか。その途中で飛行機が墜落して、パラシュート降下したため、山岳ガイドの狩野くんたちとたまたま遭遇したんです」

——今の情報。たいへん貴重なものです。こちらから応援に向かいますので、合流地点を決めていただけませんか？

「無線が傍受されてる可能性があるから、場所の特定は危険だと思います」

――なるほど、諒解しました。なんとか第三者にわからない伝え方はありませんか？

「もう一度、寒河江さんを出してください」

ややあって、寒河江の声がした。

――夕季。ぼくたちだけがわかることで伝えてくれるか？

彼女は少し考え、いった。

「初めてあなたと奥岳に入ったとき、ふたりで伝った道。憶《おぼ》えてる？」

――もちろん。あのとき君が作って持ってきた弁当のおかずも記憶してるよ。あの、コロッケ……。

ふっと夕季が笑った。

自分が見た夢のことを思い出したのだ。

「また、連絡するね」

通話を切って、トランシーバーをザックにしまった。

視線を感じて振り向くと、狩野がふてくされた横顔を見せて、目だけ彼女をにらんでいるのだった。

10

小花之江河――午後二時十七分

カン・スギル中佐は、七名の部下とともに杉の根元に腹ばいになっていた。

場所は小花之江河。

屋久島最大の高層湿原、花之江河に近い場所にある別の湿原である。

彼が率いる長距離偵察部隊は、朝鮮人民軍の特殊部隊において異質な存在だった。より小人数で活動し、隠密《おんみつ》行動をとって敵の後方攪乱《かくらん》を主な任務とする。ときには非正規戦闘にかかわる作戦に従事することも想定され、訓練を受けてきた。

特殊作戦軍の中でも独自行動が取れる部隊として異彩を放っていたが、今は正規の部隊として、第一特殊部隊の中に組み入れられていた。

頭上の葉叢《はむら》から降り注《そそ》ぐ大粒の雨が、彼らを容赦なく叩いている。

屋久島に到着以来、食事どころか水の一滴すら口にしていなかった彼らは、全員が伏臥《ふくが》姿勢で携行食を取っていた。袋を破って取り出した乾パンが、たちまち雨水を吸ってふやけていく。それを無理に喉の奥に押し込み、水筒の水といっしょに嚥下《えんげ》する。

少し前、淀川登山口の指揮所から通信が入り、〝敵〟らしき無線を傍受したと報せてきた。

相手は二名ないしは三名の日本人で、ハン・ユリ大佐を拉致していることが判明した。

第一特殊部隊の中でも精鋭として知られるハン・ユリが、戦闘経験のない日本人ごときに捕まるとは信じがたいが、おそらくパラシュート降下をしたときに負傷したのだろうと推測される。

となれば、あの〝装置〟は日本人たちの手に渡っているだろう。

カン・スギルの任務は、〈白頭山《ペクトサン》の虎《ホランイ》〉ことハン・ユリの捜索と救出だったが、条件として
リ・ヨンギル将軍同志はこういった。

——本人が日本人《イルボンサラム》の手に落ちていたら、どんな手段を使ってもいい、あの〝装置〟を持ち帰るのだ。

それはすなわち、ハン・ユリの命を奪ってでも、〝装置〟を奪取せよということだ。

カン・スギルにとって、それは願ってもないことだった。

なぜならば、ハン・ユリは彼の兄を殺した相手だった。

むろん、それは犯罪としてではなく、軍人の任務としてであった。五年前の冬、両江道《リヤンガンド》三水郡《サムスグン》番浦里《ポンポリ》の深い山野で、特殊作戦軍第一特殊部隊の〈紅白戦〉が行われた。

これは日頃の訓練の成果を競って、第一から第六までの小隊がトーナメント形式で戦うというもの。ただし、〈紅白戦〉とはいわゆる訓練ではなく戦闘である。実弾射撃で撃ち合いをし、どちらかの隊長を倒すまで、それは続けられる。

紅白——それは血を流すか、それとも無傷かという意味だった。

まさに究極の特殊訓練といえた。

——相手を同志と思うな。南朝鮮（韓国）の部隊と想定して戦え。

彼らはそう命じられた。

すべては南北統一のためであった。

カン・スギルの兄、カン・ヒョイルは第一特殊部隊第一小隊の隊長だった。ハン・ユリは第二

小隊長である。双方は氷雪に閉ざされた森や平原で、三日にわたる戦闘を行い、結果として第二小隊に勝利がもたらされた。カン・ヒョイルの小隊はハン・ユリの小隊の得意とする奇襲作戦に敗れたのだ。

部下のほとんどを殺され、カン・ヒョイルは黙ってハン・ユリに撃たれたという。

紅白戦のトーナメントに優勝した第二小隊長のハン・ユリは半年後、その殊勲《しゅくん》により、第一特殊部隊を率いるリーダーとなった。

部隊の呼称は〈虎《ホランイ》〉。

ハン・ユリ大佐の渾名《あだな》である〈白頭山の虎〉からつけられた。

のちにカン・ヒョイルの弟、カン・スギルは、長距離偵察部隊の隊長として、第一特殊部隊に併合《へいごう》され、ハン・ユリの指揮下に入った。むろん彼は兄を射殺したハン・ユリを恨《うら》んでいた。しかし、そのことは胸の奥に秘めていた。軍の中で私怨をあらわにすることは許されなかった。

――どんな手段を使ってもいい。

将軍同志のその言葉は、カン・スギルにとって神の声のように思えた。

無線の傍受で発信場所が判明したが、ハン・ユリと日本人たちは、ここから少し登った場所にある花之江河付近にいるらしい。

日本人どもとともにハン・ユリを射殺し、〝装置〟を手にして戻れば、彼の任務は終わる。栄光と賞賛――そして復讐《ふくしゅう》の完遂。

カン・スギルは周囲にいる部下たちに低い声でいった。

「ヘングン（行軍）！」

彼に続いて、七名の兵たちが音もなく雨の森に立ち上がる。

まるで迷彩柄の一団が、唐突にそこに生えてきたように見えた。

11

花之江河――午後二時三十三分

「ここから二時間ぐらい、登山道を下っていけば淀川登山口だ。途中で避難小屋があるから、そこで休憩してもいい。川の水もきれいだから飲める」

狩野がいい、小さな鍵《かぎ》を使ってハン・ユリの手錠を外した。

「悪いが、〝装置〟はあんたに返すわけにはいかない」

手錠による拘束《こうそく》を解かれ、彼が接近した瞬間が逆襲のチャンスだったが、あの清水篤史という若者が、油断なく拳銃をかまえていた。昨夜、抜いていたという弾丸は、また装塡《そうてん》されている。さすがに彼女の戦闘能力を甘く見ていないようだ。

ハン・ユリはちらと狩野を見てから、また視線を逸らす。自分の手首に残ったかすかな手錠の痕《あと》を意味もなく見つめる。

「ここから先は自由だ。仲間のところに帰るなり、何なりと自分で決めればいい。だけどな、これだけはいっとくぞ。そちらの国の事情は少しはわかっているつもりだ。あえて兵士になったのはあんたの勝手だが、せっかく親にもらった大事な命じゃないか。それをみすみす無駄に捨てることはない」

その声には哀《あわ》れみのような感情がうかがえた。

それがハン・ユリには不思議に思えた。彼ら日本人にとって、自分は敵である。あまつさえ、一度は拳銃を向けて本気で殺すつもりだった。彼らにとってその危険がなくなったわけでは決してない。それなのに、どうしてこんな温情を見せるのであろうか？

「狩野さん。あの〝装置〟を持たずに仲間のところに戻ったら処刑されるっていってたし、ひとりきりでここに残しても意味ないっすよ」

清水篤史がそういうと、高津夕季という女性もそれに同意した。

「私もそう思う。この人にとって過酷な選択肢《せんたくし》しかないのよ」

「だからといって俺たちに同行させることはできないし、むしろ危険だ。それはわかってるだろう？」

そういった狩野も険しい表情をしていた。苦渋の決断だったのだろう。

「行くぞ」

狩野が歩き出し、夕季、篤史と続いた。

右手に拳銃を持ったままの篤史は、たびたび未練がましく肩越しに振り向いている。

しばしハン・ユリは分岐点にたたずんでいた。

大粒の雨に打たれながら、じっと動かずに立ち尽くしていた。

周囲の森は白い霧が流れていて、幻想的な光景だった。濃密な緑の匂《にお》いに包まれながら、彼女は口を引き結んでいた。そして鉛色の雲から降りしきる雨を見上げた。

狩野哲也という名の男。

不思議な感じのする日本人だった。山岳ガイドという職業の人間には初めて出会ったが、まるで野生児のようだ。子供っぽく、純真で無垢《むく》な感じがした。この屋久島の山にはよく似合っていると思った。

あのとき、たしかに自分は狩野を殺そうと思った。拳銃に弾丸が装塡されていたら、間違いなく狩野は死んでいた。

それなのに――。

心が揺れている。

今の自分は、彼の顔に銃口を向け、引鉄を引いたことを後悔している。

それがなぜかわからない。

彼らに出会って以来、何かが自分の中で変わっていた。それがどういうことなのか、判然としない。

ゆっくりと右手を挙げ、拳《こぶし》を強く握った。コンクリートに何百回、何千回と叩きつけて拳骨《げんこつ》を鍛えてきた。この手そのものを凶器にするためだった。

何人もの人間を、素手で殺した。

他人を殺すためにおのれを鍛え抜き、訓練に実戦、その都度《つど》、生き残ってきた。人の命など虫けら同然。殺戮《さつりく》マシーンのように敵を殺し、徹底的《てっていてき》に殲滅《せんめつ》する。鋼鉄の意志を持ち、いざとなれば、手榴弾《しゅりゅうだん》をくわえて自爆する覚悟もあった。

敵を斃《たお》し、味方を勝利に導く。それこそが人民軍の兵士。

祖国統一への道。

少なくとも、この島に降り立つまでは、たしかにそう思っていた。

あの若者にもらったキムチの味を思い出した。

ろくに食べ物も得られなかった子供の頃の生活。

天候不順でトウモロコシが不作になった年、とうにいなくなった家畜の食料を食べながら、家族でなんとか生きてきた。イノシシのように木の根を掘り返し、奥歯で嚙みつぶしながら飲み込んだ。肥料をすき込んだ畑の土を食べたこともある。虫やネズミなども当然のように口にした。

近所の誰々が病死した。近くでまた飢《う》え死にが出た。そんな話が村にあふれていた。

少しでも行政に苦情をいおうものなら、「体制批判者」の烙印《らくいん》を押され、家族ぐるみ〈管理所〉に送られる。むろん管理所とは名ばかりの強制収容所だった。多くはそこで悲惨《ひさん》な死を迎える。

たまに配給があるが、少しばかりのトウモロコシや魚の頭だけだったりする。それでも文句はいえない。巡回してくる社会安全員《サフエ・アンジョノン》（＝警察官にあたる）たちは、「思想を鍛錬《たんれん》するためだ。粗食で耐えろ」とスローガンのようにいってくる。

ある年の国の祝日、村の各家庭に小さなツボに入ったキムチが届いたときのことをはっきりと憶えている。ろくに白菜が入っていない代物だったが、それでもありがたかった。父や母と泣きながら、口に入れ、味わった。

ハン・ユリは唇を強く噛んだ。

病気や飢餓《きが》が当たり前の人生だった。それは軍隊に入っても同じ。特殊部隊の山岳訓練中に餓死した仲間の兵士もいた。南朝鮮（韓国）の奴らは、こんなときにもアメリカ人どもがもたらしたファーストフードを食べている。その悔しさを噛みしめて戦えと、上官から何度も怒鳴られた。

南朝鮮の国民同様に日本人も敵だった。

この山で最初に出会ったときならば、躊躇《ちゅうちょ》なく射殺していたはずだ。それがたまたま道案内をあのふたりに任せたことから、何かが変わり始めた。思えばこんな形で他国の人間と接触したのは初めてのことだ。

ハン・ユリが知っていた日本人は、彼女が日本語を学んだ教師たちだ。

ひとりは中年女性で、もうひとりは若い男性。どちらも〈洛東江《ナクトンガン》〉と呼ばれる在日秘密組織の手によって、共和国に強制的に連れてこられた。ハン・ユリは金星《クムソン》政治軍事大学を卒業後、当初は日本への特殊潜入工作の任務を与えられていた。そのため、元山にある〈招待所〉という施設で、ふたりから日本語を教わった。

最初はナカガワという若い男性だったが、ひと月と経たず、じきにいなくなった。

共和国に反抗的な態度だったゆえに、監獄に送られたといわれた。

次にタニモトという中年女性が彼女の専属教師となった。

タニモトは長い北朝鮮での生活に疲れ切っていた。自由を奪われ、常に監視される毎日だといっていた。ナカガワのように抵抗して監獄に入れられたり、処刑された者も少なからずいたという。

若い娘さんなのにたいへんね――タニモトはよくそんなことをいっていた。彼女は頷きながらも内心は冷めていた。自分に必要なのは同情ではなく成果だったからだ。

日本人たちに対して、彼女は一片《いっぺん》の憐憫《れんびん》すらなかった。彼らはしょせん、虜囚《りょしゅう》でしかない。自分は捕虜の辱《はずかし》めを受けるぐらいならば、あえて死を選ぶ。

それが軍人としての自己確立だと思っていた。

なのに、今になってどうして揺らぐのか。

ハン・ユリは考え続けた。

本心から祖国を愛していたわけではない。多くの国民を苛酷《かこく》なまでに飢えさせておきながら、自分たちばかりが肥《こ》え太り、特権階級として居座る一部の人間たち。そんな連中の下にある軍隊で、どうして真の忠誠が誓《ちか》えようか。

それがゆえにパク・スンミ将軍が国家に反旗をひるがえしたとき、多くの軍人が彼の側についたのである。

本来ならば、リ・ヨンギル将軍もそちら側にいるべきだった。彼の信義からすれば、それが当然のはずだ。しかし敢《あ》えて正規軍側に残ったのは、おそらく将軍の中に何らかの深い思惑があったからではないか。ハン・ユリはそう思っていた。だから、自分も残った。

それにつけても、今回の作戦の概要を聞かされたときは、さすがに驚いた。人民軍の英雄であるリ・ヨンギル将軍が、どうして反乱軍との戦いをやめ、あっさりと故国を脱出し、こんな敵国の領土の小さな島に向かったのか。

それは自分のような一兵卒があずかり知らぬ、高度な政治的謀略かもしれない。しかし、事前にすべてを明かしてくれなかった将軍に対して、少なからず疑問が生じたことはたしかだ。

――せっかく親にもらった大事な命じゃないか。

狩野の言葉が心に何度も浮かぶ。

ハン・ユリは肩を上下させ、自分の傷だらけの拳から視線を逸らす。

雨に煙る湿地帯の向こう。濃い緑に彩《いろど》られた森。その手前に、いつしか薄茶の大きな動物がたたずんでいた。

三叉《さんさ》の立派な角を生やした牡《お》ジカだった。

何かを食《は》みながら、よく光る真っ黒な瞳《ひとみ》を人間たちに向けていた。この島にパラシュート降下した直後も、ヤクシカに出会った。人馴《ひとな》れしているのか、あのとき同様、逃げるふうでもなく、一定の距離を保ってたたずんでいる。

そのつぶらな、無垢《むく》な瞳を見ているうちに、ふと涙があふれそうになった。

ヤクシカが森のほうを見た。硬直したように動きを止め、しばしたたずんでいたが、ふいに

「ピッ！」と口笛のような声で啼《な》いた。じっと雨が降りしきる森を見つめているようだ。

ハン・ユリはそこに目を移した。

下生えが揺れて、兵たちが忽然《こつぜん》と姿を現した。

彼らの迷彩服はこの島の森によく溶け込んでいた。自然の一部が、いくつかの人の姿になって忽然と出現したように思えた。

ヤクシカがかすかな足音とともに森に逃げ込んでいった。

ハン・ユリは覚悟を決めた。

〝装置〟を持っていない自分は無価値だ。

部隊は静かにこちらに向かって接近してきた。軍服のみならず、顔にも迷彩を施しているため、人相の見分けが付かない。しかしその動きから、彼らの正体がわかった。

カン・スギルの長距離偵察部隊だ。

自分同様、将軍の本隊とは別動でこの屋久島にやってきたのだろう。

隊長のカン・スギルを先頭に、七人の兵たちが左右に展開しながらやってくる。

彼らの全員がほとんど足音を立てない。無線の傍受でここを突き止めたのならば、なぜ彼女ひとりなのかと奇異に思うはずだ。そのためか、男たちはＡＫ47アサルトライフルをかまえながら、常に周囲に油断なく視線を配っていた。

「ハン・ユリ大佐」

カン・スギルが声をかけてきた。「その雨具のような破廉恥《はれんち》な服は、日本人にもらったものだな？　肝心《かんじん》の〝装置〟は奴らに取られたのか』

篠突《しのつ》く雨に打たれながら、彼女は黙って、近づく相手をにらんでいた。

「〈白頭山の虎〉ともあろう者が、敵に拉致され、〝装置〟まで奪われるという失態を演じて、なぜ自決しないのだ？」

目の前で立ち止まり、カン・スギルは腰の辺りで黒い拳銃をかまえた。隊員の大半は周囲に目をこらしているが、二名ばかりが彼女にＡＫ47の銃口を向けていた。

ハン・ユリは口を引き結んだまま、相手をにらみ続けた。

「どうして黙っている」

「話すべきことはない。さっさと殺せ」

ハン・ユリがそういうと、カン・スギルが口角を吊《つ》り上げて笑った。

「簡単には殺さない」

「なに？」

「わかるだろう、大佐？　積年の恨みという奴だ」

そういってカン・スギルは拳銃を腰のホルスターに差し込む。

「そうか。兄のことだな」

「この機会をずっと待っていたんだ。部下たちとお前を存分に慰《なぐさ》みものにしながら、ゆっくりと時間をかけて殺してやる」

それを聞いたとたん、心の中に激しい怒りがわき上がった。

たとえ撃たれてもいい。いま、この男を殺すことができたら。

素早く右足を旋回させようとした瞬間、カン・スギルが半歩下がった。

兵たちが銃を撃とうとするのを、片手で止めた。

「待て」

そういいながら、片手で腰の後ろから大型ナイフを抜いた。ブレードが反《そ》り返って尖り、ギザギザのセレーションが凶悪な形状のコンバットナイフを見て、彼女は踏みとどまった。

「お前の殺人技はよく知ってる。だが、俺のナイフも伊達《だて》じゃない」

いいながらカン・スギルが間合いを詰めてきた。

「動くなよ、大佐。少しでも動けば、部下がお前の足を撃つ」

ハン・ユリの目を見つめたまま、ナイフの切っ先を彼女のレインウェアの首の辺りにあてがうと、すっと斜めに切り下ろした。ゴアテックスのレインウェアがぱっくりと口を開いて裂けた。その下から、迷彩模様の軍服が覗く。その軍服のシャツまで切れて、ベージュの下着がわずかに見えた。

しかしハン・ユリは怖じることなく、険しい目つきで相手をにらみ続ける。

カン・スギルはナイフをさらに一閃《いっせん》させた。

レインウェアの上着が逆方向から切れて、はらりと垂れ下がった。カン・スギルの顔が凶悪に歪んでいた。明らかに昂奮《こうふん》している。彼の少し後ろからアサルトライフルをかまえている兵たちの視線も、ハン・ユリの破れた服の中に注がれていた。

それどころか、周囲で四方に目を配っていたはずの兵たちも、肩越しにこちらを見ているのだった。

「観念するんだな」

そういってカン・スギルが彼女の喉許《のどもと》にブレードをあてがい、軍服に手をかけて一気に引き裂いた。下着が破れて、右側の白い乳房があらわになった。

カン・スギルの視線がそこに向いた。

刹那、ハン・ユリは右手を飛ばした。まっすぐ伸ばした指先が、カン・スギルの左目に突き刺さった。カン・スギルが大きく口を開け、無言で叫んだ。同時に彼の右手にあったナイフは、魔法のようにハン・ユリの左手に移っていた。

そのまま指先を突っ込んで脳を破壊するつもりだったが、相手が仰《の》け反ったためにそれはかなわなかった。兵たちがあわてて銃口を向け直した。ハン・ユリは奪った大型ナイフを無造作にサイドスローで飛ばした。

右の兵の胸に、それは吸い込まれるように刺さった。

ひゅうっと音を立てて兵が横倒しになる。フルオートで暴発したアサルトライフルが、走ってこようとした兵一名の膝を撃ち砕き、なぎ倒した。

ハン・ユリは近くにいたもうひとりの兵に走る。あわてて銃を向けようとした相手の前で、ハン・ユリは半身になって射線を逸らし、瞬時に反時計回りに回転して後ろ回し蹴りを放った。

軍靴が当たった瞬間、首の骨が折れる音がした。ものもいわずに倒れる兵から、ＡＫ47を奪うと、ハン・ユリは体を旋回させながら撃った。

七・六五ミリ弾の射撃の強烈な反動が肩を突き上げる。

小刻《こきざ》みに右に、左にと狙いを換えながら、カン・スギルの部下の兵たちを三人ばかり倒した。

あっという間に弾倉が空になったため、持っていたアサルトライフルを投げ捨てざま、別の兵のAK47を拾い上げた。

走ってくる他の兵を見て、彼女は踵《きびす》を返した。

アサルトライフルを両手で持ったまま走り出す。

下生えを飛び越えて木立の中に飛び込む。同時に背後から襲ってきた銃弾が、周囲の立木の幹をえぐって無数の木っ端《こっぱ》を散らした。ハン・ユリはかまわず走った。

切り裂かれて破れたレインウェアが体にしつこくまとわりつく。片手でそれを引きちぎって捨てた。そしてまた前を向き、歯を食いしばって走り続けた。

12

ヤクスギランド付近——午後三時二分

ガイドブックや地図上には〝ヤクスギランド〟とあり、島を訪れた観光客がてっきりそこにレジャー施設があるものと勘違いすることがある。実際は二七〇ヘクタールの面積の森林緑園であり、散策ルートやトレッキングコースなどがある自然林である。

寒河江信吾と国見俊夫は、安房の住民たちが集まって作った抵抗組織の男たち二名とともに山道をたどり、ここまでやってきた。

車は白のミニバン。

途中、占領軍に遭遇することも考えられたため、慎重を要したが、さいわいそれは杞憂《きゆう》に終わった。念のために猟銃一挺《いっちょう》と、急ごしらえで作った火炎瓶数本をカーゴスペースに置いていたが、いずれも使うことはなかった。

アスファルト舗装《ほそう》の駐車場に入れて停め、全員が車から降りた。

さっきまで降っていた大粒の雨は止んで、周囲は濃密なガスに覆われている。どこかで鳥の声がしきりに聞こえていた。

運転していたのは、寒河江の幼なじみだった山下である。顔の下半分を黒髭《くろひげ》で覆ったもうひとりは、名を斉藤《さいとう》といった。安房で旅館を経営しているが、猟友会に所属し、役場から有害駆除《くじょ》の要請《ようせい》を受けてヤクシカの狩猟《しゅりょう》をしているそうだ。カーゴスペースの猟銃は彼のものだった。

ここに来る前、彼らは安房にある寒河江の実家に立ち寄っていた。そこでふたり分の山道具をそろえてきた。

「本当にあんたらだけでいいのか？」

さすがに心配そうな表情で山下がいう。

国見がザックを背負いながら頷いた。顔の火傷の痕が生々《なまなま》しい。

このところ彼の様子が変だった。むっつりと黙り込み、表情も乏《とぼ》しい。仲間を失い、単独任務になってしまったプレッシャーかと思ったが、だったらもっと早くにそうなっていたはず。

移動中の車両の中で高津夕季との交信が終了したあと、国見は克人からトランシーバーを借り、車外に出て本土に交信を試みた。

その交信を終えて車に戻ってきてから、国見の様子が変わったような気がする。

作戦本部との交信——国見はそういったが、いったい何を話し合ったのだろうか。奥岳にいる高津夕季たちが敵のひとりと同行していること。その相手が所持していた核爆弾のコントロール装置を手に入れたこと。それらの情報を伝えたはずだった。

自衛隊はどう動くのだろうか。

「斉藤さん。お願いがあるんですが」

ふいに国見がいって、寒河江は我に返る。

「猟銃と弾薬をお借りできますか。こちらは拳銃が一挺しかないので」

「こいつを持っていってください」

斉藤が車内から持ち出したベレッタ社の水平二連散弾銃と、赤いプラスチック製の鹿撃ち用実包をいくつか国見に渡した。

「恩に着ます。ありがとう」

国見は受け取った銃の銃身を折り、馴れた手つきで十二ゲージの散弾をふたつ、それぞれの薬室に装塡して銃身を戻した。

「では、国見さん。くれぐれもお気をつけて。健闘を祈ってます」

山下にいわれ、国見が頭を下げる。

「信ちゃんもな」

寒河江も頷き、山下と手を握り合った。

〈くぐり栂《つが》〉と札が貼《は》られた大木。文字通り分岐した太い幹がトンネルとなっているその下を抜けて、寒河江と国見が登山道を歩いた。

雨は止んだままだったが、ガスが相変わらず濃く、湿気がねっとりと体にまとわりついてくる。巨木が林立する屋久島独特の深い森が、そんな中で幻想的に広がっている。

行き会う登山者は皆無だった。すでに午後も遅いし、もしかするとこの島で起きている異常事態のことを、奥岳に入った高津夕季が広めたせいかもしれない。登山者たちは下山するにもできず、山小屋などにしばらく停滞するしかないだろう。

三十分ばかり歩いて、休憩となった。

国見はしきりと喉が渇くらしく、歩きながらもずっと水筒を手放さない。今も喉を鳴らして飲み、ハンカチで額を拭いた。気温が上がってきたのでレインウェアを脱ぎたいが、濃いガスは霧雨とおなじなので、たちまち体がびしょ濡れになってしまうから、それはできなかった。

寒河江は自宅から144MHzのトランシーバーを持ち出してきていた。だが、敵に傍受される可能性があるため、なるべく使わないでおく。

ふいに近くでガサッと音がし、寒河江たちは驚いて振り向く。

国見が猟銃を向けた筒先、すぐそこにあるハイノキの枝を揺らして、赤ら顔のサルがそこにしがみついていた。

「何だ……」国見が苦笑いし、肩付けしていた銃を下ろす。

よく見るとサルは一匹ではなく、そこらの樹上や林床《りんしょう》に数匹いた。仔《こ》ザルを背に乗せた母親もいれば、何かをつまんでは口に入れているものもいる。

「ヤクザルです」

寒河江が説明した。「本土にいるサルより少し小型で、体が太めなのが特徴です」

国見が彼を見た。

「寒河江さんは野生動物のスペシャリストでしたね」

「もっぱらシカが専門ですが。この島にはヤクシカもたくさん生息していますよ」

そういった寒河江は、ふと気づいた。

フードを後ろに下げている国見の首筋に、長さ五センチぐらいの焦げ茶色のものがついていた。芋虫《いもむし》のようだが、違う。

寒河江はそっと近づいていった。

「じっとして動かないでください。首の横にヤマビルがついてます」

いわれて国見が驚く。

ザックを下ろし、雨蓋を開いて食卓塩を取り出す。それをガーゼに振りかけて国見の首筋にあてがった。むしり取るのではなく、あくまでも自然に、国見の首から吸血していたヒルを取り、足元に落として靴底で踏みつけた。

「ぜんぜん気づかなかった……」

国見は肩掛けしていた散弾銃を、近くの栂の立木に立てかけると、自分の首に手を当て、指先を濡らす意外な出血に気づいたらしい。

ファーストエイドのケースから、ポイズンリムーバーという毒の吸い出しツールを選ぶと、キャップを先端に差し込んで国見の首の傷口にあてがい、ピストンを押し込んで離し、ヒルの体液を吸い出した。ヒルは吸血のときに本人にわからないように麻酔成分や血液凝固を防ぐ物質を出す。そのため痛みを感じず、出血が止まらなくなるのである。

国見はおとなしく寒河江の処置に任せていた。

「ヒルなんて初めてです」

「海上自衛隊のあなたにとってはそうでしょうね」

笑いながら寒河江がいう。「もともと屋久島の西部、永田歩道や栗生林道辺りにいっぱいいたんですが、どうやらヤクシカたちがこっちまで運んでしまったらしい」

圧迫止血をしてから、血が止まったのを確認し、寒河江は無水エタノールで傷口を消毒した。

「これでもう大丈夫です」

そういいながら、ツールをすべてザックに入れて背負い直す。国見は立木に立てかけていた散弾銃をつかんで、スリングで肩掛けした。

13

市ヶ谷、防衛省――午後三時十七分

防衛省情報本部の自室で、砂川雅彦一等陸佐はデスクに両肘《りょうひじ》を載せて指を組み合わせ、そこに汗ばんだ額を押しつけていた。

米韓合同軍が朝鮮半島の三十八度線付近に集結している。朝いちばんのニュースで、砂川はそのことを知った。アメリカ海軍の三隻の空母が対馬海峡を抜け、日本海を北上している。北朝鮮を牽制《けんせい》するためであるのは明白だった。

米韓軍の目的は平壌侵攻である。

内戦に荒れ果てた北朝鮮情勢は、彼らにしてみれば絶好の機会である。

おそらくパク・スンミ将軍はそれを黙認するだろう。

朝鮮人民軍はすでにズタズタに分裂し、武器弾薬は不足、兵は疲弊《ひへい》、もはや戦意もない。しかも反乱を起こして暫定《ざんてい》政権を作ったパク・スンミ将軍は反中国主義者だったため、内戦の勃発前からＣＩＡを通じてアメリカ政府とつながっていた。

将軍自身が米軍の侵攻を呼びかけた可能性もある。

リ・ヨンギル将軍の朝鮮半島脱出と屋久島の武装占拠は、日本政府を脅迫《きょうはく》して幽閉中のキム・ジョンウン総書記を救い出すため――というのは表向きの理由で、おそらく裏側に隠された狙いがあると砂川は思っていた。

同盟国である日本の領土の一部を北朝鮮の軍隊が占領し、核爆弾を盾にしてたてこもっているとなると、アメリカは動くに動けなくなる。つまり何らかの理由で米韓軍の行動を阻止すべく、時間稼ぎをはかっていたのではないか。

沈思黙考の末に思いついた結論はそれだった。

しかしアメリカは動いた。それも予想外の早さで軍事行動を取ろうとしている。

米韓軍が三十八度線を越えて北上すれば、当然、中国が黙っているはずがない。おそらく朝鮮戦争以来の大規模戦闘が勃発し、それは本格的な米中戦争に発展するだろう。

ロシアが中国側につけば、まさに第三次世界大戦となる。

砂川が関与していたのは、あくまでも北朝鮮の内戦勃発までだった。当初は親米主義者であるパク・スンミが政権を取れば、南北統一につながる可能性があると思っていた。

それがまさか――アメリカがこんな動き方をするとは予想もしていなかった。

砂川一佐は、数年前から北朝鮮国務委員会に直属する情報機関、国家保衛省に対して、日米の国家機密に関する情報を洩《も》らしていた。在日秘密組織〈洛東江《ナクトンガン》〉の工作員が、密かに砂川に接近し、高額の謝礼をちらつかせてそのかしたのが始まりだった。

国家保衛省は陸軍特殊作戦軍総司令であるリ・ヨンギル将軍と密接な関係があって、砂川がもたらす機密情報は、そのままリ・ヨンギルのところに流されていた。

ところが砂川による日米の機密情報漏洩の事実は、いつしかＣＩＡに察知されていたようだ。しかしＣＩＡは知らん顔を決め込み、砂川を泳がせていた。

のみならず、砂川と北朝鮮の関係を利用してきた。

もともと反中主義だったパク・スンミを動揺させ、北朝鮮に内乱を勃発させるべく、日米の機密漏洩を装《よそお》って偽情報をもたらした。それはキム・ジョンウン総書記が中国と密約を交わし、北朝鮮の国家解体の準備を始めているというもの。もっともそれはでっち上げではなく、もとより噂として軍部に流れていた情報だったため、かなりの信憑性《しんぴょうせい》があった。

その情報は、いつもの国家保衛省あてではなく、パク・スンミの直下にあった情報機関に向けて流された。

いわばコンピューター・ウイルスのようなものだった。

効果は覿面《てきめん》に現れた。

パク・スンミは動き始めた。およそ半年の準備期間をかけて朝鮮人民軍の中に反乱組織を作り、各部隊の将官たちを少しずつ懐柔《かいじゅう》していった。もともとキム一族の体制に反感を抱いていた者が多く、パク・スンミの麾下《きか》に入る部隊は多かったようだ。

やがて内戦が勃発し、北朝鮮正規軍が劣勢《れっせい》になっていくと、砂川一佐はリ・ヨンギル側に密かにコンタクトを取った。正規軍が壊滅する前に、リ・ヨンギル将軍を第三国に亡命させる用意があると連絡を送ったのである。輸送機で北朝鮮を脱出したあと、中継空域を決めて燃料の空中補給をし、シリアまで無事に飛行させて亡命させる。

北朝鮮からリ・ヨンギル将軍がいなくなれば、正規軍はまさに司令塔を失ったようなもの。以後の勝敗は目に見えている。

もちろんすべてはCIAが考えた罠であり、それを砂川が実行したのだった。

まんまと誘いに乗ったリ・ヨンギルは輸送機で故国から脱出し、東シナ海へと向かった。そこで彼を待っていたのは、燃料の空中補給などではなく、アメリカ海軍の空母から飛び立ったジェット戦闘機だった。

CIAの陰謀に砂川が積極的に加担した理由は明白だった。

防衛省内の幹部が北朝鮮と通じていた事実が明らかになれば、かつまた内戦勃発の原因が彼にあると知れたら、自分の地位や出世は水の泡と化すだろう。それればかりか、砂川自身の存在が危うくなる。それだけはなんとしてでも阻止したい。

そして、すべてはCIAと砂川のもくろんだとおりに動いた――はずだった。

輸送機は撃墜され、リ・ヨンギルが死んだと喜んでいた矢先、屋久島から驚くべき情報が飛び込んできた。

リ・ヨンギルは生きていて、軍勢を率いて屋久島を占領した。

砂川は彼に一杯食わされた。見事に裏をかかれたのだ。

そこに来て、北朝鮮で米中戦争が勃発しようとしている。こうなればもう南北統一どころではない。朝鮮半島はおろか、世界が壊滅するかもしれない。

リ・ヨンギルは、故国の内戦に関する重大な機密情報を明かす用意があると、政府に伝えてきた。それはまさに、砂川とＣＩＡに関することだ。

なぜ、すぐに実行しないのか。

自分はリ・ヨンギルにもてあそばれている。砂川はそのことを強く意識した。

それはおそらく復讐なのだろう。


ノックの音がした。

「入れ」

砂川がいうと、ドアが開いて情報幹部の男性が入ってきた。

「報告します。中国人民解放軍の陸空軍が大規模移動を開始し、瀋陽《しんよう》軍区に集結中。一部はすでに吉林《きつりん》省延辺《えんぺん》付近の基地に戦力配備されたとのことです」

砂川は目を見開いた。

情報幹部から受け取った書類に、恐る恐る目を落とす。

その眉根が寄り、眉間《みけん》に深く皺が刻まれてゆく。

「中国がもう動き出したのか……」

砂川一佐は呆然とつぶやいた。

14

石塚小屋——午後三時三十九分

コンクリのブロックを積み上げて作られたような小さな避難小屋だった。

窓はサッシでできていて、この島にある他の山小屋に比べると、ちょっと味気ない作りのような気がする。中では十四名の宿泊ができるのだが、狩野哲也はあえて入らなかった。

周囲が見えない状況に自分たちを置くべきではないと思ったのだ。

雨が止んで一時間ばかり経過していた。

雲が切れ始めて、ところどころに青空が覗いている。

花之江河分岐からこのルートに入って間もなく、沢にかかる丸太の一本橋を渡り終えた頃、背後で銃声を聞いた。

それも、立て続けに何度も。

狩野は足を止め、篤史も夕季も立ち止まって、全員が顔を合わせた。

ふいに夕季が泣きそうになって、口を引き結んだ。

ハン・ユリが撃たれたに違いなかった。

石塚小屋の前、地面に座り込んだ狩野の隣に篤史が胡座をかいている。その傍に夕季もいて、疲れ切った顔でうなだれていた。

狩野はザックからペットボトルを取り出し、水を飲んだ。

喉がカラカラに渇いていた。飲み終えて、いった。

「俺たちも間違いなく追跡される」

例の〝装置〟を持っているからだ。

ザックから取り出した屋久島の山岳地図を広げた。

国土地理院の二万五千分の一の地形図である。

ガイドの仕事に就くようになって、めったに地図なんか出したことがない。この島の山々を知り尽くしているからだ。正規の登山道はもちろん、ふだん人が踏み込まないような廃道や、獣道《けものみち》に至るまで、彼は熟知していた。

しかしこの島の奥岳の地形は独特で、支尾根が複雑に入り組んでいて、どんなに山に馴れた人間でも迷うことがあるという。狩野の土地鑑だけではなく、今こそ地形図を有効利用して、突破口を見つけるべきときだった。

「奴らが追ってくるとしたら、おそらく登山道を伝ってくるだろう」

狩野がそういって地形図をにらんだ。この島の山を知らない連中ならば、当然、そうするはずだ。「だったら、俺たちは獣道をたどるべきだな」

「そうっすね」篤史がいった。「寒河江さんたちと会ってから、どこかでルートを外れるのがいいと思いますよ」

「わかった。そうしよう」

狩野は一二五リットルの超大型ザックを背負ってから、いつものように立ち上がる。

「ところで狩野さん。さっきから思ってたんすけど、ザックが重すぎませんか？　中身、多少は捨てていったら、ずいぶん身が軽くなるのに」

狩野は篤史をにらむ。

「莫迦野郎。こいつの中身はどれも必要なものばかりだ」

「まさかドローンとかも？」

夕季がいったので、狩野は鼻に皺を寄せた。

「投資にいくらかけたと思ってるんだよ」

すると篤史が意地悪げにこういった。

「焼酎の〈三岳〉も、まだ三日ぶんぐらいは入ってるし」

「命の次ぐらいに大事だ」

そういうと、むくれた顔で足早に歩き出す。

呆れた表情で肩を持ち上げる篤史。それを見て夕季がかすかに口元で笑う。

掛け合い漫才のようなふたりの会話が、重苦しい哀《かな》しみを少しだけ和《やわ》らげてくれる。

15

花之江河登山道、展望台付近――午後三時五十二分

カン・スギル中佐は生き残った二名の部下たちとともにトレイルを伝って走っていた。

ハン・ユリが逃げた方角だった。

しかし彼女のあとを追っているのではない。あくまでも、日本人が持ち去った〝装置〟を奪還

することが目的である。あれがなければリ・ヨンギル将軍の元へは帰れない。それが命令であるし、占領軍にとって何よりも必要なものだからだ。

彼女につぶされた左目がひどく痛んだ。手当をする余裕もなかったので、タオルを顔に斜めに巻き付けて縛っていた。まだ、だらだらと血が流れている。

ハン・ユリへの憎しみはあったが、復讐は後回しにしてもいい。目的を達成したあとで、ゆっくりと時間をかけて山狩りのように彼女を捜し出す。

それにしても——と、生き残った二名に目をやる。

七名いた部下のうち五名を、彼女は瞬時に殺してしまった。恐るべき早技だった。自分が有利に立ったからとなめてかかったのがいけなかった。さすがに〈白頭山の虎〉といわしめただけのことはある。

自分もよく片目をやられただけですんだものだ。あのとき、さらに指を突っ込まれていたら、おそらく脳を破壊されていたはずだ。

登山道にはところどころ日本語で道案内の標識が立っていたが、カン・スギルには必要なかった。この島に来る前に、地図を徹底的に頭にたたき込んで記憶していた。

こうした場所での野戦に必要なのは、とにかく地の利を得ることだ。五年前、番浦里《ポンポリ》の深い山中で行われた〈紅白戦〉で、彼の兄がハン・ユリに敗れたのは、まさにそれが理由だった。

ゲリラ戦で右に出る者がいなかった兄、カン・ヒョイルの小隊は、植生と地形を巧みに利用した彼女の小隊に奇襲攻撃を受けて全滅した。そのことがずっと彼の頭に残っていた。

小さなピークをひとつ過ぎて、下り道になった。

いったん足を止め、地面に残った靴痕を確かめる。

登山靴に使われるビブラムソールの痕。それも複数。

カン・スギルは草の折れ方や足跡などで敵の行動をつかむトラッキングが得意だ。

標的は間近にいる。

16

花之江河登山道、ビャクシン沢渡渉点《としょうてん》——午後四時

いかにも屋久島らしい古代杉がいくつも現れる、そんな登山路を国見とふたりで登り続けた。

ここでアクティブ・レンジャーをしていた頃から、このルートを何度となく往復した寒河江だったが、こんなに緊張したのはもちろん初めてのことだった。

この山に武装した異国の兵士たちがいる。

まさか、そんなことが自分の故郷で起こるとは思ってもみなかった。

道が急に下りとなり、眼下の木の間越しに沢が見えてきた。

せせらぎの音が耳に涼しい。

〈増水時は危険です　注意してください〉と書かれた看板をやり過ごして下ると、渡渉点がそこにある。花崗岩の巨大な一枚岩の上をやや増水した沢水が流れている。雨が上がってから、水は

急速に引いていったはずだが、まだ平時の水量まで戻ってはいない。

沢に下りる寸前、前を見ると、ちょうど対岸の下り坂を三名が下りてくるのが見えた。

大きなザックを背負った狩野哲也、清水篤史、そして——高津夕季。

寒河江は思わず破顔した。

夕季がこちらを見て、手を振っている。寒河江も振り返した。彼女の姿を見て、疲れがすっ飛んだような気がした。

少し増水した沢を挟んで、双方が対峙《たいじ》したかたちで足を止めた。

寒河江が奇異に思って大声でいった。

「北朝鮮の女性兵士とかいう人はいっしょじゃないんですか」

三人の顔がいっせいに曇った。

——そっちに渡ってから話すよ。

瀬音に負けない声で狩野がいい、三人で増水した沢を慎重に渡り始めた。

ところが、もうじきこちら岸に到達しようというときだった。ふいに狩野が沢の途中で立ち止まった。しきりと周囲に目を配っている。

篤史と夕季も渡渉をやめて、彼を見た。

「狩野さん。どうしたんすか」

瀬音に混じって篤史の声がした。

狩野は神妙な表情だった。

「鳥の声が聞こえない」

「鳥の声……それがなに？」夕季がつぶやく。

「ここはいつも鳥が集まるところだ。森のあちこちからいつも鳥の囀《さえず》りがしてる場所なんだ。とくにこの季節はミソサザイやコマドリの声がきれいに聞こえてくる。なのに――」

ふいに口を閉ざし、狩野が緊張した表情になった。

「ここにいてはまずい。俺についてくるんだ」

「え」と、篤史。

「いいから黙って突っ走れ！　あんたらも、こっちに渡ってこい！」

叫びざま、寒河江たちを手招きすると、自分たちが来た方向に戻り始めた。篤史と夕季が途惑いの表情を浮かべながら続いた。

岸辺に立つ寒河江は、国見とともに棒立ちになっている。

――何やってんだ。早く渡ってこい！

向こう岸に戻った狩野がまた叫んでから、近くの木立に飛び込んだ。

寒河江と国見はわけがわからぬまま、沢に踏み込むと、冷たい水の中を走り始めた。

狩野が木立の合間を滑らかにすり抜けるように走っている。

小さなビルのような巨大なザックが、右に左に振られている。闇雲に森に入ったのではなく、獣道を見つけて、そこをたどっているのだと寒河江は気づいた。おそらくヤクシカたちが群れで渡る道なのだろう。

シカを調査してきた寒河江には狩野の行動がよくわかる。しかしながら、鳥の声が聞こえないがゆえに未知の危険を察知する。そんな野性の勘のようなものは、さすがの寒河江にもなかった。

ふいに背後に気配のようなものを感じて、寒河江は肩越しに振り向く。

照葉樹の林の合間に、先ほどまでいた渡渉点が見えている。そこにいくつかの人影が確認できた。ふたり、いや三人。全員が迷彩服だった。

狩野の判断が正しかったと気づいた瞬間——銃声が轟《とどろ》いた。

散発的に数回。

弾丸が空気を切り裂く不気味な音が至近に聞こえ、森の木の葉や枝がちぎれ飛んだ。

生きた心地がしなかった。思わず耳を塞《ふさ》ぎ、身をすくめたくなる。それでも走るのをやめるわけにはいかない。

だしぬけにすぐ間近から銃声がし、寒河江は跳《と》び上がりそうになった。

振り向くと、国見だとわかった。後ろ向きになって散弾銃をかまえていた。国見は二発目を撃つと、すぐに大きな岩の後ろに飛び込む。散弾銃の銃身を折ってふたつの空薬莢《からやっきょう》を弾き飛ばし、新しい実包をそれぞれの薬室に装填して銃身を戻した。

追手の銃声がまた聞こえてきた。フルオートマチックの連続射撃音。国見が隠れている岩の向こう側が細かな煙と破片を四散させた。相手の射撃の合間に、国見が岩陰から銃を突き出し、また立て続けに発砲した。

しかし今度は間を置かずに反撃が来た。

周囲の立木が木っ端を飛ばし、木の葉が無数にちぎれて舞い飛んだ。

国見は姿勢を低くしながら、寒河江たちのほうへと走ってくる。

ふたりでヒメシャラの大木の盛り上がった根の後ろに身を潜めた。

「多勢に無勢だ！」と、寒河江が叫ぶ。

そこに走ってきたのは篤史だった。ふたりのすぐ後ろで身をかがめた。

「こっちはふたりで応戦できます」

そういった彼が右手に拳銃を握っているので、寒河江は驚く。

「彼女から奪ったんすよ」

北朝鮮の女兵士のことだと寒河江にはわかった。合流したときに姿を見なかったが、いったいどうしたのかと狩野に問いかける予定だった。そんなことが頭をかすめたのもつかの間——。

すぐそこ、それも予期せぬ方角から銃声がした。同時に弾丸がすぐ傍をかすめた。

右側。ハイノキやツガの林の合間に、迷彩模様の人影が動いた。

「奴ら、速い！」

国見が叫んだ。

篤史が中腰になって拳銃をかまえようとした。それを国見が止めた。

「素人が手を出すな。真っ先に死ぬぞ」

その言葉のさなかに射撃音がして、周囲に着弾の土煙や木っ端が飛び散った。

突然、篤史が倒れた。拳銃を放り投げ、声もなく突っ伏した。

「篤史！」

狩野と夕季が走ってくる。

俯《うつぶ》せになった篤史を狩野が抱え上げた。

ヒメシャラの大きな根の後ろに彼も隠れていたはずだったが……そう思いながら見れば、ズボンの左足太腿付近がどす黒く染まっている。そこに被弾したらしい。

篤史は虚ろな目で狩野を見上げて、無理に笑った。

「なんか……映画みたいにうまくいかないっすね」

「黙ってろ」

狩野は急いでザックを背中から下ろす。バンダナをズボンから引っ張り出し、傷口の上、足の付け根近くをきつく縛り上げた。激痛に篤史が真っ青な顔で歯をむき出す。声を出すまいと必死に堪《こら》えている。

国見が這ってきて篤史の足の傷を見た。

「弾丸が筋肉を貫通しているようだが、動脈は無事だ」

「篤史、ちょっと痛いが我慢しろ」

狩野が篤史を仰向けにさせ、撃たれた側の足の膝を曲げた。登山ズボンを裂くと、弾丸が抜けた裏腿の銃創のほうが傷口が大きく、出血量も多い。ガーゼをそこにあてがって、狩野は指三本を使って圧迫止血を試みた。

すぐそこで朝鮮語の怒声が聞こえた。

寒河江がハッと顔を上げる。十メートルもない距離のところに迷彩服にヘルメットの男が銃をかまえて立っていた。顔にまで迷彩をほどこしている。片目を負傷しているのか、どす黒く血がにじんだタオルを斜めに顔に巻き付けていた。

さらに寒河江たちの右の木立から、同じような兵たちが二名、音もなく姿を現した。

ぜんぶで三名。

――ムギル・ボリゴ・ハンボケラ！

ドスの利いた声で、タオルを巻いた男が叫んだ。

「武器を捨てて降伏しろ……って、いってる」

夕季がか細い声でいう。

その武器を持っているのは、今や国見ただひとりだった。

迷彩服の兵たちは少しずつ近づいてくる。全員が油断なく銃口をこちらに向けていた。いずれも顔のカムフラージュ・メイクのおかげで、表情はまったくわからない。タオルを斜めに顔に巻いたひとりを除いて。

少しでも妙な素振りを見せたら、たちまち蜂《はち》の巣にされるだろう。

国見は歯を食いしばっていたが、仕方なく散弾銃を投げ捨て、ズボンのベルトに差し込んでいた自分の拳銃を放った。

両手を挙げながらそっと立ち上がった。

寒河江と夕季もそれにならった。国見の後ろに立った。しかし狩野だけは篤史の太腿を右手で押さえながら、懸命《けんめい》に止血を試みていた。

兵のひとりが何か怒鳴り、ＡＫ47を狩野に向けた。

「やめて！」

夕季がその前に立ちはだかった。

「ソジ・マセヨ（撃たないで）！」

韓国語で彼女が叫んだ。両手を挙げつつ、何度も首を横に振っている。

兵たちは次第に間を詰めてきて、ふたりが彼らのすぐ前に立ち止まった。

「チャンチル・ボネラ！」

すぐ近くから唾《つば》が飛んできそうな怒声。タオルの男だ。

夕季が両手をかざしたまま、寒河江のほうを向いた。

「あの〝装置〟を寄越せって」

「国見さん」寒河江は彼にいう。「渡すしかありません」

だが国見は硬い表情でかぶりを振る。

「渡せば殺されるだけだ」

「しかし、いずれにしても……」

寒河江は思った。そう、いずれにしても自分たちは撃たれる。

狩野が傍らに転がった超大型ザックのサイドポケットから、それを取り出した。

十二桁のデジタル数字が液晶表示されたスマートフォンのような機械。それを手にして立ち上がろうとし、ふとすぐ傍に落ちている拳銃に視線をやった。

ハン・ユリの拳銃。さっきまで篤史が持っていたものだ。

素早く屈《かが》んでそれをつかみ、狩野が左手の〝装置〟に拳銃の銃口を突きつけた。

「武器を捨てろ。さもないと〝装置〟を破壊する。夕季、奴らにそう伝えろ!」

狩野が怒鳴った。

ためらいがちに夕季が韓国語で伝えた。

すると顔にタオルを巻いた迷彩服の兵士がAK47を肩付けしてかまえたまま、ニヤッと笑うのが見えた。やはり彼がリーダー格のようだ。

彼らの言葉を大声でいってきた。

狩野が夕季の顔を見る。

「壊したら、その時点で核爆弾が起爆する……って」

悲しげな顔で夕季が伝えた。

寒河江の隣で、国見がハッと狩野の手の中にあるそれを見た。

「ちくしょう。そうだった……」

狩野があっけにとられた表情でつぶやいた。

ゆっくりと自分の手の中にある〝装置〟を見てから、拳銃を握る右手をだらんと下げた。

寒河江はようやく理解した。彼が持っている〝装置〟からの信号が途絶えると、核爆弾が自動的に起爆するようになっているのだろう。

さっきの兵が小銃の銃口をあらためて寒河江たちに向けた。

寒河江は覚悟した。傍にいる夕季の顔を見つめた。

せっかく再会できたのに――。

夕季も涙をためた目で見返してきた。

17

石塚山南西斜面――午後四時五十九分

三名の朝鮮人民軍兵士たちは撃ってこなかった。

気配を感じた狩野が、ハッと視線を移す。

彼らの斜め後ろに誰かが立っていた。木立と枝葉に紛れるように迷彩の軍服が見えた。編み上げの軍用ブーツとズボン。迷彩柄のシャツが斜めに切り裂かれていた。

彼らの仲間ではないと、ひと目でわかった。

女だった。肩幅に足を開き、両手で保持したAK47を斜め下方に向けている。

カムフラージュされていないその顔を見て、狩野は驚いて、つぶやいた。

「ハン・ユリ……」

彼らの前にいる三人の兵が、それぞれ肩越しに振り向いている。

——チャンニョ（売女《ばいた》）！

ひとりが怒声を放った。

ハン・ユリが腰だめで発砲した。

数発の短い連射を三度。そのたびに兵たちが倒れた。

タオルを顔に巻いた兵を含め、全員が林床に転がっていた。彼らとハン・ユリの間に青白い硝煙がわだかまり、ゆっくりと木立の間を流れていく。

ハン・ユリはＡＫ47をかまえながら、油断なく左右に目を配りつつ、狩野たちに向かってやってきた。

下生えの中に倒れた三名の兵をそれぞれひとりずつ靴先で蹴飛ばし、息がないのを確かめた。草叢《くさむら》に横たわっていた二挺のＡＫ47を木立の向こうへと放ると、ひとりの遺体のポーチから予備弾倉をふたつばかり抜き出し、自分のズボンのポケットに入れた。さらにもうひとりのホルスターから拳銃を抜き、それをベルトに差し込む。三人目の背嚢《はいのう》のベルトホルダーから小型のトランシーバーを抜き取って、ゆっくりとした足取りで狩野たちの前にやってきた。

「あんた。生きていたのか……」

狩野がいうと、ハン・ユリは無表情のまま、頷いた。

「私たちを助けてくれたのね？」

彼女は夕季を見た。険しい表情のままだ。「彼らは、私を凌辱《りょうじょく》しようとした。当然の報いだ。それに……傷を治してもらった恩義もある」

「自分の国を裏切ってもいいのか?」

狩野にいわれ、ハン・ユリはさらに表情を硬くした。

右手に握っている小さなトランシーバーをじっと見つめた。それをなぜか無造作に放り投げた。

「故国は、もうない」

そういって傍らにAK47を横たえると、仰向けになっている篤史の足を見た。篤史は黙ったまま、彼女を見上げている。

「大丈夫だ。出血はもう止まっている。抗生剤はまだあるか?」

狩野がザックの中からファーストエイド・ボックスを取り出した。テルモスの水筒の水をマグカップに注ぎ、抗生剤といっしょに篤史に飲ませた。

喉が渇いていたのか、篤史はさらに水を二杯ばかり、喉を鳴らして飲んだ。

狩野は銃創を保護するために彼の足に包帯を巻き付けた。

「少し休ませたほうがいい」

ハン・ユリがそういった。

「新手が来るんじゃないか?」と、狩野が訊いた。

「ここは谷間だから、さっきの銃声は遠くまで届いていないはずだ」

ハン・ユリはAK47の傍《そば》に腰を下ろした。

乱れた髪を片手でかき上げてから、彼女はいった。

「私にも水をもらえるか」

狩野は篤史に飲ませたマグカップに水を注ぎ、彼女に差し出した。

ハン・ユリがそれを受け取って飲み始めた。

迷彩柄のシャツが斜めに切れて垂れ下がっている。おそらくナイフか何かで裂かれたのだろう。その合間から白い素肌が覗き、そこに巻かれた包帯の一部も見えていた。狩野はあわてて目を逸らした。

少し離れたところで夕季と寒河江が抱き合って立っていた。

彼女は寒河江の胸に額を押しつけ、泣いている。その背中に寒河江は片手を優しくかけていた。

「何年ぶりだろう。ずいぶんと長かったな」

寒河江の声に夕季が顔を上げた。涙に目が潤《うる》み、唇がかすかに震えていた。

「本当に久しぶりね」

そういうと、夕季は眉間に皺を刻み、また寒河江の胸に顔をぶつけた。

狩野はふたりから視線を離した。寂しくはあったが、これでいいのだと思った。

「狩野さん……でしたね」

汚れた戦闘服の男がやってきた。

まだ自己紹介をし合っていなかったが、彼が寒河江といっしょに島にやってきた海上自衛隊の国見俊夫だろう。敵への反撃を見ていたが、いかにも精鋭のような動きだった。さっきハン・ユリが木陰に放ったのを見つけたらしく、AK47一挺をスリングで肩掛けし、自分の拳銃をズボンのベルトに挟んでいた。

「例の〝装置〟を渡してくれますか」

断る理由はなかった。狩野は立ち上がり、横倒しになったザックの傍に置いていた〝装置〟を取って、彼に手渡した。

「すでに核爆弾と同調を開始しているそうだ。もしも電波が途切れたら、起爆するぞ」

「わかっています」

そう答えながら国見は、それをろくに検分もしないまま、下ろしたデイパックの中に仕舞い、代わりにペットボトルを取り出した。そして横目でハン・ユリを見ながら、その場に座り込み、ミネラルウォーターを飲み始めた。

彼女はつらそうな顔でうなだれていた。

むりもないと思う。

仲間（彼らは〝同志〟といっていた）に見捨てられ、あまつさえ女性としての屈辱を強いられるところだったという。だからハン・ユリは自軍に反旗をひるがえした。ともに汗と血を流し、鍛えてきた同志らに銃口を向けた。軍人にとって、それがどんなにつらいことか。狩野にはわかる気がした。

彼女にはこの先、どこにも行き場がない。

本人がいったように、もはや還《かえ》るべき場所すらないのだろう。

ふと思い出して、狩野は自分のザックのサイドポケットのジッパーを開き、中から青いスタッフサックを引っ張り出した。中には着替えが入っている。

黒の速乾性Tシャツとチェック柄の山シャツを出し、ハン・ユリに差し出した。

「これに着替えたほうがいい。破れた服のままじゃ、目の毒だ」

狩野の言葉を聞き、彼女は自分の迷彩服の切れ目から見える素肌を見て、少し頬を赤らめた。

「大丈夫だ。後ろを向いてるから」

そういって狩野はハン・ユリに背を向けた。


ガサゴソと服を脱ぐ気配がしていた。

「白い花……」

背後からハン・ユリがつぶやく声がした。

「うん?」

「最初に、この島に下りたとき、沢の畔《ほとり》に咲いていた。何という、花だ?」

「その花、どんな形だった?」

「白い花弁が五つあって、真ん中が紫色の小さな花だ」

「おそらく、ヤクシマミヤマスミレだろうな」

「ミヤマスミレ……美しい名だ」

ふっとハン・ユリが笑った。「お前、何でも知っているな」

「そりゃ、ガイドだからな」

狩野は振り向いた。

ハン・ユリが着替えを終えていた。

チェック柄の山シャツが似合っていた。しかしズボンは迷彩の軍服。足元は黒の軍用ブーツのままだ。

篤史の声がして、狩野は見た。

寝言のようだ。草の上に仰向けになり、安らかな表情で規則的に寝息を立てていた。

ふいに無線のコールトーンが聞こえた。

夕季がハッと気づいて、ザックの中からトランシーバーを取り出す。表示を見て、相手がわかったらしい。

「かっくん?」

雑音に続いて少年の声がはっきり聞こえた。

――姉貴。いま、テレビで臨時ニュースやってる。

「屋久島のこと?」

――そうじゃない。朝鮮半島でアメリカと韓国の連合軍が三十八度線を越えて北上し始めたらしい。中国も国境を越えて軍隊を南下させてるそうだ。

「それって……」

――朝鮮戦争がまた始まるってニュースじゃいってるけど、それどころじゃないよ。アメリカと中国が本気でやり合ったら、第三次世界大戦になってしまう。

夕季はつらそうな顔で口をつぐみ、またいった。

「かっくん。教えてくれてありがとう」

――そっちの様子は？

「寒河江さんたちと合流できたよ。ただし、あいつらに見つかって危機一髪だったけど」

――無事に逃げられたんだね。

「うん」

彼女はなんと伝えるか少し迷ったようだ。「運が良かったみたい。そっちはどう？」

――大丈夫。また別の場所にみんなで移動したよ。当分、そこをアジトにする。もう戦いが始まってるんだ。

「戦いって、マジに？」

――いつまでも自衛隊が動かないから、自分たちでやるしかないって。何人かが出て行って、占領軍の車輛《しゃりょう》を火炎瓶で焼いて戻ってきた。撃ち合いにはならなかったみたいだ。

夕季はそれを聞いてつらくなる。

市民の抵抗が始まったはいいが、いずれ犠牲者が出るだろう。向こうは兵隊であり、あくまでも克人たちは素人なのだから。

――もう交信を終えるね。長く話してるとキャッチされるから。じゃ、気をつけて。

「そっちも無理せず、くれぐれも気をつけて」

夕季がトランシーバーをザックにしまった。

ハン・ユリは立木に背を預けて胡座をかき、両膝の上にＡＫ47を横たえていた。視線は木立の奥にじっと注がれている。

耳元をかすめる羽音がかまびすしかった。

いつの間にか、周囲に無数のハエが集まって飛び交っていた。

北朝鮮の三名の兵たちの遺体に群がっているようだ。その中の何匹かが、篤史のところにもやってきて、左足に巻き付けた包帯に留まったり、周囲を旋回していた。

篤史は昏々《こんこん》と眠っていた。

「ここにぐずぐずしてはいられません」

国見がそういって、AK47を肩掛けし直した。「さっきの奴らからの連絡がないとなれば、いずれ新手が送り込まれるでしょう」

狩野は頷き、片膝に手を置いて立ち上がった。

すぐ近くの草叢にモスグリーンのトランシーバーが落ちている。ハン・ユリが殺した兵から取り上げたものだと思い出した。理由はわからないが、彼女はそれを捨てたのだった。

何か、役に立つかもしれない。そう思って狩野はそれを拾い上げた。

手の中に入りそうな小さなものだった。表に液晶画面などはなく、ダイヤルが三つあるだけのデザインだ。おそらく周波数が前もって決められ、いくつかのチャンネルになっているのだろう。

それを登山ズボンのポケットに入れると、篤史の体に手をかけて揺さぶった。

目を覚ました篤史が、両手で顔をこすり、少し嗄《か》れた声でいった。

「もう朝っすか」

狩野は安心して笑った。

18

首相官邸・内閣危機管理センター――午後五時二十分

今日、四回目の記者会見を終えて堀井首相がセンターに戻ってきた。

さすがに疲労困憊《こんぱい》で、顔色も悪く、表情が冴えない。副総理の岡部も朝倉官房長官も同様だった。というか、センター内に大勢いる閣僚、官僚のいずれもが疲れ切っていて、絶望に包まれていた。

屋久島の事変を発表して以来、世間は蜂の巣をつついたような大騒ぎとなった。

むろん、核爆弾が持ち込まれている事実は秘匿されている。しかし国民をパニックに巻き込まないためとはいえ、情報を小出しにしなければならなかったことで、早くも堀井内閣への批判が集中していた。

自席に座った堀井は両手で顔を覆った。

しばしそのままでいたが、やがて手を放して壁のスクリーンを見る。

朝鮮半島情勢を伝える民放のニュース番組だった。

三十八度線を越えて北上する米韓軍。鴨緑江《おうりょくこう》の国境を越えて南下する中国人民解放軍。それぞれが北朝鮮の領内に入り込み、さらに行軍を続けている。ところが肝心の暫定政権を作ったパク・スンミ将軍はまったく自軍を動かさない。この先、親米路線を継続するとすれば、米韓軍と行動をともにしても良さそうなものだが、どうしていつまでも沈黙を保っているのだろうか。

しかし堀井にとって、パク・スンミが動こうが動くまいが、どうでもいいことだった。

キム・ジョンウンが生きていようが死んでいようが、まったく無関係だった。

今やことは屋久島だけの、いや、この国だけの事案ではない。

すでに世界全体が巻き込まれているのだ。

朝鮮半島の米中武力衝突が第三次世界大戦にエスカレートすれば、核ミサイルが飛び交い、地球上のあちこちにキノコ雲が立ち上がり、世界中が焦土と化す。

そのおおもとの原因がこの国にあったと、もしも判明したら？

堀井は近くにいる塚崎防衛大臣に声をかけた。

「軍事機密を北朝鮮にリークしていた自衛官はまだ判明せんのか？」

塚崎は堀井に目を向けて、すぐにデスクの上のパソコンに目を戻した。

「情報本部からの流出ということは確認できましたが、それ以上はまだ……」

「市ヶ谷の情報本部か。我が国の防衛中枢の要ではないか！」

堀井の怒声に塚崎がおびえたような顔で目を伏せた。

溜息《ためいき》を投げて腕組みをし、堀井はまた両手で顔を覆った。

じっと考えた。

屋久島を占領したリ・ヨンギルは情報漏洩の犯人を当然、知っているだろう。だったら、なにゆえにそれをこちらに伝えないのか。何かの切り札としてとっておくべき価値があるのならばともかく――。

これまでさんざんマスコミを通じて外交での有能さをうったえてきた堀井が、北朝鮮相手に何もできず、頼みの綱であったアメリカからも見捨てられた。合衆国大統領はすべてを知っていながら、こちらに手を差し伸べてくることもない。そればかりか、いっさいの情報を日本に伝えることもなく、勝手に韓国と手を組んで朝鮮半島統一のための軍事攻略に乗り出してしまった。

まさに蚊帳《かや》の外だったというわけだ。

堀井はまたスクリーンに映されるテレビニュースを見つめた。

あれから屋久島のリ・ヨンギル将軍による映像は届いていない。しかし、朝鮮半島情勢がこうなってしまった以上、そこに堀井首相、いや日本国が介在できる余地はすでに皆無であり、いわば屋久島を占領した連中にとって、自分たちは用無し状態になってしまったといえる。

あとはただことのなりゆきを眺めているしかない。

世界が破滅への道を急ぐ姿を――。

19

石塚山――午後六時七分

篤史の左足が動かないため、狩野と寒河江が左右から肩を貸し、彼を歩かせていた。

夕季がその後ろに、そして武装した国見とハン・ユリがしんがりについている。

彼らがたどっているのは獣道だ。

ヤクシカたちが行き交ってできた、自然のルートだった。

ときおり太い木の樹皮に、無数の縦筋が刻まれているのを見ることがある。登山者の中にはクマの爪痕《つめあと》だと勘違いする者もまれにいるが、屋久島にクマはいない。牡ジカが発情期などに角の先を当てて研《と》いだ痕である。

やがて樹木の間から前方に石塚山の頂稜《ちょうりょう》が見えてきた。てっぺん付近に巨石がいくつかオブジェのように並んでいる。こんなふうに奇岩が並ぶ風景は、屋久島の森林限界から上では珍しくないのだが、とりわけ石塚山の巨石群は狩野にとって特別に思える。

二十代の頃、狩野が初めてこの島にやってきたのは、林業に従事したいがためだった。木樵《きこり》に憧《あこが》れていたのである。屋久島には屋久杉を伐採する事業が江戸時代の昔からずっとあって、近年、完全に禁止されるまで連綿と続いてきた。

そんな彼に屋久杉のみならず、あらゆる樹木のことや森の知識を与え、山に関するあらゆることを教えてくれたひとりの老木樵が五年前に亡くなった。

その遺灰を撒《ま》いたのが、ここ石塚山だった。

狩野は木の間越しに見える頂稜に向かって、そっと手を合わせて心の中で瞑目《めいもく》した。

さすがに疲れ果てていた。山馴れしているはずの寒河江も満面汗だくで、肩を上下に揺らしている。

全員、かなりの速度でここまでやってきたが、やはり篤史が走れないため、ずいぶんとスピードは落ちている。しかしのんびり休んでいるわけにはいかなかった。

「俺なら大丈夫っす。まだ、歩けます」

そういった篤史の顔がさすがに蒼白《そうはく》だった。静脈出血とはいえ、だいぶ血を失ったことはたしかだろう。

ハン・ユリは油断なくAK47を肩掛けしたまま、周囲に鋭い視線を配っている。わずかの異変も逃さないプロの目つきだった。

「あんたの脇腹の怪我は大丈夫なのか」

狩野が訊くと、彼女はちらと目を向けてから頷く。

「ここは……不思議な感じが、するな。森の雰囲気《ふんいき》が、他と、違うようだ」

ハン・ユリがつぶやいた。

「石塚山はそんな場所だからな」

「そんな場所、とは？」

彼女は奇異な顔で狩野を見つめる。

「山に神が宿るとすれば、石塚山しかない——昔から島の木樵たちはそういっていた。奥岳といわれる屋久島の山岳地帯は神の領域といわれるが、ここはとくにそんな気配が濃い場所だ」

するとと彼女が狩野を見つめた。

「ノヌン・シヌルマンナン・チョギ・インヌン・コシンガ……」

「なんていった?」

眉根を寄せて見返す狩野に、ハン・ユリはあらためて日本語でいった。

「お前は……神に逢《あ》ったことが、あるのか」

ハン・ユリの澄んだ瞳を見つめて、狩野は頷いた。

「ある」

狩野は目を据えながら彼女を見て、いった。「あんたも逢いたいか、神に」

しばしの沈黙ののち、ハン・ユリは頷いた。

「もしも、本当にいるのなら、逢ってみたい」


三十分後、彼らは石塚山の頂上を踏んでいた。

標高一五八九メートル。屋久島の山々では高い場所が他にもたくさんあるが、この頂上からの見晴らしは宮之浦岳などに負けない絶景である。隣接する花折岳《はなおれだけ》や太忠岳《たちゅうだけ》など、周囲の山々や、さらにその向こうに広がる海が見渡せる。

本来、ここに至る一般の登山道はなく、この山に登れるのは、狩野のような限られた人間だけである。

「双眼鏡はあるか」

ハン・ユリにいわれ、狩野はタスコ社の八倍のビノキュラーを取り出して渡した。

彼女は片手で保持して顔に当て、もう一方の手で視度調整とピントを巧みに合わせながら、頂上から見下ろせる周囲の山肌を確認している。

「南東と……西。それに北。三方向から、追跡が来ている」

ハン・ユリの声に狩野は驚いた。

「マジか？」

彼女から双眼鏡を受け取り、いわれた方角を確認した。

南東は天柱石《てんちゅうせき》という巨石が山頂にそそり立つ太忠岳。しかしその稜線《りょうせん》や山肌を確認しても人の姿は見えない。西は黒味岳、宮之浦岳など屋久島の主峰がそびえ、山襞《やまひだ》が複雑に折り込まれている。

「どこにいる。ぜんぜん見えんが？」

狩野の声に、ハン・ユリがすぐ近くの太忠岳付近を指さした。

「その、ふたつの岩の、少し向こうだ。木立の中に、兵たちがいる」

いわれた方角に双眼鏡を向けた。

瞬《まばた》きを堪えながら凝視していると、ツガやヒメシャラの葉叢の合間に、何かが動いたのがわかった。まさに森とまったく同化するような迷彩服だが、ふたり——いや、三人以上。道なき道を、それもかなりの速度で移動しているのがわかった。

ふつうに双眼鏡で眺めているだけなら、絶対にわからない見事な隠密行動だ。

「奴らもこっちを？」

ハン・ユリが頷いた。「各小隊とも、われわれの姿を捕捉《ほそく》している。まだ射程距離外だが、三方から来られたら逃げ場がない」

夕季たちを見て、彼はいった。

「敵が来た。すぐに出発するぞ！」

国見が驚く。「本当か？」

「奴らの部隊がいくつか包囲してきたようだ」

双眼鏡を借りて、国見が周囲の山を見る。さすがに自衛官だけあって、敵の姿を発見したようだ。

国見が返してきた双眼鏡をザックに突っ込み、狩野はそれを背負った。いつものように地面に足を落としてから、苦労しつつ重荷を担ぎながら立ち上がる。

「南東、西、北から敵が来る。どう逃げればいいかな」

狩野が独りごちたとき、寒河江の声がした。

「ヤクシカの群れが移動している……」

全員が見た。

少し離れた場所に寒河江信吾の姿があった。

地面にかがみ込み、黒土の泥濘《ぬかるみ》に指を当てている。蹄《ひづめ》の痕がたくさん重なるように刻まれているのが見えた。チョコボールのような丸い糞《ふん》がいくつか落ちているのも確認できた。

狩野たちがたどっていたルートを横切るように、それは続き、森の木立に消えている。

「まだ新しい痕だ。かれらは天敵からの逃げ道を知っている」

狩野は驚いた。

「シカを信じろってか？」

「野生動物は、われわれ人間よりも遥《はる》かに危険の察知能力があるんだ。猟師たちの巻き狩りをまんまとかわして、包囲網から逃げる連中だ」

「なるほど……」

狩野は少し歩いて寒河江の隣に立った。

泥濘《ぬかる》んだ土に刻まれた蹄の痕をじっと目でたどった。

「まっすぐ北へ向かっているな」

夕季が登山地図を見ていった。

「この石塚山の北斜面を下りきって、谷沿いに沢をたどって西に行ったら、旧石塚歩道のトロッコ軌道に出るわ」

するとと狩野が笑った。

「そりゃ、もともと俺たちが来た道だ」

20

石塚山南西斜面——午後六時四十四分

カン・スギルはゆっくりと目を開いた。

左目はつぶされて見えないので、右だけだ。だから視界がやけに狭い。

草叢に俯せになっていた。

口の中にずいぶん泥が入っていて苦かった。それを唾といっしょに吐き出した。それから仰向けになる。森林の木々が葉叢を重ね合い、その向こうに空が覗いていた。

ハエがうるさい羽音を立てながら飛び交い、一匹が顔に留まった。

しかしカン・スギルは払いもしない。頬や額を這い回るハエを気にすることなく、虚ろな目を開いて、そのままじっとしていた。

ハエがたかっているのは仲間の死体だと気づいた。

いずれもハン・ユリに撃たれた。カン・スギルも三発は食らった。

左肩と左の太腿に痛みがある。それから左胸――そこにそっと手を当ててみた。

外傷ではない。肋骨《ろっこつ》が何本か、折れているようだ。

迷彩シャツの上に着込んだベスト。ちょうど心臓にあたる部分にAK47の弾倉ポーチがあった。

ゆっくりと弾倉を抜くと、真ん中辺りに孔《あな》がふたつあり、内部に装塡された七・六二ミリ弾がいくつか炸裂《さくれつ》して焦げた痕を作っていた。

二発の銃弾を受け、暴発した弾丸が自分に当たらなかったのは幸運だった。しかも急所に食い込むはずの弾丸を食い止めてくれたのである。ただしAK47の銃弾は強烈な衝撃ゆえにカン・スギルの肋骨をへし折り、彼を気絶させたのだ。

上体を起こし、左肩と太腿の銃創を確かめる。

どちらも弾丸は抜けているようだ。出血も思ったほどひどくない。筋肉の損傷もさほどはなさそうだった。

それでも左目をつぶされ、貫通銃創が二カ所。肋骨の骨折。

ふつうなら即座に医療機関に搬送が必要な重傷である。しかし、カン・スギルは特殊部隊の兵士として、どんな苦境にも耐えるよう訓練を受けている。

北朝鮮の軍隊——朝鮮人民軍は前時代的な装備と揶揄《やゆ》される。第二次大戦のときに現役《げんえき》だったような旧式な武器、兵器を未《いま》だに使っているのはたしかだ。

しかし、わが軍の中でも特殊部隊だけは違う。アメリカやロシアのそれに比べても、一歩も劣《おと》ることがない。それどころか世界一強いといわれる北朝鮮の特殊部隊。それは日頃の猛訓練のたまものである。

苦境の山野行軍を続け、飢えに耐え、仲間同士で殺し合いまでしながら鍛え抜かれた超人部隊。中でももっとも精鋭といわれた長距離偵察部隊の隊長が自分なのだ。

傍らのヒメシャラの木に手を突きながら、なんとか自力で立ち上がった。左足が思うように動かないが、引きずりながらでも歩ける。

死んだ二名の部下のＡＫ47は奪われたのか、周囲に見当たらない。ひとりが携行していたトランシーバーもなかった。さいわい自分の拳銃はホルスターに差し込まれたままだ。旧ソ連製トカレフを改造した六八式拳銃。予備弾倉もふたつある。

喉が渇いていた。

仲間の兵の骸《むくろ》をまさぐり、背嚢《はいのう》から水筒を見つけ出すと、蓋を取った。喉を鳴らしながら飲んだ。生ぬるい水だったが、命がよみがえるような美味《うま》さに感じられた。

手の甲で口を拭い、無造作に水筒を投げ捨てる。

カン・スギルは歩き出した。

歯を食いしばりながら、一歩また一歩と前に向かった。

自軍の任務はもうどうでも良かった。狙いはただひとり。

ハン・ユリ大佐だ。

複数の足跡。林床の草の折れ方などを注意深く観察する。

彼女が、あの日本人たちと行動をともにしているのは間違いない。その痕跡をたどりながら、カン・スギルは尾行を開始した。

21

旧石塚歩道付近——午後六時五十一分

夕暮れが近くなっていた。

しかし林床はまだ明るく、足元もはっきりと見えている。それまでたどってきたヤクシカたちの足跡は、どこかで道を外れたらしく、すでに見えなくなっていた。

狩野たちは足を止め、木立の中で休んだ。

葉叢の合間から見上げる空はオレンジ色に染まっていた。日没が近い。

篤史はハリギリの木にもたれて足を投げ出し、虚ろな表情で俯いている。顔色は相変わらず悪く、血の気がなかった。それを見ていた狩野は、しゃがみ込んで篤史の手を握る。

「しっかりしろよ。必ず麓まで連れて行くからな」

篤史が顔を上げた。

「すんません。足手まといになっちまって」

「気にするな」

そういって軽く肩を叩いた。

ガサリと笹藪を揺らし、国見が偵察から戻ってきた。

相変わらずAK47を肩掛けし、片手に双眼鏡を持っている。

「こっちのルートもダメだ。すでに敵に回り込まれている」

神妙な顔でそういった。

「なんて足の速い奴らだ」

篤史の手を離し、狩野がうめくようにいう。「進行方向の三方を奴らに取られたとすると、来た道を引き返すしかないな」

「いけない」

ハン・ユリがいった。「向こうは、それを待っている」

「つまり……罠？」

青ざめた顔で夕季が口にする。「だったら逃げ道がないということなのかしら」

「あきらめるのは早い」と、狩野がいった。

「どうするの？」

夕季が訊くと、狩野は傍らに下ろした超大型ザックを開き、中から大きな樹脂製ケースを引っ張り出した。それを草叢の上に置くと蓋を開ける。

収納されたＤＪＩ社のドローンを見て、国見が驚きの声を放つ。

「やけに荷が大きいと思ったら、そんなものを持ち歩いていたのか」

あきれた顔で寒河江がいった。

「ドローンで驚くのは早いっすよ……酒だって毎回、五日分は余裕で持ち込んでます」

ハリギリの幹にもたれながら篤史がかすれ声でいった。かすかに笑っている。

狩野は苦笑しながらドローンを組み立てにかかった。手馴れた仕種《しぐさ》でプロペラを組み込み、バッテリーをチェックして本体に差し込んだ。タブレットを合体させてプロポを立ち上げる。電源を起動し、タブレットにカメラビューが映ったのを確かめ、狩野はドローンをテイクオフさせた。

濃い茜《あかね》色の夕空に舞い上がっていくドローンが、たちまち小さな黒い点となった。

一気に高度を上げたのは、地上からの銃撃を避けるためだった。しかし杞憂《きゆう》だったのか、その気配がなかった。狩野はプロポのモニターを見ながら、慎重に飛行高度を下げていく。

すでにドローンは遥か彼方《かなた》に滞空していて、ＦＰＶ（ファースト・パーソン・ビュー）――すなわちカメラのモニターを通し、ドローン視点で主観的に操縦している。まるで自分自身が空中にいるような気分になって高揚《こうよう》するが、いつ下から撃たれるかと思って、狩野はヒヤヒヤしている。

気がつけば狩野の後ろに寒河江と国見が立ち、同じ画面を見つめている。

上空は西寄りの風が強い。

ともすれば東に流されそうになるので、逆方向に当て舵《かじ》をしつつ位置を修正する。

液晶画面の中、やや広角気味に映る森の俯瞰《ふかん》がだんだんと接近し、大きくなってきた。この〈ファントム4プロ〉のカメラにはジンバルというスタビライザーが装着されていて、機体が傾いても自動的に撮影の角度を調整してくれる。だから滑らかな映像が撮れる。

上空から森を撮影しながら、西にゆっくりと移動させた。画面の中を、真上から見下ろす木々が流れてゆく。枝葉の合間に点々と白く目立っているのは、白骨のような枯存木である。

ふと、木の間越しに見えたものに気づいて、狩野はドローンを停止させた。

杉や広葉樹の葉叢の合間に、迷彩服を着た数人が見下ろせた。彼らはいっせいに上空を見上げている。その驚いた表情。

「真北に数人いる。それから……」

ドローンを右に転進させ、少し移動させた。「北東の林に三名ほど見える」

いったん自分の頭上まで戻したドローンを、ふたたび西に向けた。

少し低空に下ろしながら、ゆっくりと森の上を飛ばし、大きく旋回させてみた。

暗い樹林の合間に、だしぬけに青白い光が瞬いた。

次の瞬間、プロポの映像が消えた。

遅れて届いた銃声。狩野はハッと空の彼方に目をやった。

西側の森の上に黒い煙が見えた。四散しながら落ちていくドローンだった。

「ちくしょう……撃ちやがった！」

狩野が叫んだ。「二十万円もしたんだぞ！」

「狩野くん。お金の問題じゃないでしょ！」夕季が怒鳴った。「私たちの命がかかってるのよ！　脱出路は見つけたの？」

本気で泣きそうな顔になって、狩野は振り向いた。

「北西だ。そっちから回り込めば、敵と遭遇しない」

「信じていいのか」

国見がそう訊いたので、彼は頷く。「こう見えても、俺はいっぱしのドローン・オペレーターだ。二千万画素の高感度４Ｋカメラで低空からナメて確かめたんだ。間違いない」

その言葉を待っていたかのように、ハン・ユリがＡＫ47を肩に担ぎ直した。

「急ぐぞ」と、彼女がいった。

国見と寒河江が篤史を助け起こし、立ち上がらせる。

「足手まといになってホントにすんません」

悲しげな顔で篤史がいう。

「気にしないで。撃たれていたのは自分だったかもしれないからね」

寒河江が優しくフォローした。


狩野たちは急斜面を下っていた。

周囲の木立はすでに暗い。

篤史は寒河江が背負っている。少し前までは国見だった。十五分ごとに交代しないと足腰を傷《いた》めてしまう。山岳救助隊だからと夕季も背負い搬送を志願したが、さすがにこれだけの男手があるので、彼女の出番はない。

「奴らは夜間暗視装置を持っているのか？」

国見に訊かれ、隣を歩くハン・ユリが頷いた。「小隊にいくつかは装備されている」

「それはまずいな」

国見がつぶやく。

「とにかく急ごう。森林軌道まで出たら、あとは全力で突っ走るだけだ」

狩野は超大型ザックを揺らしながら、足早に歩く。

寒河江がときおりコンパスや地形図を取り出し、ライトで照らしながら自分たちが進む方角を確認している。

野生動物の調査などで毎日のように山に入っている寒河江は、さすがに読図が得意なようだ。木の間越しに見える黒い山の輪郭《りんかく》を見て、地図の中のどこに自分たちがいるかをすぐに悟ったらしい。

「こっちだ」

寒河江の声とともに、大きな杉の樹幹を回り込み、彼らは急いだ。

銃声がした。同時に何かが空気を切り裂いた。

狩野はあわてて振り向く。左手――ハイノキとヒメシャラの林間に青白い銃火が瞬いた。連続射撃音とともに銃弾の嵐が襲ってくる。周囲の樹木が白くささくれ、無数の木っ端が弾け飛んだ。弾丸がかすめる唸《うな》りが不気味《ぶきみ》だ。

「後ろの連中に追いつかれたらしい」

そういった国見と、ハン・ユリが同時にAK47をかまえて撃ち返した。

間近に轟く銃声に鼓膜が破れそうになる。

「走れ!」

国見が撃ちながら叫んだ。

寒河江が篤史を背負いながら木立の密集した森に飛び込む。狩野と夕季が続く。国見とハン・ユリが振り向いては撃ち返しながら、彼らを追ってきた。

「森林軌道だ!」

寒河江の声。狩野が見ると、前方の樹林が途切れ、登山道が見えた。周囲は闇が深くなってきたが、トロッコの線路が目立っている。大株歩道とつなぐ登山ルート上の軌道ではなく、ここは森林軌道石塚線と呼ばれている。線路を伝って北に向かえば、屋久島のメイン登山道である安房森林軌道のルートに出る。

「寒河江さん。俺が代わろう」

超大型ザックを下ろし、立木にもたせかけて、狩野がいった。

「悪いな、狩野さん」

篤史をいったん地面に下ろし、その前に狩野が座ると、寒河江が篤史を彼の背中に預ける。夕季が支えながら手伝ってくれる。まず片膝を立て、両足で立ち上がった。篤史はぐったりしているが、胸の鼓動ははっきりと背中に伝わってきた。

愛用のザックはここに置いていくしかなかった。

ハン・ユリと国見が走ってきた。

ふたりのずっと向こう、木立の合間の闇に銃火が瞬き、銃声とともに弾丸が頭上を抜けていった。

「ちくしょう。弾丸が尽きた！」

国見が叫んだ。

ハン・ユリが軍服のズボンのポケットから弾倉を抜き、彼に放った。

「それが最後だ」

「すまない」

キャッチした国見が、いったん脇の下に挟み、空弾倉を抜き捨ててから、フル装填された弾倉をＡＫ47に叩き込んでボルトを閉鎖した。セレクターをセミオートに切り替え、かまえた。

そのとき、シュルシュルという異音が聞こえた。

狩野が篤史を背負ったまま、向き直る。

暗い森のずっと向こうから、オレンジ色の花火のようなものがこっちに飛来してくるのが見えた。

「RPGだ！　地面に伏せて耳を塞げ！」

国見が絶叫した。悲鳴に近かった。

ロケット砲のことだと狩野にはすぐにわかった。とっさに篤史を下ろして、彼を俯せにし、その傍らで低く伏せた。夕季と寒河江が倣《なら》い、国見とハン・ユリが草叢に突っ伏した。

彼らの頭上をそれが通過していった。衝撃波と熱波が頭と背中を叩いた。

直後、彼らの背後——森のどこかで爆発が起こった。紅蓮の炎が一瞬見えたが、狩野はすぐに目を閉じた。国見にいわれたとおり、両手で耳を押さえていたが、すさまじい爆発音とともに熱風が襲来して、体が燃え上がるかと思った。

ふっと冷たい風が頰をかすって我に返る。自分が無事なことがわかった。

篤史も、他の人間たちも。

「奴ら、俺たちごと〝装置〟を破壊するつもりじゃ……」

狩野が身を起こしながらつぶやく。

「脅しで撃ってきたのだ」近くからハン・ユリの声がした。「本気で狙っていたら、われわれは、全滅していたはずだ」

「せっかく包囲網を突破できたと思ったのに」

中腰に立った寒河江が悔しげにいう。

「ここは私が受け持つ。お前たち、逃げろ」

ハン・ユリの言葉を聞いて、狩野は耳を疑った。

「あんた、本気か？」

彼女は頷いた。

「まさか……死ぬつもりじゃないだろうな」

しかし返事はない。爆発で燃え上がる炎に照らされたその顔を見ても、彼女の表情が読めなかった。

「行くぞ」

国見がいって歩き出す。

寒河江と夕季、そして狩野が篤史を立ち上がらせ、体を支えながら国見のあとを追った。少し歩いてから、狩野は肩越しに振り向いた。

すっかり暗くなった森の中に、ハン・ユリのシルエットがにじむように見えていた。


しばし歩いてから、狩野は足を止めた。

国見たちが振り返った。

「どうしたんだ」と、寒河江。

「悪いが先に行ってくれ。篤史のことを頼む」

狩野の言葉に寒河江が驚く。

「あんた、まさか……？」

寒河江に訊かれて狩野が頷いた。

「彼女を連れてくる」

「本気？」

夕季がいったので頷いた。「かなり本気だ」

篤史の体をいったん地面に下ろし、彼の顔を見つめた。

「大丈夫。すぐに町に戻れるからな」

血の気を失った顔で篤史が頷いた。

「あなたが行ってどうなるものでもないでしょ。向こうは戦闘のプロなんだから」

夕季の心配顔を見て狩野がいう。

「そんなの関係ない。困った人間がいたら助ける。それが山岳ガイドだ」

とっさに踵を返すと、元来た道をたどって走った。

――狩野くん！

背後から夕季の声が飛んできた。

しかし彼は振り返らない。

22

旧石塚歩道——午後七時三十分

草叢に俯せになり、ハン・ユリはＡＫ47を肩付けしてかまえていた。

真っ暗になった木立の奥に、敵の気配がたしかにある。こちらは肉眼だが、向こうには暗視装置がある。だから目立つ動きは絶対にできない。彼女は視力が二・五以上あり、夜目も利いた。しかしナイトヴィジョンにはかなわない。

耳元で虫の羽音がしても、彼女は微動だにしなかった。

向こうもじっと動かず、こちらの様子をうかがっているようだ。あれからもう十分近く、膠着《こうちゃく》状態が続いていた。それはあの日本人たちを遠くまで逃がすためには都合が良かった。しかも無駄弾を撃たずにすむ。

彼女は目を閉じた。

どうしてこんなことになったのか——何度となく考えた。

リ・ヨンギル将軍への忠誠心はまだある。一方で、自軍に銃口を向けたことにたいしての後悔はなかった。これが運命なのかと思った。この島に来なければ、あるいは彼らと出会わなかったら、こんなことにはならなかったはずだ。

別れ際に狩野からいわれた。死ぬつもりかと。

そうかもしれない。

あの男は、この島に神がいるといった。その言葉がなぜか信じられた。

しかしどうせなら、その神を見て死にたい。

ふいに物音が聞こえた。

小枝が折れるかすかな音だった。誰かが靴底で踏んだのだ。

ハン・ユリは足を止め、音のした方向に目をやった。相手の姿は見えない。真っ暗な夜の森が広がっているばかりだ。

突如、銃声と同時に耳元を弾丸がかすめた。闇にはためいた銃火に向かって、ハン・ユリはセミ・オートでの連射をくわえた。七・六二ミリ弾の強烈な反動が肩を突いてくる。

つかの間の銃火の中、ふたりばかり倒れたのが見えた。

すかさず横に転がって移動する。間髪容《かんはつい》れず、さっきまで自分がいた場所に無数の銃弾が飛来し、草を切って巻き上げ、地面をえぐって土煙を撒《ま》き散らす。こちらがそうしたように、向こうも彼女の銃火を見て撃ってきたのだ。

必死に低く伏せて射撃が中断するのを待った。

相手の銃声が鎮《しず》まると、彼女はＡＫ47を横倒しのかたちで撃った。二発、三発。今度は命中したかどうかわからない。

トリガーから指を外しざま、すかさず位置を移動する。

杉の大木の陰に転がり込むと、幹の後ろから銃口を出し、そっと向こうを覗いた。

闇が青白く切り裂かれると同時に銃声。

ハン・ユリが隠れている杉の樹皮が、爆発したように四散した。反射的に樹幹の背後に隠れた。

今の一瞬、彼女は見てしまった。相手の兵が発砲したマズルフラッシュに照らされ、隣でＲＰＧ７をかまえたヘルメット姿の男――。

待避しなければ！

そう思った刹那、ロケット砲の弾体が火を噴きながら闇を貫《つらぬ》き、林間を走ってきた。

ハン・ユリは立ち上がって地を蹴り、大きく横に跳んだ。地面に手を突き、二転、三転。そのさなか、ＡＫ47がどこかにすっ飛んでしまったが、それどころではなかった。

爆発が起こった。

空気が固体になったようにハン・ユリの体を叩き、強烈な熱風とともに、彼女をすっ飛ばした。

砕け散った樹木の欠片《かけら》や地面から巻き上げられた砕石を散弾のように体じゅうに浴びながら、ハン・ユリは空中を舞った。

23

淀川登山口――午後七時三十九分

「米韓軍の先遣隊が平壌に迫っています」

アン・スンイルがそういった。

リ・ヨンギルはかすかに眉を上げた。

「やはり、合衆国政府は日本という国を捨て駒《ごま》にするつもりでいるらしいな」

「中国の人民解放軍との交戦が始まれば、祖国は焦土となります」

「それを阻止するために、われわれはこうして作戦を決行したのだ。しかし……ここに至って、こうしてじらされながら結果の到来を待つしかないとは……」

「第一小隊のチョ・ハッス中佐から入電！」

指揮所のテントの下、無線機の前でヘッドセットを頭につけている通信担当のホ・ミヨン中尉が振り向いた。

リ・ヨンギルは彼を見て、いった。

「音声を出してくれ」

ホ・ミヨンがスピーカーモードに切り替えると、少し甲高い男の声が聞こえた。

──こちら第一小隊、チョです。先ほど、石塚歩道付近にて敵と複数回の交戦がありました。

「民間人が抵抗しているのか?」

リ・ヨンギルとしては当然の疑問だった。

──相手の人数は不明ですが、自衛隊らしき服装の人物が一名、確認されています。

「まさか……」

リ・ヨンギルの隣でアン・スンイルがつぶやいた。「自衛隊がこの島に上陸したという報告はありません。何かの勘違いではないでしょうか」

——いいえ。たしかに海上自衛隊の制服でした。さらに民間人らしき日本人が何人か同行しており、それから……。

チョ・ハッス中佐が一瞬、黙り込んだ。

ふたりは思わず身を乗り出す。

「どうした、中佐」と、リ・ヨンギルが訊いた。

——申し上げにくいのですが……敵の中に……ハン・ユリ大佐とおぼしき人物がおりました。

「ハン・ユリ大佐が——？」

リ・ヨンギルがうめくようにいった。

「たしかなのか？」

——間違いありません。こちらに対して反撃してきたため、やむなくＲＰＧを使用しました。死体は確認しておりませんが、おそらく戦死したと思われます。

リ・ヨンギルはかなり動揺していたが、その感情を表に出さないように抑え込んだ。

「それで……〝装置〟は？」

アン・スンイルが訊くと、しばらくして返答があった。

——残念ながら〝装置〟は日本人の手にあるようです。さらに追撃を試みます。

「全力を尽くしてくれ」

リ・ヨンギルはそういい、無線交信を終えた。

ホ・ミヨンが青ざめたような顔で彼を見ていたが、自分の仕事を思い出したように無線機を操作し、スピーカーモードからヘッドセットに切り替えた。

ゆっくりと吐息を洩らしてから、リ・ヨンギルは腕組みをする。

ハン・ユリ大佐が日本人と行動し、友軍に銃口を向けてきた。

なぜだという思いが当然のようにある。

「信じがたい報告ですな、将軍」

アン・スンイルがつぶやくようにいう。

当然、答えようがなかった。

祖国に忠誠を尽くしてきた特殊部隊の精鋭兵士である彼女が、どうし今になって日本人の味方をするのか。どういう理由があって、こちらに反旗をひるがえしたのか。あれこれ思いをめぐらせるが、答えが見つかるはずもない。

ふと、リ・ヨンギルは思い出した。

「通信兵。カン・スギル中佐を呼び出してくれ」

ヘッドセットをつけていた通信兵のホ・ミヨンが振り返った。

「諒解」

そういいざま、通信チャンネルを切り替えた。

24

旧石塚歩道――午後七時五十分

散発的に聞こえている銃声のほうへ、狩野は走った。

森の木立の合間に、青白い銃火が瞬いているのが見えた。あそこに彼女がいる。

夕季にいわれたとおり、戦闘経験がなく、しかも丸腰の自分がそこにいってどうなのだと思った。かえって足手まといになるだけじゃないか。

それでも狩野は走った。行かずにいられなかった。

自分の行動の理由がわからない。おそらく意味もないだろう。しかし、あの女を見捨てて自分たちだけで山を下りるわけにはいかない。その思いに突き動かされていた。

それが山岳ガイドだと自分でいってはみたが、そんなことは無関係だった。

彼女を見捨てて戻れない。それだけのことだ。

突如、異音がした。

聞き覚えのあるシュルシュルという音が長く続いた。

あのロケット砲だ。ＲＰＧと国見がいっていた。それを思い出したとたん、だしぬけに爆発が生じた。

前方、数百メートルぐらいの場所に火球が生じた。無数の木々をなぎ倒しながら、それは巨大に膨れ上がり、夜空に立ち昇っていく。

熱風がここまで届いた。

それは狩野の汗ばんだ髪を乱し、背後に抜けていった。

狩野は唖然《あぜん》として立ち尽くし、前方を見つめていた。火球はすぐに消え、辺りは暗闇に包まれたが、風に乗って焦げ臭い空気が流れてくる。

「ハン・ユリ……」

つぶやくと、彼は歩き出した。

――チョニョソットゥル・チョチャラ（奴らを追いかけろ）！

突然、男の怒声が前方から聞こえた。

狩野はとっさに近くの木立に隠れた。その直後、荒々しい軍靴の音が重なり、迷彩服姿の兵たちがすぐ目の前を走りすぎた。装備が立てるガチャガチャという音がうるさいほどだった。

その音が背後に遠ざかると、狩野はそっと木立から出た。

暗い森に静寂が戻り、近くを流れる南沢《みなみさわ》の瀬音がかすかに聞こえてくる。

狩野は慎重に周囲を確認しながら、そろりそろりと歩き出した。

RPGの弾体が爆発した場所は、壮絶《そうぜつ》なことになっていた。

うかつにライトを点《とも》せないためによくは見えないが、すさまじい爆風で木々がなぎ倒され、地面が擂《す》り鉢《ばち》状にえぐれていた。火薬の燃焼臭がまだ濃密に漂っている。

この場にハン・ユリがいたら、五体満足であるはずがない。

しかし彼女のことだ。何らかの手段で生き延びているのではないだろうか。そう思いながら、狩野は周囲に視線を配った。

倒木などで躓《つまず》かないように注意しながら、慎重に暗い中を歩き出す。

ふいに森の中が明るくなって驚いた。ハッと頭上を見上げると、枝葉の間から青白い月が光を投げていた。雲が切れたようだ。

その月明かりの中、焦げた草叢に横たわるＡＫ47アサルトライフルが見えた。

狩野は急いでそこに行き、身をかがめた。爆風を受けたためか、木製ストックに縦に亀裂《きれつ》が走っていた。彼は周囲を見た。やはり彼女は死んでしまったのか――。

絶望感に包まれながら立ち上がり、狩野は歩き出そうとした。

かすかな瀬音が聞こえた。

すぐ近くを南沢が流れていることに気づいた。彼は森が途切れた場所まで行き、そこから川原を見下ろした。谷底まで数メートルの高さだった。月光が川原を青白く染めていた。大きな丸石がゴロゴロと転がる岸辺に、何か黒っぽいものが横たわっている。狩野は目を細めて凝視した。

間違いなく人だ。

彼は急いで崖を下り始めた。何度か足場が崩れそうになってヒヤッとしたが、無事に岸辺に下り立つことができた。大きな岩を回り込むと、水際に俯せになっている迷彩ズボンの人間が見えた。月明かりの中で彼女だとわかった。

狩野は慎重に近づいた。

爆風を受けたためか、衣服があちこちで裂けていた。俯せになっている背中にそっと手を伸ばす。指先で肩口に触れたが反応がない。

首筋に手を当てて脈動を確かめようとしたとたん、腕を強く摑まれた。

喉元に拳銃の銃口をつきつけられていた。

狩野がギョッとしたとたん、ハン・ユリはふっと表情を和らげて、銃口を逸らした。

「お前……どうして、戻ってきた?」

傷だらけの顔で彼女が訊いた。声が少ししゃがれていた。

「俺たちを助けるため、自分から死地に赴《おもむ》いたあんたを置き去りにできるはずがない」

ハン・ユリは理解できないという顔で狩野を見つめた。

「ましてや魅力的な異国の美女だぜ」

彼女は真顔で狩野を凝視していたが、ふっと眉根を寄せ、複雑な表情を作った。

「怪我はしていないのか」

狩野が訊くと、彼女は頷いた。「手足の打撲《だぼく》ぐらいだ」

「あの爆発でここまで吹っ飛ばされて、よく無事だったな?」

「たまたま、この川に落ちた」

そういわれると、周囲の石が濡れていた。深みからここまで這い上がったところで、意識を失ったのだろう。

「立てるか」

ハン・ユリは頷いた。

顔をしかめながら、なんとか自力で立ち上がった。

その瞬間、彼女はふらつき、狩野にもたれかかってきた。あわててそれを抱き留める。とっさにハン・ユリは狩野を突き飛ばそうとした。しかし狩野は放さなかった。両手を背中に回し、自分の体に抱き寄せた。

いつの間にか、月が雲に隠れていた。濃い暗闇で顔がよく見えない。が、ハン・ユリが狩野を見つめているのはわかった。強い視線を感じる。

「おまえ……」

「恥ずかしながら、年甲斐《としがい》もなくひと目惚《めぼ》れしちまったらしい」

ハン・ユリは黙っていた。相変わらず視線だけは感じた。

彼女は狩野にもたれたまま、力を抜いていた。

狩野の心臓が高鳴っていた。

夜空の雲間から、ふたたび月が出たらしい。世界が青白い光に満たされた。その中で、ハン・ユリの顔がはっきりと見えた。潤んだような目で狩野を見つめていた。

「日本人はみんなこうなのか」

ふいにハン・ユリがいった。

「こう……って何だ」

「今みたいに、ためらいもなく異性に向かって愛情を告白するのか」

狩野はしばし目をしばたたいた。

「いや、まあ――」

照れ笑いしながら頭を掻く。「みんなってことはないがな」

しばし彼女は狩野の顔を見ていたが、ふいに顎を小さく振った。

「ここにぐずぐずしていても仕方ない。行くぞ」

彼女の反応に、狩野は内心でがっかりした。

「……そうだな」

狩野がハン・ユリとともに暗闇を歩き出した。

しばし歩いてから、彼女がいった。

「われわれはどこへ向かう？」

「荒川登山口に向かう近道だ。一般の登山者が知らない獣道なんだ」

そう答えてから、ふと狩野は思いついた。「あんた……さっき、神に逢いたいといったよな」

口をつぐんで黙っているハン・ユリに狩野はいった。「逢わせてやる」

25

小杉谷集落跡地付近――午後九時五十分

ヘッドランプの光が三つ、揺れている。

荒川登山口へと向かう森林軌道のトロッコレールをたどりながら、寒河江たちが走っていた。

先頭は国見、続いて篤史を左右から支えた寒河江と夕季。

トロッコ軌道のレールとレールの間には、登山者などが歩くために板が敷かれてあるが、足元がおぼつかない篤史が何度となくそこから足を踏み外し、倒れそうになる。そのたびにふたりは力を込め、篤史の体を支える。

彼らは焦っていた。

あの場に残ったハン・ユリと、彼女を助けに戻った狩野がどうなったかは判然としない。ふたりのことはもちろん心配だったが、島を占領した北朝鮮の部隊が、今も自分たちを追跡しているはずだ。こうしているうちにも、ふいに銃声がして弾丸が飛来するような気がして、彼らは緊張に包まれていた。

寒河江はたびたび背後を振り返ってしまう。

周囲はすっかり闇に包まれ、何も見えない。ただ、自分たちのヘッドランプのＬＥＤの白い光の中に、トロッコの線路が浮かび上がっているばかりだ。

ふいにまた篤史が足をもつれさせた。

うめき声を洩らし、バランスを崩して膝を突いた。寒河江はあわてて助け起こす。

「大丈夫か」

ヘッドランプの光の中、血の気を失った篤史の顔がゆがんでいた。

ひどく苦しそうな表情である。

夕季がつらそうにいった。「少し休ませてあげないと」

「しかし奴らが――」

そういいかけて、寒河江は口をつぐむ。

「どうしたんです」

前を走っていた国見が戻ってきた。

「篤史くんの容態がだいぶ悪そうなんです。ちょっと休憩させてあげてください」

夕季をにらむように見て、国見がこういった。

「そうこうしてるうちに、奴らに追いつかれたらどうするんですか」

本気で怒っている表情が、ライトの光の中に浮かんでいる。

「だけど無理に走らせたら篤史くんが助からないと思います」

夕季が抗議の声を上げると、国見が険しい表情のまま、口を引き結んだ。

周囲に目を配ってから、彼はいった。

「仕方ない。少しだけですからね」

そういってから、何かを思い出したように夕季に訊いた。

「本部と連絡を取りたい。トランシーバーを貸してもらえますか？」

夕季は仕方なくザックを下ろすと、中から取り出し、国見に渡す。彼は黙って受け取ると、寒河江たちから離れて闇の中へと見えなくなった。

「何よ、あの人」

夕季が腹立たしげにいった。

寒河江が吐息を洩らした。

「当初はあんな男じゃなかったんだがな」

そうつぶやいてから、ふと気づいた――少し前から様子がおかしいとは感じていたが、彼の態度がここまで変わったのは、あの〝装置〟を入手してからだ。一刻も早く、仲間のところに届けたいという気持ちはわかるが、たしかにまるで人が変わったようになってしまった。

あるいは、もともとそういう人物だったのか。

そう思ったとたん、寒河江の中に悪い予感のようなものが生じていた。

「篤史くんを見てくれ」

夕季にそういってから、寒河江はヘッドランプの光を消した。

「どうするの？」

「様子を見てくる」

そういって寒河江は闇の中をそっと歩き出した。


木立の向こうから小声が聞こえてきたので、寒河江は足を止めた。

国見が森の中でトランシーバーを使い、誰かと交信している。そのボソボソという声に耳をそばだててみた。

――そうです。この〝装置〟がなければ、占領軍は核爆弾のカウントダウン停止ができないんです。それだけじゃない。〝装置〟からの信号が消えたら、その時点で核爆弾は作動します。

国見の通話を聞くかぎり、やはり相手は自衛隊関係らしい。

彼のところに行こうとしたとき、また通話の声が聞こえてきた。

――リ・ヨンギルを抹殺《まっさつ》するにはおあつらえ向きです。はい……私がこの島から脱出し、〝装置〟を破壊すればいい。すぐに部隊に出動命令を出して島に向けてください。私の居場所はＧＰＳ信号をキャッチすればわかります……それは大丈夫です。事後、敵が核兵器を持ち込んでいたという情報を漏洩させればいいだけのことです。

寒河江は硬直していた。

国見の言葉が信じられなかった。何か芝居《しばい》の類いかと思ったが、そうではなさそうだ。

敵の将軍リ・ヨンギルを抹殺する。そのために核爆弾を作動させる。

それがどういうことか、寒河江は考えた。

答えが出るはずもなかった。

そろりと動こうとしたとき、左足の靴底が小枝を踏んだ。かすかにバキッという音がして、直後に国見の怒声が聞こえた。

「何者だ！」

寒河江は仕方なくヘッドランプを頭から外して点け、自分の顔を照らしてみせた。

それからランプの光を相手に向けた。

国見はトランシーバーを足元の草叢に落とし、ＡＫ47を寒河江に向けてかまえていた。その険しい表情を見て、彼は凍り付いた。撃たれる――そう思ったとたん、国見が銃口を斜め下向きに逸らした。

「今のを聞いていたんですね」

低い声だった。

仕方なく寒河江は頷いた。

「事情はよくわかりませんが、どうやら国見さんを見損《みそこ》なっていたらしい」

国見は銃口を逸らしてはいたが、グリップを握り、もう一方の手でフォアグリップをつかんでいた。つまり、いつでも前に向けて発射できる態勢だ。

「リ・ヨンギルを抹殺する……それって、どうしてなんです？」

そう訊《たず》ねると、国見は少し間を置いてからいった。

「敵の大将の首をはねる。戦略の基本ですよ」

「詭弁《きべん》だと思います」

寒河江は怒りを静めながらいった。「さっき、あなたはおあつらえ向きだといわれてました。つまり……核爆弾のことですね」

国見は口をつぐんでいた。

「まさか作動させるつもりですか？」

彼はなおも黙っていた。それは肯定《こうてい》したと同じことだ。

「あなたの任務は屋久島占領軍の本拠を奇襲するというものだった。それを信じて、私もともに死地をくぐり抜けてきた。それなのに私に明かせない、何らかの密命が別にあったということなんですか」

「これは高度な政治的および軍事的な判断なのです」

「お互い、命がけでこの島に来たじゃないですか。今さらそんなことをいわれても――」

寒河江はあっけにとられながら国見を見つめた。

「仕方のないことです」

国見の言葉に寒河江は憤慨《ふんがい》した。

「仕方ない……って何ですか！　あなたがやろうとしていることは、文民統制《シビリアンコントロール》という自衛隊の基本前提を無視している。たとえ何らかの密命だとしても、自衛官がひとりの人物を抹殺するなどということが許されるはずがない。よりにもよって核を使ってですよ。そんなことをすれば、この屋久島が地図から消えることになる」

「上官の命令です。それを実行するのが自衛官です」

国見がいった言葉を寒河江は否定した。

「命令を受けたからと、この屋久島を何の迷いもなく破壊できるのですか。島民の命のことはどうなんです？」

「いったん転がり出したら、もう止められないんです。あなたにはきっとわからない」

「わからなくてけっこうです。とにかく〝装置〟をこっちに渡してください」

「できません」

「自分ひとりで島から脱出して、核爆弾を作動させるつもりですか」

国見はまた沈黙した。

「国見さん。これまで苦楽をともにしてきましたが、残念ながらもうあなたを信じることはできません」

彼に向かって足を踏み出そうとしたとたん、また銃口を向けられた。

「〝装置〟は渡せない」

寒河江は硬直した。

草叢《くさむら》からトランシーバーを拾って素早く踵を返した国見が、闇の中に溶けるように見えなくなった。

寒河江は長い吐息を洩らした。

あとを追うべきかと思ったが、無駄な行為だろう。いざとなれば彼は躊躇なく発砲するはずだ。

そう考えたとたん、ふいに背中が震えた。

その場に崩れ落ちそうになった。

26

太忠川中流域――午後十時十四分

月齢十四日。ほぼ満月。

その月明かりの下、ヘッドランプの光なしでも、狩野は早足で歩けた。

すぐ後ろをハン・ユリがついてくる。彼女も決して山岳ガイドの俊足に遅れることがない。息も乱さず急登を詰め、高みを越して下りにかかり、また登る。アップダウンの繰り返しである。

「ここは、登山者の道ではないといったな。どうして、迷いもなく歩けるのだ」

背後からハン・ユリの声がした。

「通い馴れたルートだ」

歩きながら狩野が答えた。「俺が木樵だったとき、師匠だった人とふたりでよくこの道をたどった。このルートをたどれば荒川登山口への近道となる。それに、あんたに見せたいものが、すぐそこにある」

一瞬、ハン・ユリが黙った。

しばらくして声がした。

「……神のことか」

「見てみろ」

狩野が答え、足を止めた。

彼に並んでハン・ユリが立った。ふたりは急斜面を見下ろす崖《がけ》の上にいた。

擂り鉢状に開けた広大な渓谷《けいこく》が眼下に広がっている。真上から月の蒼《あお》い光が落ちて、輝く渓《たに》全体が円形劇場のように見えた。

そこにうっすらとガスがたまっている。

白いヴェールのような霧の中にそれが立っていた。

まるで巨大な未知の生物か、あるいは怪獣のように見える。草つきの大地にしっかりとたくさんの根を張り、小さな山のような姿となり、空高くそびえ、周囲に向かって無数の枝葉を伸ばしている。

古い杉の巨木であった。

鬱蒼《うっそう》と苔《こけ》むして大小の瘤《こぶ》があちこちに突出し、深い襞《ひだ》が刻み込まれた樹皮は、樹木というよりもまるでゴツゴツした岩肌のようだ。その樹皮全体に複雑怪奇に亀裂が走り、ところどころが裂けていて、空洞《くうどう》になっている部分も無数にある。

一本ではなく、いくつかの杉の古木が融合してひとつになった合体木である。のみならず、ヤマグルマやサクラツツジ、ナナカマドなど別の樹木が樹幹のあちこちに着生し、融合していた。

ふたりは声もなく、それを見つめていた。

月光を浴び、霧をまとわりつかせて佇立《ちょりつ》するその姿は、まるでひとつの複合生物体《キマイラ》のようだった。見ているうちに、今にも動き出しそうな迫力があった。

有名な縄文杉の周囲は十六・四メートル。樹高は二十五・三メートル。

しかし眼前にそびえ立つこの巨杉は、それよりもひとまわりは大きい。前に狩野が測定したところ、地表近くの幹周りは二十メートル以上あった。高さはおそらく三十メートル近いだろう。こうして崖の上に立って見下ろしているはずなのに、樹木のてっぺんは水平目線よりもずっと上にあった。

この存在を教えてくれたのは彼の師匠だった老木樵だが、五年前に亡くなって以来、狩野ただひとりがこの杉のことを知っている。

他人に明かしたのは初めてだった。

突然、ハン・ユリが地面に両膝を落とした。

まるで魂を抜かれたような表情で、眼前の巨杉を凝視している。

月光に照らされた彼女の横顔。眦《まなじり》に涙が光っていた。

「この樹《き》は……どれぐらい長く生きてきたのだ」

そう訊かれて、狩野はしばし黙っていた。

「わからない。しかし何千年という長い樹齢……とにかく、世界じゅうのどんな樹木よりも古いはずだ」

ハン・ユリの顔を大粒の涙が伝って落ちた。

「まさに……〝神〟の姿だ」

彼女がつぶやいた。声がかすかに震えているのに気づいた。

「まるで……こっちを見ているようだな」

「そうだ。見ている」狩野がいった。「もうずっと長い間、俺たち人間を静かに見続けている」

しばしハン・ユリは沈黙していた。

両目から流れる涙が、かすかな音を立てて地面に落ちている。

「教えてくれ」

彼女がささやくようにいった。「私はこれから何をすればいい」

「わかっているはずだ。だから、あんたは俺たちの側に立ったんだろう?」

ハン・ユリがつぶやく。「そのとおりだ」

そのとき、空を流れる雲が月を覆い、ふたりの目の前にそびえる〝神〟の姿を、ゆっくりと闇の奥へと閉ざしていった。

27

小杉谷付近、森林軌道――午後十時二十分

戻ってきた寒河江からの報告を受けて、夕季は言葉を失った。

その場に座り込んでいた篤史も、明らかにそれまでとは違った様子だった。身内から、それも自衛隊員の裏切り者が出るとは思ってもみなかった。国見という男は寒河江とともに生死をともにし、危地を乗り越えてここまで来たはずだった。

「どうして国見さんはそんなことを?」

夕季の質問に寒河江はつらい表情を見せた。

「彼が何らかの密命を帯《お》びていたということだ」

「密命……」

「屋久島を消滅させてまで、敵の将軍、リ・ヨンギルという人物を抹殺しなければならないとしたら、それは国と国民を守るという自衛隊の大義を無視し、自衛官の任務を大きく逸脱した行為だ。というか、彼の行動の動機には非合法な、決して表に明かせない何らかの陰謀があったと考えるべきだ」

「それって何なのよ」

「俺たち国民が知り得ない、国際間の政治問題がからんだ事情があるんだろうさ」

寒河江はそういって吐息を投げた。「とにかくあいつを止めないといけない。しかし、トランシーバーを持ち去られたから外へ連絡のしようがない」

「追いかけるしかないわ」

夕季がいって、ハッと篤史を見た。

つらそうな顔で彼が顔を上げた。

「俺ならいいんです。置いてってください」

苦しげにいう篤史に夕季が微笑《ほほえ》みかける。「莫迦ね。そんなことするわけないじゃないの。いっしょに行くのよ」

寒河江がそんな篤史の腕を取り、自分の肩にかけた。すぐに夕季も反対側でならった。

「すんません。俺なんかのために」

「四の五のいわずに歩く。いいね？」

夕季にいわれ、篤史が泣きそうな顔で頷いた。

そのとき、前方からまばゆい光芒《こうぼう》が放たれた。

強烈なライトだとわかった瞬間、寒河江は叫んだ。

「奴らだ。逃げろ！」

とっさに踵を返した彼らに向かって、今度は逆方向から白色光が灯った。

前と後ろ、二方向から同時にライトで照らされ、寒河江たちは棒立ちになる。

「クソ。挟み打ちだ」

そういった寒河江の隣で夕季がつぶやく。

「私たちって……もうおしまい？」

答える言葉をなくした寒河江が歯を食いしばる。

彼らの前後から、乱雑な軍靴の音が近づいてきた。目もくらむような光の中に、男たちのヘルメットがいくつも揺れているのが見えた。

28

太忠川中流域——午後十一時九分

何かが雑音を発した。

狩野のズボンのポケットの中から、その音が洩れているのに気づいた。あわてて片手で引っ張り出す。

森で襲撃してきた兵のひとりが持っていたトランシーバーだった。

雑音に混じって朝鮮語らしき男の声が聞こえている。

「何だ……」と、狩野がつぶやいた。

「占領軍の指揮所からだ」

ハン・ユリがそういった。「通信兵がカン・スギル中佐を呼び出している」

「カン・スギル……？」

「私が、片目をつぶした男だ」

狩野は納得した。あのタオルを顔に巻いていた兵のことだろう。

「そして、あんたが撃ち殺した」

彼女が頷いた。「そうするべき相手だった」

ハン・ユリは狩野が持つトランシーバーを凝視している。

「せっかく捨てたのに……それを持ち歩いていたのか。その通信機にはＧＰＳが組み込まれている。向こうにこちらの位置を特定されていたのはそのためだ」

「莫迦な……北朝鮮が衛星を使っているっていうのか？」

「中国が打ち上げた〈北斗《ほくと》衛星〉だ」

狩野はショックを受けた。

よりにもよって、自分からそれを回収して持ち歩いていた。わざわざ敵に位置を教えていたのだ。

右手に持っているトランシーバーからは、まだ低く男の声が洩れていた。

「何か情報をつかめるかもしれない。出たらどうだ」

そういってハン・ユリに差し出した。彼女は少しばかり迷っていた。

右手を出してきたので、狩野はそれを渡した。

「チョヌン・ハン・ユリ・テチャ・イムニダ（私はハン・ユリ大佐だ）」

とたんに向こうが沈黙した。

しばし黙っていた相手が、ふいに何か朝鮮語でいってきた。ハン・ユリはしばらく会話をしていたが、ふいに狩野のほうを見た。

「リ・ヨンギル将軍がお前と話したいそうだ」

狩野は首をかしげた。「誰だ？」

「占領軍指揮官。私の直接の上官だ。日本語も話せる」

狩野はトランシーバーを受け取った。

「狩野だ……」

そういってPTTボタンを放す。

——朝鮮人民軍のリ・ヨンギルです。

少し訛《なま》りがあったが、きれいな日本語。落ち着いた男の声だった。

——特殊部隊の精鋭であり、〈白頭山の虎〉と呼ばれたハン・ユリ大佐がなぜ、あなたと行動をともにし、われわれの部隊に銃口を向けることになったのかを知りたい。

狩野は少し考えた。傍らに立っているハン・ユリを見つめる。

彼女はわざとらしく視線を逸らしていた。

「実のところ、どういう理由でこうなったのか、自分でもわからないんだ」

狩野はまたハン・ユリを見た。

「ウンミョン……」

彼女がつぶやくのが聞こえた。

「何だ？」

ハン・ユリが見返してきた。「運命……だといった」

雑音がして、リ・ヨンギルの声がした。

——なるほど、運命、ですか。私のような頭の硬い軍人には想像も付かないことが起こったのでしょうね。

「この島ではしばしば奇跡が起きる。珍しいことじゃない」

——ところで、あなた方の中には自衛隊員もいると報告を受けました。寄せ集めであることは察しが付きますが、そもそも山岳ガイドであるあなたが、なぜ我が軍に刃向かっているのですか。

「俺はこの島に生きている。屋久島を守りたい、それだけのことだ」

——島の住民たちも我が軍に対して無謀な抵抗をしています。

「当然のことだ。みんな思いは同じなんだよ。自分たちが暮らすこの島を守りたい。当たり前だろう？　なあ、将軍。核爆弾の秒読みをなんとか中止できないのか？　この島の住民たちは、あんたたちの国の事情とは何の関係もないはずだ」

——それはできません。

「なぜだ。日本政府をいくら脅してもむだだろう？」

――われわれの本当の矛先《ほこさき》はアメリカです。

やはりそうかと狩野は思った。

「しかし米軍はすでに動き出した。あんたらの国はまた戦場となる。いや、今度は世界全体が滅びることになるかもしれない。そうなれば、島に持ち込んだ核爆弾を爆発させても無意味だ。だいいち、キム・ジョンウンというたったひとりの人間と、ここにいる一万三千の住民の命だ。天《てん》秤《びん》にかけるまでもないじゃないか」

――そのような個人の感情論とは無縁の場所で軍人は動きます。

狩野はその言葉を聞いて激怒した。

「莫迦野郎。軍人である前に、ひとりの人間として考えろよ!」

しばし沈黙が流れた。

短い雑音に続いて、リ・ヨンギルの声が聞こえた。

――おもしろい人だ、あなたは。

「よくいわれるよ」

そういうと、狩野は相好《そうごう》を崩した。

――ところで、〝装置〟は今でもあなた方が所持しているのですか?

「その通りだ」

――あなたがいわれる奇跡は何度も起きるわけではない。いかがでしょう。こちらに返還すれば、そちらの命は保証します。

「奇跡はまた起きるさ」

狩野はふっと笑いながらいった。「ここは神の島だからな」

通信を切った。

モスグリーンの小型トランシーバーを、狩野は木立の間に投げ込んだ。

これ以上、こちらの位置を悟られるのはごめんだった。

第四部　五月五日

1

荒川登山口——午前一時四十九分

荒川登山口に狩野とハン・ユリが到着した。

バス停のある建物の前に、登山バスが二台、タクシーが一台、停《と》まっているのが見える。とうに夜半を過ぎたというのに、建物の中には明かりが灯《とも》り、人が動く気配があった。

狩野たちのヘッドランプの光を見たらしく、建物の中から数人の男女が出てきた。

多くが登山者だったが、タクシーの運転手も交じっている。

何人かが驚いた顔になった。

狩野はともかく、隣に立つハン・ユリはチェック柄の山シャツだったが、下は迷彩ズボンに編み上げのブーツ。軍服姿だったからだ。

「大丈夫です。この人なら心配いらない」

狩野は説明した。「私はここで山岳ガイドをしている狩野といいます。怪我人《けがにん》を含む男女四人がここに来たはずですが——？」

すると彼らは顔を見合わせ、ひとりがいった。

「いや。そんな人たちは見なかったな」

毛糸のスキー帽をかぶった中年男性だった。

ふたりともかなりの俊足《しゅんそく》で山を下ってきたため、寒河江や夕季たちよりも早くここに到着したのかもしれない。しかも彼らの中には怪我をした篤史がいる。

「昨日、若い女性の救助隊の人から、島が外国の兵隊に占領されたっていわれたんです」

初老の女性がつらそうな顔でいった。「だから夕方頃《ごろ》、私の夫がタクシーの運転手さんとふたりで、様子を見るために町に下りていったんですが、それきり戻ってこないの」

若い女性の救助隊というのは、おそらく夕季のことだろう。

「残念ながら情報は本当です。北朝鮮の内戦から逃れてきた一部の軍隊が、屋久島全土を武装占拠しています」

「まさか、うちの人が……」

それきり言葉を失った彼女を、狩野は気の毒げに見つめた。

そのとき、足音が聞こえた。

狩野とハン・ユリ、そして登山者たちが振り向くと、ヘッドランプらしい光が揺れながら、トロッコ軌道の登山ルートをやってくるのが見えた。寒河江たちかと思ったが、光はひとつだけだった。

男がひとり、こっちに走ってくる。

登山者たちがいっせいにそっちを見た。何人かがライトの光を向ける。

上下ブルーの制服は、海上自衛隊の特殊警備隊の隊員服——国見俊夫だとわかった。

いくつかの光輪に照らされて、国見が立ち止まった。ＡＫ47をスリングで肩掛けしているのが見えた。周囲の登山者たちが硬直するのがわかった。

「海上自衛隊の国見一尉です」

狩野がいうと、彼らはホッとしたように緊張をほどいた。

「自衛隊……われわれは助かるんですか？」

別の男性登山者がそう訊《き》いてきた。狩野はかすかに首を振る。

「残念ですが、本隊の上陸はまだです」

「屋久島がたいへんなときに、自衛隊はいったい何をやってるんだ！」

さっきの男性が怒声を投げる。

「防衛出動はすでに発令されました。陸海空の自衛隊が動き出したところです」

到着した国見が説明した。「みなさんはしばらくこちらに留《とど》まっていてください。町に下りると戦闘に巻き込まれる可能性があります」

登山者たちがかすかにざわついている。

「国見さん。篤史や夕季たちは？」

狩野が訊《たず》ねると、彼はしばし間を置いてからいった。

「みんな無事です。おっつけ、ここに到着するはずです。自分は特務優先で、もうしわけないけど先に行かせていただきました」

特務——例の〝装置〟のことだと狩野にはわかった。

「あれをどうするんです？」

「本隊に届けます」

そのとき、狩野の横にハン・ユリが立った。

「〝装置〟を島から出してはならない。電波の到達距離は百キロメートル以内だ。電波の届く範囲の外に持ち出せば、あれが自動的に起爆することを知っているはずだ」

彼女の言葉を聞いたとたん、国見の目がかすかに泳いだのがわかった。

「まさか、あんた」

狩野がいったとたん、AK47の銃口が鼻先に向けられた。

険しい表情で国見が狩野を凝視している。狩野の目はいやでも銃口に向いた。

「拳銃《けんじゅう》を捨てろ！」

国見が怒鳴った。狩野が見ると、いつの間にかハン・ユリが自分の拳銃を抜いてかまえていた。

しかし先にアサルトライフルの銃口を向けられ、相手を狙《ねら》えずにいるようだ。

「遠くへ放《ほう》るんだ！」

ハン・ユリは仕方なく拳銃を投げた。それは硬い金属の音を立て、離れた場所に転がった。

「この男はふつうの自衛隊員ではない。防衛省の上層部から派遣された工作員だろう」

ハン・ユリの言葉に驚いた。

「どういうことだ」

「私の母国の内戦勃発《ぼっぱつ》には、日本国が大きくかかわっている。防衛省の特殊情報部門にいる人物が、以前から人民軍高官と密通していたことを知ったアメリカ中央情報局が、偽の情報を流したことが、そもそもの発端だった」

狩野は信じられない気持ちで彼女の顔を見た。

「その高官のひとりは、さっきお前が話した相手――占領軍指揮官リ・ヨンギル将軍のことだ。そして将軍同志に通じていた日本人自衛官は、防衛省情報本部の統合情報部長、砂川雅彦一等陸佐」

国見がたじろいだ。だしぬけに名を出されたためだとわかった。

「あんた、それ……本当のことか？」

「間違いない」

あっけにとられて彼女を見ていた狩野が、やがて国見に視線を戻す。しかし、彼は無表情を取り戻していた。

「彼女の話は事実なのか？」

狩野の言葉にもかかわらず、国見は口を閉ざし、銃口を向けたままだ。

ハン・ユリがいった。

「ＣＩＡが背後に存在したとはいえ、ひとりの日本人、それも防衛省の高級幹部が朝鮮内乱を勃発させたことが世間に明らかになればどうなるか……。だから砂川はリ・ヨンギル将軍同志を抹《まっ》殺《さつ》するため、この男を島に送り込んだのだ。そして、私がここに持ち込んだ〝装置〟はおあつらえ向きの道具となった」

「国見さん……」

狩野が近づこうとしたとたん、国見が少し下がりながら銃をかまえ直した。

「すべて事実です、狩野さん。しかしその事実は秘匿《ひとく》しなければならない」

「罪もない人たちを、そんなことに巻き込んでもいいのか」

国見は悲しげにかぶりを振った。

「自分の任務ですから」

狩野は国見をにらみつけた。

「莫迦《ばか》げた任務だ！　屋久島が消滅すれば、朝鮮半島での戦争は避けられなくなるぞ」

叫んだ狩野を見据えて、国見がいった。

「すでに米韓軍は三十八度線を越えて進軍し、平壌に迫っています。北朝鮮という国がなくなれば世界の脅威《きょうい》がひとつ消える」

「何いってんだ。中国もすでに軍隊を出しているし、ロシアだって黙って見てるわけないだろう？　もしも大国同士が戦争状態になったら、世界から消えるのは北朝鮮一国だけじゃなくなるぞ」

しかし国見はあくまでも無表情だった。

「それは私の知ったことではない」

狩野はあっけにとられた顔で彼を見ていた。

「なんて野郎だ」

国見は口の端を吊《つ》り上げ、ふっと笑った。

ＡＫ47をかまえながら、狩野の後ろに立っている誰《だれ》かに声をかけた。

「タクシーのキーを渡してもらえますか」

狩野が振り向くと、タクシー会社の制帽をかぶった初老の男だった。

銃を向けられた彼は、震えながらポケットからタクシーのキーを取り出すと、ゆっくりと国見に向かって歩く。それを強引に奪った国見は、素早く踵《きびす》を返した。

だしぬけに、銃声とともに青白い銃火がほとばしった。

後ろに立っていた登山者たちが悲鳴を放った。

国見はタクシーの近くに停車していたシャトルバスのタイヤを撃ったようだ。セミオートの銃声が轟《とどろ》くたびに、二台の登山バスが車体を傾《かし》がせた。

射撃をやめた国見は、プリウスを黒塗りしたタクシーに向かった。

ドアを開けて運転席に飛び込むと、油断なく狩野たちを見据えながら、ドアを閉じた。すぐにエンジンがかかり、タクシーがタイヤを鳴らしながら発進し、急旋回してから山道を下っていく。

ハン・ユリが走った。自分の拳銃を拾ってかまえた。しかしすでに射程距離外らしい。

闇《やみ》の中に赤い尾灯が遠ざかっていった。

狩野は無意識に拳《こぶし》を握ったまま、それを見送った。

2

尾《お》立岳《たてだけ》西斜面——午前一時五十七分

カン・スギルは急斜面を闇雲に登っていた。

右手に太い枝を握り、それを杖《つえ》にして体を支えていた。

辺《あた》りは鼻をつままれてもわからないような暗闇だが、ときおり月明かりが頭上の葉叢《はむら》越しに落ちてくる。それでおおよその地形がわかった。

片目しか見えないがゆえ、立体視ができない。しかし天性の勘が働く。

林床はゴツゴツと大小の岩が重なっている。それらはびっしりと苔《こけ》に覆われている。

この島の山間部はどこへ行っても苔だらけだ。

じっとりと濡《ぬ》れ、独特の臭気を放っている。

左肩と左太腿《ふともも》の貫通銃創は絶えず痛みを発していた。おそらく化膿《かのう》しているのだろう、そこから悪臭が漂っている。肋骨《ろっこつ》の骨折は上体をひねったり、無理をしないかぎりさほど痛くはないが、銃創の苦痛はいかんともしがたい。

カン・スギルは歯を食いしばり、痛みに耐えながら斜面を登り続ける。

その原動力はひとえに復讐心《ふくしゅうしん》だ。

自分の過失に対する後悔もある。あのとき、ハン・ユリを捕獲したのに逆襲の隙《すき》を作ってしまった。それがゆえに部下たちも失った。いらぬ劣情《れつじょう》を彼女に抱いたがゆえのミスだった。そんな自分が許せずにいる。

杖にして使っていた枝が、唐突に鋭い音を立てて折れた。

前につんのめったカン・スギルは苔むした岩に片手を突き、苦痛の声を放った。両膝《りょうひざ》を落としてなんとか体を支えると、折れた枝を遠くへと投げた。

「アイシッ（ちくしょう）！」

誰にともなく怒鳴りつけた。

それからしばし俯《うつむ》き、体をむしばむ痛みを堪《こら》えた。

ハン・ユリにつぶされた左目から、膿《うみ》があふれて頰《ほお》を伝っていた。彼はタオルをほどいて、きつく顔に巻き付けた。

彼はふたたび斜面を這《は》いながら登った。

いつしか自分が東に向かっていることに気づいた。頭上、木の間越しに見上げる月の位置が変わっているからだ。少し前までは北を目指していた。登山道に行き着くためだった。沢を渡り、この斜面にとりついたとき、彼はすでに自分の取るべきルートを誤っていたようだ。

方角を修正するか。

いや——このまま東を目指すべきだとカン・スギルは思った。

自分の本能が、そちらに向かえと教えてくれる。

顔じゅうに脂汗《あぶらあせ》と血と膿を流しながら、急斜面を這い続け、登り切った。

尾根に出ると、そこからは反対側の山の斜面、つまり下りになる。カン・スギルは足早に木立の間を抜け、軍靴のフリクションを利かせながら下りていく。

それから十五分と経《た》たないうちに、月明かりに照らされて森の木立が途切れている場所が見えてきた。彼は足を止めた。

月光を浴びて光っているのは、どうやら線路らしい。

こんなところに鉄道が走っているはずがない。事前に調べた知識だと、屋久島にはトロッコの軌道があって、一部はまだ使われているのだという。

おそらくそれだ。

確信して足を踏み出そうとしたとき、靴底が踏みつけた岩が動いた。

あっと思ったときは遅かった。

カン・スギルは前のめりに転倒し、そのまま急斜面を転がり落ちた。

立木の幹や根に何度も体をぶつけ、岩に激突し、しかしながら体の回転は止まらない。そのまま十数メートルを転落して、だしぬけに空中に放り出された。

カン・スギルは背中から地面に落ちた。

肩甲骨《けんこうこつ》が折れる音がした。

二度、三度と体が跳《は》ねて、彼は回転した。最後に大きな岩に肩をぶつけ、止まった。

しばし意識を失っていたようだ。

ゆっくりと右目を開き、周囲を見た。

青い月明かりの中、森林軌道がカーブしながら続いている。

カン・スギルはゆっくりと身を起こした。左肩に激痛があった。肩甲骨の骨折のせいだと気づいたが、もうどうでもよかった。今となっては体全体が痛みの塊《かたまり》のようなものだ。

膝を引き寄せ、冷たい岩にしがみつきながら、カン・スギルはゆっくりと立ち上がった。

あいつはきっとここに来る。

本能がそう教えてくれた。俺《おれ》はここで待っていればいい。

腰のホルスターの蓋《ふた》を開き、拳銃の銃把《じゅうは》をむき出しにした。

ハン・ユリ――お前の体に、兄と、死んだ部下のぶんだけ弾丸を撃ち込んでやる。

舌なめずりをしながら、彼は月を見上げた。

3

荒川登山口――午前二時三十一分

登山者たちはバス停の建物の中で、まだざわついていた。

何人か泣いている女性登山者もいて、大勢がなだめていた。むりもないと狩野は思う。目の前で実銃を発砲されたのだから。

AK47の底力のある銃声が、まだ耳鳴りとなって残っていた。

あれからすでに三十分が経過していた。

「あいつを島の外に出せば、この島はおしまいだ」

ハン・ユリがかすかに眉根《まゆね》を寄せながらいった。その顔を見て、狩野は口を引き結ぶ。

停留所に停まっていたシャトルバスは二台ともタイヤを撃ち抜かれた。他に車もなく、国見が乗ったタクシーを追跡することは不可能だ。

敵兵から奪ったトランシーバーを捨てなければ良かった。狩野は後悔したが後の祭りだ。

夕季たちがやってくる気配はない。

狩野はいらだちの溜息《ためいき》をつき、建物の外に出た。

夜の闇の中にぼうっと浮かぶ、トロッコのレールを見つめた。そうしているうちに、ふと思いついた。

ヘッドランプを点《とも》したまま、大きくカーブする線路の向こうを凝視した。

そこにトロッコの車輛《しやりよう》基地の建物が見えた。

粗末なトタン屋根と波板で作られた簡易な建物の中に、作業用トロッコと緑色の機関車が静かに休んでいる。ここは日本でゆいいつ稼動している森林鉄道で、屋久杉の伐採が終了した今もなお、山小屋の屎尿《しによう》の運び出しや、登山道のメンテナンスで活躍し、また遭難者の救助にも使われている。

狩野は何度かトロッコに乗せてもらったことがある。

車庫に駆《か》け寄ると、建物の前にかけられたロープを外し、狩野は機関車の側面のドアを開いた。

単端式と呼ばれる気動車で、昔の軽便鉄道などによく使われていたものだ。地元発電所員の話だと、ＳＫＷつまり酒井《さかい》工作所による製造で、昭和の初め頃からずっとこの森林軌道を走っているらしい。

運転席に入ってみたが、やはりキーがないとエンジンの始動はできないようだ。

落胆しながら外に出て、ヘッドランプの光で周囲を見回す。

引き込み線のいちばん奥に、平トロと呼ばれる錆《さ》び付いた運材台車が保管してあった。そこに行って、車輪止めを外し、後ろから力いっぱい押してみると、台車が軋《きし》みながらもゆっくりと動き出した。

行けるかもしれない——狩野はそう思った。

ハン・ユリが少し離れたところから、あきれた顔で見ている。

「そんなものをどうするつもりだ?」

狩野は振り返り、いった。

「ここから安房までは十七キロも距離がある。国見に追いつくにはこいつを利用するしかない」

荒川登山口は、もともとトロッコ軌道の分岐点だった。

山奥へ向かえば小杉谷を経て、縄文杉方面に続く。もう一方はここから麓《ふもと》に向かい、安房の手前、苗畑《なえはた》が終点となる軌道で、現在は電力会社が経営管理をしている。

「こんなものがまともに走るのか」

「線路はちゃんと整備されているから、車輪さえ回れば大丈夫だ。終点まではずっと下り勾配《こうばい》だからな」

狩野はそういいながら台車を後ろから押し始めた。「悪いが、手伝ってくれ」

ハン・ユリは黙って狩野の隣になり、両手でそれを押し始めた。

いったん側線にトロッコを後退させながら入れると、狩野は線路を切り替えるダルマ式のポイントを操作する。今度はトロッコを前向きに押して走らせ、本線に乗り入れた。

「台車に乗れ」

後ろからトロッコを押しながら狩野がいう。ハン・ユリが素早く飛び乗り、狩野も続いた。トロッコはかなり耳障《みみざわ》りな軋み音を立てながら、真っ暗な中、路盤に敷かれた線路をたどって森の木々を分けるように走り出す。

車体の左側面に鉄鋼材が四つ立てられ、水平材が渡されているため、それを手すり代わりにつかむことができた。

勾配は思った以上に急坂で、狩野は頻繁《ひんぱん》にブレーキレバーを引いた。

このトロッコのブレーキは梃子《てこ》の原理で車輪の前にある角材を動かし、それをブレーキパッド代わりに押しつけて減速させる仕組みだ。だからかなり力が必要で、レバーを引くたびに車輪の感覚がまともに手に伝わってくる。

狩野の記憶によれば、トロッコが屋久杉を運材していたときは、作業員が丸太の上にまたがって座り、ロープを使ってレバーを操作していた。

小杉谷線との分岐を越え、五十メートルばかり走っただろうか。ヘッドランプの頼りない白色光が線路をまたいで塞《ふさ》ぐように作ってある金網のゲートを照らし出した。その手前で狩野はブレーキレバーを操作し、台車を止める。

ゲートには〈関係者以外立入禁止〉と大きく書かれ、左右には鉄条網が張られていた。登山者が間違って入り込まないためだろうが、やけにものものしく見える。

ゲートの扉には南京錠《なんきんじょう》がかけられている。

「拳銃を使ってくれるか」

ハン・ユリが頷《うなず》いた。狩野の意図を理解した彼女は、ズボンの後ろに挿《さ》していた自動拳銃を抜き、無造作に南京錠を撃った。派手な火花が散り、それが砕けてすっ飛んでいった。

狩野は耳を塞いでいた両手を離し、ゲートを開くと、また後ろから台車を押した。トロッコが少しずつ走り出し、次第に勢いが付くと、彼が飛び乗った。

ガタガタと音を立てながらトロッコ台車が軌道を走る。

崖の中腹をえぐって作られた路盤が、曲がりくねりながらずっと続いている。三百メートルおきに、終点の苗畑からの〈10・7〉などと距離が書かれたキロポストが立っていて、それがあっという間に後ろに過ぎていく。

「ユリ……さん」

狩野がふいに名をいったので、彼女が振り向く。

「あんた、運命っていってたが、お互いにすっかり妙な縁になってしまったな」

ハン・ユリが頷いた。「この島に降下したとき、まさか自分がこんなことになるとは思ってもみなかった。まさに……運命だ」

「後悔してなんかいないだろ」

彼女がまた頷く。

「後悔はない。しかしこの島に核を持ち込んでしまった責任がある」

「それはあんたの将軍がやったことだ」

「朝鮮人民軍のひとりの兵としての責任だ。核爆弾を絶対に作動させてはいけない」

「そうだな」

狩野はしばし口をつぐんでから、こういった。

「あのさ。いいにくいんだけど、ことが終わったら……この島で暮らしてみないか」

ハン・ユリが驚いた顔を向けてきた。

狩野は少し照れて、下唇《したくちびる》を噛《か》んだ。それからまた彼女を見た。

「きっとあんたなら、ここでの暮らしに馴染《なじ》むと思う」

「私は……朝鮮人民軍の軍人だ」

「軍人である前に、ひとりの人間だろ？」

ハン・ユリの目が揺らいでいた。かすかに眉根が寄っている。

「私の同胞は、この島で大勢の人々を殺した。その事実が消えることはない」

狩野はその言葉を聞いて俯いた。

「だが……あのときのあんたの涙。俺はずっと忘れない」

彼女の目がまた潤《うる》んだように見えた。

「神は私を許してくれるだろうか」

狩野はどう答えていいかわからず、口をつぐんだ。

そのとき、ハン・ユリの表情がだしぬけに変化した。

「おい。何が――」

狩野の言葉が最後まで続かなかったのは、前方から強烈な光芒《こうぼう》が放たれたためだ。

見ると、軌道の数十メートル前方に誰かが立ち、フラッシュライトらしき燈火《とうか》をこちらに向けている。泥《どろ》に汚れ、ズタズタに破れた迷彩模様の軍服が、闇に浮き上がって見えた。

壮絶な姿であった。

タオルを斜《なな》めにかけて縛っているその顔に見覚えがあった。ビャクシン沢近くの森で襲撃してきた部隊のリーダーらしき兵だ。まさかと思った。生きていたのだ。

「カン・スギル！」

ハン・ユリが相手の名を叫んだ。

その兵が腰のホルスターから拳銃を抜いて、右手でまっすぐかまえた。

とっさに狩野はブレーキレバーに手をかけた。

「停《と》めるな！　このまま行く。お前は低く伏せろ！」

そういいながら、ハン・ユリが拳銃を抜いた。膝射《しっしゃ》の姿勢で両手でかまえた。

狩野が台車の上に俯《うつぶ》せになったとたん、前方から銃声がして、銃弾が甲高《かんだか》い唸《うな》りを放ちながらかすめた。

――テェジョラ（くたばりやがれ）！

カン・スギルと呼ばれた兵が怒声を放った。さらに数発、発砲してくる。

ハン・ユリの放った弾丸が命中し、相手の体が揺らいだ。しかし彼は倒れず、足を踏ん張りながら射撃を続けた。

何発かがトロッコの台車に命中して、まばゆく火花を散らし、破片が狩野の顔に当たった。温かな血が頬を流れたが、拭《ぬぐ》う余裕もない。

兵士の姿が急速に迫ってきた。二本のレールの間、枕木《まくらぎ》に立っているから真正面だ。拳銃の弾丸が尽きたらしく、唐突に射撃が止まった。

あっけにとられた表情で棒立ちになる彼に、狩野たちのトロッコ台車が激突した。

衝撃に狩野は吹っ飛ばされそうになる。とっさにハン・ユリが腕をつかんでくれなかったら、台車から転がり落ちていたところだった。

台車はそいつの体に乗り上げ、大きく跳ね上がったまま脱線した。右側の崖《がけ》に激突し、車体を傾《かし》がせたまま停止する。狩野が転げるように路盤に落ちたが、すぐに立ち上がった。

ハン・ユリもトロッコから下りていた。油断なく拳銃をかまえている。

カン・スギルは仰向《あおむ》けになって線路の上に横たわっていた。ヘッドランプのＬＥＤの白色光の中、口から大量の血が流れているのが見えた。おそらく重たいトロッコ台車に踏まれて内臓が破裂したのだろう。

顔に斜交《はすか》いに縛り付けていたタオルがなくなり、血の塊となった左目があらわになっている。のみならず軍服は血まみれだった。文字通りの満身創痍《まんしんそうい》である。

意識があるらしく、残った目を動かしながら、彼はふたりを見上げた。

ふいに体をくねらせたかと思うと、口からまた血をどっと吐き出した。

その手前にハン・ユリが立ち止まった。

右手の拳銃を顔に向けている。

「ノル……チュギル・ス……オプソットン・コシ・ブナダ（お前を殺せなかったことが悔しい）……」

彼が苦しげに声を押し出し、そういった。

「チオゲソ・モンジョ・キダリゴ・イッソラ（地獄で先に待っていろ）」

ハン・ユリがいいざま、拳銃を撃った。

銃弾が額を砕き、カン・スギルが即死した。

狩野は目を背けるしかなかった。

4

安房森林軌道・荒川〜苗畑線——午前二時五十分

ハン・ユリが負傷していることに気づいたのは、ふたりで苦労してトロッコ台車を軌道に戻し、下り始めて十数分が経過した頃だった。

しばしふたりの間に会話がなかったが、ふと彼女を見て、横顔がかすかにゆがんでいることに気づいた。ヘッドランプの光を当てて見ると、軍服の迷彩ズボンにどす黒い染みがあった。

パラシュート降下したときに受けた傷口が、また開いたのかと思った。

そうではないようだ。

「ユリさん。あんた、まさか撃たれていたのか……」

しばし間を置いて彼女がいった。

「最初の一発目だ。うかつだった」

手すりの鋼材を片手でつかんだまま、彼女は奥歯を噛みしめているようだ。

狩野はブレーキレバーを引こうとした。それをハン・ユリが止めた。

「私にかまうな。このまま走ってくれ」

「傷が深いんじゃないのか」

「たいしたことはない」

彼女の答えは嘘《うそ》だろうと思った。

「安房に着いたら医者に連れて行く」

「〝装置〟を取り返すほうが先決だ。国見が島から脱出するのをなんとしても阻止しなければならない。この島を守るのだ」

ハン・ユリの声は少しばかりかすれていた。

「そうだな」

彼女の横顔を見つめながら、狩野がいった。

トロッコ軌道は急カーブが多く、その都度《つど》、狩野はブレーキで台車を減速させた。本来ならば、脱線しないようブレーキの利きをよくするために、カーブ手前で線路に砂を撒《ま》く必要がある。しかし今の狩野にそんなことをする余裕はなく、仕方なくギリギリまで速度を落として急カーブをクリアした。

月明かりがあるとはいえ、夜の闇の中だからたいへんだ。登山用ヘッドランプの小さな明かりだけが頼りである。

岩山にうがたれた素掘りのトンネルをいくつもくぐり、大小の鉄橋を何度も渡った。

狩野は腕時計を見る。

すでに真夜中の三時を回っていた。

夜明けまで時間がない。午前七時には核爆弾が起爆する。

5

淀川登山口——午前三時二十八分

リ・ヨンギルはつかの間の眠りから覚めた。

美しい鳥の声が聴こえたような気がした。屋久島に棲《す》むミソサザイの声だと思ったが、夢だったに違いない。

まだ真夜中である。

静かな闇が周囲に広がっていた。

指揮所の迷彩テントの下、作戦地図などを広げた上に突っ伏していたことに気づいた。腕時計で時間を確認する。

背中にモスグリーンの毛布がかけてあった。アン・スンイルが気を利かせてくれたのだろう。それをそっと取り、傍らに置いてあった彼の煙草《タバコ》の箱をつかんだとき、足音がした。

アン・スンイルがテントの中に入ってきた。

敬礼をし、「失礼します」と隣の椅子《いす》に腰を下ろした。

「島民の抵抗がますます激しさを増してきました」

そういってつらそうな表情になる。「安房だけでなく、宮之浦でも島民たちが武装蜂起《ほうき》し、わが軍へのゲリラ戦を開始しています。それから一湊や栗生でも、ごく少数ですが町の人間たちが軍用車輌を襲撃してきたそうです」

「被害は？」

「さいわい死者は出ておりませんが、負傷者が十数名。車輌が二十台以上、火炎瓶で焼かれました。武器庫も三カ所ほど破られて、銃器弾薬が盗まれております」

「なぜ民間人ごときに、わが軍が翻弄《ほんろう》されるのかね」

「ひとえに彼らが地の利を得ているからだと思います。隠れ家も転々と移動しているようですし、傍受《ぼうじゅ》を避けるため、無線交信は出力の小さな電波を使っているようです」

リ・ヨンギルは腕組みをして口を引き結ぶ。

少し前、あの狩野という山岳ガイドとの無線交信を思い出した。島民が自分の島を守ろうとするのは当然のことだ。それはよく理解できる。だが、無謀とわかっていながら、どうしてここまでやれるのか？

「部下からは、何人かを見せしめに銃殺してはどうかという意見がでておりますが」

「いや――」

彼はアン・スンイルに向かっていった。「もう、その必要はない」

彼は腕時計を見た。

「まもなくだ。あと四時間ですべてが終わる」

「たしかにそうですね」

リ・ヨンギルはふうっと吐息を洩《も》らした。そして目を閉じる。

「軍に入って以来、長く険しい道だったが、まさかこんな終焉《しゅうえん》だとはな」

「あなたの下につけたことを誇りに思います」

リ・ヨンギルはかすかに笑った。

「いいことだ。私は何も誇れない」

「将軍としても？」

「朝鮮人民軍――その名とは裏腹に、けっして人民を守る軍隊ではなかった。大勢の国民を飢えさせてまで、見てくればかりを築き上げてきた無能な集団だった。だからいつも何のために戦うのか――そのことをずっと考えていた」

アン・スンイルの表情が少し険しくなった。

「だったらなぜ、パク・スンミの側につかなかったのです？」

問われた彼は、少しばかり考えてからいった。

「民衆をどん底に突き落としてまで私腹を肥《こ》やす罪深い王と知りつつ、私はその側にいなければならなかった。それは自分自身が同じ罪をかぶっていたからだ。軍人としてのし上がるために、多くの同胞を突き落とし、今に至っている。だから泥沼にはまったように、そこから抜け出せずにいる。ゆいいつの逃げ場所は死だ」

「将軍……」

アン・スンイルが悲しげに眉根を寄せたとき、テントの外に足音が聞こえた。

情報将校のチョ・ジョンヨルがやってきて、ふたりの前で敬礼をした。

リ・ヨンギルとアン・スンイルは立ち上がり、返礼をする。

「本国より入電。キム・ジョンウン同志が解放され、中国に向かったそうです」

その報告を聞いて、リ・ヨンギルは胸をなで下ろした。

「米韓軍は？」と、アン・スンイルが訊いた。

「パク・スンミ政権が両国に自国からの撤退を要求し、現在は三十八度線付近まで後退したとのこと。中国人民解放軍もまた鴨緑江まで退いています」

リ・ヨンギルは無意識に目を見開いた。

土壇場《どたんば》になって、パク・スンミは臆病風《おくびょうかぜ》に吹かれた。

やはり自国が米中戦争によって焦土と化すことを恐れたに違いない。

暫定《ざんてい》政権とはいえ、今や北朝鮮のトップであるパク・スンミ将軍が自国での戦闘行為を拒否すれば、米韓軍も中国人民解放軍も領土の外に戻るしかない。

戦争は回避された。最悪の事態は避けられたのだ。

そしてキム・ジョンウン総書記が無事に故国を脱出できたということで、長かった内戦もこれでようやく収束に向かうだろう。

自軍の屋久島攻略作戦は、その実、裏側で行われた政治的交渉を円滑に進めるための、究極の手段だった。そのために多くの犠牲を出してしまったが——。

「まだ、すべてが終わったわけではない」

リ・ヨンギルは口を引き締め、いった。「〝装置〟を奪還しなければ、核爆弾の起爆を止めることができない」

チョ・ジョンヨル情報将校は直立姿勢のままこういった。

「第三偵察隊キム・スリョン少佐からの報告では、登山道で拿捕《だほ》した日本人たちは持っていなかったということです。彼らの話では、国見という自衛隊員が強引に〝装置〟を奪って安房に向かったとか」

国見——その名前に覚えがあった。

少し考えて、リ・ヨンギルは思い出した。

「もし、それが国見俊夫という人物であれば、防衛省情報本部統合情報部長・砂川雅彦一等陸佐……彼が作った〈影の部隊〉と呼ばれた秘密情報機関のメンバーのひとりだ。われわれが入手した詳細な資料によると階級は不明。おそらく非公然組織の工作員であるがゆえ、自衛官としての籍も抹消されているはずだ」

「まさか口封じのためにあなたを――?」

アン・スンイルの言葉にリ・ヨンギルは頷いた。

CIAからの偽情報をパク・スンミに流し、内戦を勃発させた張本人は砂川だ。それ以前から、ずっと北朝鮮と通じ、日米の特秘情報を洩らしていた。そのことが明らかになるのを砂川は畏《おそ》れている。CIAにとってもそれは不都合だろうが、同時に奴《やつ》らはむしろこの事変を好機として北朝鮮の壊滅をもくろんでいる。

だとしたら、あの〝装置〟の入手は彼ら双方にとって最高の条件となるはずだ。

核爆弾を起爆させ、島もろとも消してしまえばいい。それを占領軍の仕業《しわざ》だと喧伝《けんでん》すれば、罪の証拠は消え、半島攻略の絶好の動機となる。キム・ジョンウン総書記が解放され、内戦に終止符が打たれたとあっては、奴らにとって、それがまたとない切り札となるだろう。

これまで砂川の側に打つ手はないと高をくくっていた。しかし思わぬ伏兵がいたということだ。

しかし……まだ間に合うかもしれない。

リ・ヨンギルはいった。

「日本政府に連絡を入れる。衛星回線をつないでくれ」

ホ・ミヨン中尉が無線機を操作する間、彼は目を閉じた。

ふとまた、あの狩野という山岳ガイドの声が心によみがえってきた。

――奇跡はまた起きるさ……ここは神の島だからな。

その言葉の意味を考えた。

6

首相官邸・内閣危機管理センター——午前四時

「米韓軍が撤退？　いったいどういうことだ」

寝ぼけ眼《まなこ》のまま、堀井毅郎首相が怒鳴った。「朝鮮半島で何が起こってる？」

外務大臣の加藤敦子が立ち上がり、書類を持って駆けつけてきた。途中でよろけ、左側のパンプスが脱げてしまったが、本人はそれどころではない。化粧がすっかり乱れていたし、その手が震えているのが堀井の目に入った。

「今、入った情報ですが、キム・ジョンウン総書記が幽閉から解放され、中朝国境を越えて中国政府に保護されたということです。パク・スンミ政権は米韓軍に撤退を要求し、両軍は三十八度線DMZ付近まで後退しているとのこと。詳しいことはまだわからないのですが、アメリカから直接、この報告が入ったので事実だと思います」

「本当か！」

「……CIAからのリークということです」

思わず中腰になる堀井に向かって、加藤が真顔で頷いた。

「中国人民解放軍も、現在は鴨緑江の外に撤退しております。首相、どうやら最悪の状況は回避となったようです」

そういったのは木原隆防衛大臣政務官だ。

堀井は唇を震わせた。言葉が出なかった。

ゆっくりと椅子に腰を戻した。

「しかし……どうして急に？」

堀井がそういうが、誰も応《こた》えることができない。

それにしても徹頭徹尾《てっとうてつび》、自分たちは蚊帳《かや》の外だった。

堀井にとってそれは心外ではあるが、一方で仕方ないことだとも思っている。〝裸の王様〟と揶揄《やゆ》されるほど、見てくればかりの構築に腐心し続けてきた結果、今の日本政府は世界中のどの国からも信用されていない。

かつて不沈空母と自国を喧伝し、アメリカの軍事力におもねろうとした首相もいたが、その頃からアメリカという大国にとって日本は、田んぼの端に立つカカシのようなものだった。友好友好といいながらも、その実、子供の頭を撫《な》でるように密《ひそ》かに冷笑されていただけのことだ。

それをわかっていて、堀井もまやかしの親米路線を継承してきたのである。

そのとき、通信担当官のひとりが興奮した声でいった。

――屋久島のリ・ヨンギル将軍から衛星回線で通信が入りました。

堀井は岡部弘泰副総理や朝倉隆司官房長官らと顔を合わせ、それから咳払《せきばら》いをした。

「つないでくれ」

やがて壁際の大スクリーンに、リ・ヨンギルの上半身が映った。

同じ軍服姿で背筋を伸ばしているが、表情はいささか疲れがうかがえる。太い眉を動かさずに、彼は訛《なま》りのある日本語でいった。

――堀井首相。すでにそちらにも伝わっているはずですが、情勢が急変しました。キム・ジョンウン同志は解放され、米韓軍は南へ撤退し、中国人民解放軍も国境の外へ戻りました。戦争は回避され、われわれの要求はかなえられました。

堀井は頷き、いった。

「情報はたしかに入っております。が、しかしいったいどうして急にそんなことになったのですか？」

――実は、パク・スンミ政権と中国共産党との間をつなぐべく、水面下でネゴシエーターが動いていました。ロシアの大統領からの直接の指示で実行されたことです。

「ロシアの……大統領！」

堀井は驚いて、周囲の閣僚たちと目を合わせた。

――いつまでも内戦が続く朝鮮の現状は、ロシア政府にとっても望ましくありません。ましてや、米韓が北朝鮮に侵攻し、中国と戦いを始めるとなればどうなるか。そのことを考えれば、パク・スンミ将軍としても、自国内における両軍の戦闘を静観するわけにはいかない。だから、パク将軍はアメリカ政府と中国に対して、それぞれ妥協案《だきょうあん》を申し出たのです。

「それはたしかなのですか」

——むろんです。パク・スンミ将軍のもとにネゴシエーターを送るよう、ロシア政府に対して要請したのは、この私自身なのですから。

堀井はたじろいだ。このリ・ヨンギルという男は、何と知略に長《た》けた人物なのだろうか。

——交渉が成立するまで、米軍の軍事侵攻は止めておきたかった。その時間稼ぎのために私は屋久島攻略作戦を決行しました。もっとも合衆国政府がこれほどまでに日本という国を無視できるとは、まったくもって計算外でしたが……。

返す言葉がなかった。

堀井は唾《つば》を飲み込んで、リ・ヨンギルの顔を見つめるばかりだ。

——我が故国が米中戦争によって焦土となることは回避され、キム・ジョンウン同志は安全な場所まで逃れることができました。よって、貴国の一部の領土を占拠したわれわれの任務は、これをもっていちおうの完了となります。

その言葉を聞いて堀井は内心、ホッとした。

——しかしここに至って問題がいくつかある。そのことで折り入ってあなたと話をしたいのです。

「何ですか」

緊張を隠せぬまま、堀井が訊いた。

——まず我が国の内戦勃発の原因となった偽情報の発信者についてです。

その言葉とともに危機管理センター内がいっせいにざわついた。

ついにそれを明らかにするのか。

堀井は固唾《かたず》を呑《の》んで、スクリーンのリ・ヨンギルの顔に見入っていた。

――防衛省情報本部統合情報部長の砂川雅彦一等陸佐。彼はおよそ五年前から我が国の国務委員会直属の情報機関、国家保衛省に日米の軍事に関する機密情報を渡していました。

センター内のざわめきが大きくなった。

堀井は砂川という自衛官本人を知らないが、防衛省情報本部、中でも情報関係の中枢である統合情報部のことはよく知っていた。

――渡された情報は逐一《ちくいち》、国家保衛省から私の元に上げられていました。そのうち砂川一佐は直接、私のところに機密情報を流すようになりました。

「何ということだ」

堀井はあっけにとられたまま、スクリーンを凝視していた。

周囲のざわめきはおさまることがなかった。

――ＣＩＡはとっくにそのことを知っていながら、砂川一佐のスパイ行為を黙認していた。というよりも、それを利用し、私の故国に混乱を生じさせる計画を実行したのです。国家保衛省はまた朝鮮人民軍戦略軍とも密接だったため、嫌中派のパク・スンミ将軍に対してキム・ジョンウン総書記に関する偽情報を流しました。キム総書記が自ら国家を解体し、中国側に身売りする計画を実行しようとしているというものです。内容はもっと複雑だったようですが、パク将軍はその情報により軍勢を整えて反乱、あなた方もご存じのように現在の内戦状態となったのです。

「我が国の自衛官のスパイ行為が、貴国の分裂の原因となったというわけですか。しかし、それが事実だとしても、パク将軍が反旗をひるがえさねば、このような事態にならなかったはずです」

スクリーンの中のリ・ヨンギルがかすかに笑った。

――それはたんなる結果論です。我が国の導火線に火を点《つ》けたのは誰か、そのことを胸に刻んでいただきたい。

傍らのデスクで塚崎敬一防衛大臣が木原政務官、小平昌樹防衛事務次官と頭を突き合わせて何かを相談し合っている姿が、堀井の視野にちらと入った。

――私の失敗は、砂川一佐に関する事実を今まで秘匿していたことです。そのため、彼はある特殊作戦を企《くわだ》てました。私たちが占領している屋久島に部隊を派遣し、潜入工作を実行したのです。そのため、事態はかなり深刻な状況になっています。

海上自衛隊の特警隊が屋久島潜入作戦を試《こころ》みたことは、もちろん堀井も知っている。その件に関してリ・ヨンギルとも会話を交わしたのだ。

「部隊は全滅したはずでは……？」

――実は、一名が生存し、現在も島に潜伏《せんぷく》しています。ただし、その人物は自衛官ではなかった。私を抹殺するために砂川一佐に送り込まれた特務工作員でした。

リ・ヨンギルの言葉はにわかには信じがたいものだった。

「塚崎くん。大至急、事実確認をしたまえ！」

堀井は防衛大臣に向かって叫んだ。塚崎が弾《はじ》けるように立ち上がった。

――われわれの核爆弾のコントロール装置は今、その人物の手にあります。

「まさか――！」

リ・ヨンギルの顔は険しさを増していた。

――海上自衛隊特警隊の国見俊夫一等海佐。もちろん階級も所属も偽のものでしょうが、彼は屋久島の外に脱出して核爆弾を起爆させる可能性があります。

「あなたを殺すために、そちらの核爆弾を使用するというのですか」

――それだけではありません。事後、われわれ占領軍が屋久島を核爆弾で消滅させたことにすれば、私の祖国は世界じゅうから敵視されるでしょう。

堀井はあっけにとられた顔でリ・ヨンギルを凝視している。

言葉が出てこなかった。

――実はあなた方に期待はしていないのです。日本政府はおそらく、そのことを世間に公表せず、秘匿するつもりでしょうね。それを明らかにすれば、日米関係は悪化し、日本は国際的に孤立することになりますから。

図星を突かれて堀井は狼狽《うろた》えた。

額に浮かんだ汗の玉が頬を伝っていることにも気づかない。

――さて、ここからが肝心なことです。この島に来ている国見という特務工作員は、私が今、ここであなた方にすべてを暴露したという事実をまだ知らない。ゆえに彼は任務を遂行する。それだけはなんとしても阻止しなければなりません。

堀井はいつしか無意識に口を大きく開いていた。

ようやく片手で額の汗を拭った。意を決したようにスクリーンを見上げた。

「リ・ヨンギル将軍。ご意向は理解できました。と、とにかく自衛隊内の機密情報漏洩《ろうえい》に関する容疑者は、こちらで事実確認をします。同時にコントロール装置を所持しているという人物についても、大至急、確保するように努力します。そのためには自衛隊の屋久島への上陸を認めていただきたい」

——現段階ではそれはできません。屋久島に持ち込んだ核爆弾の秒読みが停止した段階でわれわれの作戦は完全に終了します。それを邪魔することは戦闘行為とみなし、すみやかに反撃を実行します。

「しかしですね——！」

堀井は自分の声が裏返ったことにも気づかなかった。「コントロール装置を所持した人物を放置するのですか。核爆弾を起爆させて島を破壊するかもしれないというのに」

——放置はしません。われわれの手でケジメをつけます。

太い眉を寄せながら、スクリーンの中のリ・ヨンギルがいった。

——自分で蒔《ま》いた種は自分で刈《か》る。たしか、そういう諺《ことわざ》があるそうですね。

堀井としてはなすすべもない。手札はあくまでも向こうにある。歯を食いしばりながらあらぬほうを見ていた彼は、またスクリーンに目を戻した。

「ひとつ、うかがいたい」

思い切ってリ・ヨンギルに質問した。「なぜ、あなたがたはあえて屋久島を選ばれたのですか」

リ・ヨンギルは頷いた。

その質問を予想していたかのように、ゆっくりとこういった。

――日本海側にある貴国の領土にわが軍が侵攻することは、あなた方や米軍も予想していたはずです。つまり裏を掻《か》いたのです。

堀井は言葉を返せなかった。

――ただ……我が方にはひとつ誤算がありました。それは屋久島という小さな島に住む人々の勇気と結束力です。故郷を守りたいという気持ちはどの国の民衆も同じ。ところがこの島の住民たちは何かが違っていたようだ。

リ・ヨンギルはかすかに視線をさまよわせ、言葉を探しているようだった。

――ある日本人から、ここは神の島だといわれました。私はその言葉の意味がようやくわかったような気がします。

堀井は彼がいった言葉の意味を理解できず、眉間《みけん》を震わせるばかりだ。

スクリーンの中でリ・ヨンギルは沈鬱《ちんうつ》な顔をした。

――上陸当初、われわれは非戦闘員である島民たちの命をたくさん奪ってしまった。軍事行動だったとはいえ、今となっては後悔しています。

そういって朝鮮人民軍の将軍は映像通信を切断した。

一瞬後、危機管理センターの壁の大スクリーンがまた砂の嵐《あらし》となった。

7

安房――午前四時三十八分

体を激しく揺すられて、高津克人は目を覚ました。

トランシーバーを抱きしめたまま、彼は冷たい床で横になっていた。さすがに眠りながら寒さを感じていたが、疲れもあってずっと寝入っていた。

周囲は真っ暗だが、大勢の人の気配がある。

自分がいる場所が中学校の教室のひとつだと思い出した。窓越しに外の町明かりがうかがえる。そこにいくつか後ろ姿らしいシルエットが並ぶ。

ボソボソと話し声がするので見ると漁師の山下朋之だった。隣にいるのは高校教師の岩川浩二らしい。

「どうしたんです？」

克人が訊くと、ふたりは同時に指を立てて「しっ」といった。

「どうも外の様子が変だ」山下が小声でささやく。「部隊が移動し始めているようだ」

何人かが教室の窓からそっと外を見ているのだと気づいた。

かすかなエンジン音が聞こえた。

克人も身を低くしたまま窓際に行き、顔を出してみた。

外はまだ暗いが、ヘッドライトらしい光がいくつか並んで動いているのが見えた。

幌《ほろ》をつけた軍用トラックが数台、目の前の道路を通過している。

向こうがこちらの存在に気づいている様子はなく、いずれもそのまま校舎の傍《そば》を通り過ぎていった。

静寂が戻った。

克人は山下たちのところに戻った。

床に横たえたトランシーバーをつかむ。電源を入れて規定の周波数でコールトーンを送ってみたが、やはり反応はなし。何時間も前からそれを続けていた。

姉の夕季たちが音信不通。さすがに心配がつのっていた。その不安を抱えたまま、さっきまで寝入ってしまっていたのだった。

「核爆弾の起爆まであと二時間半を切っている。しかし政府の動きはまったくわからない。奴らは本気で俺たちを助ける気がないんじゃないか」

岩川にいわれ、山下がささやいた。

「俺たちでなんとかするしかない」

「どうする？　淀川登山口にいる占領軍を襲撃するのか？」

「いや……奴らだって、自分たちが核爆発に巻き込まれることを望んでいるはずはない。なんとか説得とかできないだろうか」

山下がいったとき、ふいに克人の手の中でトランシーバーの液晶画面が光り、コールトーンの音が聞こえた。彼はあわてて、それを顔の横にかざした。

――こちら海上自衛隊の国見一尉です。克人くん、取れますか？

ボリュームはかなり絞ってあるが、はっきりと声が聞き取れた。

克人はＰＴＴボタンを押していった。

「高津克人です。そちら、全員無事ですか？」

雑音が聞こえ、国見の声が続いた。

――それが……自分は単独行動中です。

「どうしてですか？」

――敵の襲撃があって、さなかにはぐれてしまったのです。お姉さんたちは別ルートで下山にかかっていたため、きっと大丈夫だと思います。

そういわれて克人はひとまず安堵《あんど》した。

「克人くん。ちょっと借りるよ」

山下がいって、トランシーバーを受け取った。

「国見一尉。安房の山下といいます。少し前から占領軍が大規模に動き始めましたが、そっちは何か情報をつかんでいらっしゃいますか」

少し間があって、国見の声がした。

――本部と通信して情報を流してもらったんですが、北朝鮮で動きがありました。パク・スンミ政権に拉致《らち》されていたキム・ジョンウン総書記が解放され、中国に亡命したようです。米韓軍と中国軍も、それぞれ国境の外まで退いています。

それを聞いた克人は、肩の力が抜けて、思わず表情をゆるめた。

「占領軍は核爆弾のカウントを止めたのですか」

——情報が入らないため、まだなんともいえません。

国見が少し言葉を濁したことが、克人には気になった。

「国見一尉。あなたは今、どちらですか」

——現在、安房の町の手前です。荒川登山口でタクシーを借りて、山から下りてきたところです。そちらと合流したいのですが？

液晶表示の明かりの中で、山下と岩川が顔を向け合った。

「わかりました。通話を傍受されている可能性があるため、あらためてこちらから連絡します。国見さん、そのまま町に入ってきてもらえますか」

——諒解《りょうかい》しました。

通信が切れた。

山下からトランシーバーを受け取りながら、克人はなぜだかこみ上げてくる新たな不安をぬぐえずにいた。

8

苗畑――午前五時

狩野とハン・ユリを乗せたトロッコ台車が終点に近づいた。

東の空が白んでいる。

狭い切り通しを抜け、小さな橋を渡ると、波板で作られた粗末な小屋が軌道の脇《わき》にあり、資材運搬台車が置かれている。トロッコの向きを変えるターンテーブルを越えると、軌道が二股《ふたまた》に分かれて行き着く先に、トロッコ格納庫が見えてきた。

さらに一対に分かれて軌道が引き込まれ、双方に黄色いトロッコ機関車が停まっている。島の電力会社が発電所の管理などに使うものだ。

倉庫の手前で、狩野は慎重《しんちょう》にブレーキレバーを引いて台車を停止させると、ハン・ユリとともに台車から降りた。

空がさらに明るくなり、狩野はヘッドランプを取った。

「大丈夫か」

「問題ない」

そういいつつも、ハン・ユリの顔は血の気を失っている。銃創からの出血は止まっているようだが、かなりつらそうだった。

トロッコ格納庫に入ると、機関車との狭い隙間を抜けて反対側に出た。

もともとは、ここ苗畑から安房まで森林軌道が続いていた。現在、トロッコは走っていないが、線路はさらに先まで延びている。そこをたどってふたりは走った。

やがて前方に林を切って開かれ、整地された場所が見えてくる。

〈健康の森公園〉だった。

ふだん、町民たちがウォーキングやジョギングなどを楽しんだりする場所で、テニスコートや陸上競技場もある。狩野もここでよくドローンを飛ばしたものだ。

公園の中をふたりで突っ切っていると、どんどん空が明るくなってきた。

アスファルト舗装された駐車場には車が数台。

いずれもユニックを積んだトラックなどの作業車輌だった。ほとんどの車は無人だったが、一台だけ運転席に人影が見えたので、狩野は走っていった。

青く車体を塗られたいすゞのエルフだ。

サイドウインドウの向こうに見える中年男性のドライバーは、座席を少し倒して寝入っているようだった。窓を拳《こぶし》で叩くと、目を覚まして驚いた顔を向けてきた。あわてて車窓を下ろし、髭《ひげ》面《づら》を見せてこういった。

「あんた……？」

「山岳ガイドの狩野といいます。大至急、安房まで行きたいんです。すみませんが、乗せていただけませんか？」

男はあっけにとられた顔で狩野を見ていたが、やがていった。

「ガイドさんかね。山から下りてきたもんだから、町場がたいへんなことになってることを知らんのか。北朝鮮の軍隊が攻めてきたんだ。大勢が殺されたり……だから、こっちはここまで逃げてきたんだが？」

「わかってます。だけど、どうしても行かなきゃならんのです」

真顔で狩野を見つめていた運転手は、彼の斜め後ろにいるハン・ユリに気づいたようだ。さらに驚いた表情になった。

「あんたら、どういう事情か知らんが、こっちとしてはね……」

男の口が開いたまま、言葉が途切れた。

狩野が見ると、ハン・ユリが黙ってシャツの下から黒い拳銃を覗《のぞ》かせている。男の視線はそこに釘付《くぎづ》けになっていた。

「悪いな。ちょっとだけトラックを借りるよ」

狩野がいうと、男はこわばった顔のまま、ドアを開いて運転席から下りた。

9

安房――午前五時十七分

そろそろ夜明けの時刻だった。

安房の町を見下ろせる高台の工場跡に、〈魚安《うおやす》〉と鮮魚店の名を記したコンテナボックスを積んだ軽トラックが乗り付けた。運転席と助手席から降りたのは山下ともうひとり。コンテナボックスの後部扉を開いて、乗り込んでいた男たちが次々と降りる。

総勢六名。その中に高津克人もいた。

大人たちの多くは武器を持っている。拳銃や自動小銃は、敵の兵器庫から強奪《ごうだつ》してきたものだ。

空はかなり明るくなって、町の向こうに海が広がっている。

ここに来る途中、占領軍らしい車輛も兵たちの姿もなく、それが奇妙だった。

それから五分と経たないうちに、山のほうから下りてくるくねった道に小さくライトが光った。克人たちが緊張して見ていると、ヘッドライトとおぼしき光が次第に近づいてくる。プリウスらしい黒塗りのタクシーだった。

それが克人たちの前で停車し、海上自衛隊の隊員服姿の国見が降りてきた。

文字通り、満身創痍《そうい》といったふうである。隊員服はあちこちが破れ、血がにじみ、顔は傷だらけ。火傷の痕《あと》も生々しく残り、表情もかなり険しい。

克人たちが駆け寄った。

「何があったんです?」

山下が興奮した様子で訊いた。

国見は少し途惑ったように見えた。

「山中で複数回、敵と交戦しました。なんとか危機を回避できたんですが、無線で伝えたように戦闘のさなかに、仲間と別れ別れになってしまいました」

「あなたはひとりで――?」

国見が頷いた。

「最重要の任務があります」

「それって、いったい……」

山下の言葉に、彼はわずかに視線を泳がせた。

「実は核爆弾をコントロールする装置を入手できました。それを敵に奪還されないように、一刻も早く島の外に持ち出さないとならないのです」

そういってからそっと制服のポケットに手を入れ、黒い、スマートフォンのようなものを取り出した。液晶画面に数字が並んでいるのがわかる。

「敵の別働班から捕獲したんです」

「それなら、ここで核爆弾のカウントダウンを止めればいいじゃないですか」

「操作方法がわかりません。だから急いで本隊に渡して解析してもらう必要があります。なんとか島から出る手段はありませんか？」

「船は手こぎの小型舟にいたるまで沈められましたが、うちに船外機付きのゴムボートがあります」

山下がいった。「しかし起爆は午前七時ですよ。あと一時間半ちょっとしかない」

「海自の高速艇がこちらに向かっています。沖合で合流できます」

「そうか……だったら、なんとかなるかもな」

山下の隣にいる岩川がいった。男たちは顔を見合わせた。

「あの」

克人が思い切って訊いた。「姉さんは本当に無事なんですか」

国見が彼を見ていった。「寒河江さんたちといっしょにこっちに向かってるはずです」

それを聞いても、なぜか妙な心のわだかまりが胸の奥にある。

「とにかく時間がないんだ。急ごう！」

別の男にせかされて、彼らは車に戻り始めた。

国見は岩川とともにタクシーに乗った。運転席に座る国見を、克人は見ている。

「何やってんだ。乗れ！」

軽トラのコンテナの中から山下に手招きされた。

克人は名状しがたい不安を抱えたまま、彼の隣に乗り込んだ。すぐに車が走り出した。

10

安房——午前五時五十分

狩野が運転するいすゞエルフが安房に入ってきたのは、もう三十分も前だった。

奇妙なことに朝鮮人民軍の車輛や兵の姿がまるで見当たらず、町は静まりかえったまま、朝靄《あさもや》に包まれている。

闇雲に街路を走っては国見の姿を捜すしかなかった。

さすがに三十分もの時間が徒労に終わり、狩野の中には焦りがあった。携帯電話が使えたら、どこかに隠れている克人と連絡が付くはずだが、やはり電波の基地局をことごとく破壊されているのか、どこで電源を入れても圏外と表示されてしまう。

助手席のハン・ユリがずっと沈黙していた。

「傷はどうだ」

狩野が訊いたが反応がない。顔色は相変わらず蒼白《そうはく》だった。ほつれ毛が汗で頬に張り付いている。

「あんた……」

彼女がちらと目を向けてきた。「大丈夫だ。たいしたことはない」

「国見を捕まえてあれを奪い返したら、すぐに病院に連れて行く」

「殺すべきだ」

ぽつりといったので狩野は驚く。「何だ？」

「向こうは必ず逆襲してくる。躊躇《ちゅうちょ》なくあいつを殺さなければならない」

「だけどな……」

「私が撃つ」

ハン・ユリがいって、また口を閉ざした。

彼女がいうことは正しいと思った。何よりも核爆弾の起爆を防ぐために、そしてこの屋久島を守るためには、おそらくそうするしかないだろう。

安房の中心で狩野はエルフを停めた。

何カ所かで火災が発生したと聞いていたが、まだくすぶっている場所もあるらしく、そこかしこで煙が流れ、焦げ臭い匂《にお》いが風に混じっている。住民たちは家に引きこもっているのか、まったく人の姿を見かけない。もちろん車も走っていない。

それどころか占領軍も相変わらずいなかった。

夕季が脱出してきたという警察署は、無残に爆破されたまま、廃墟《はいきょ》からかすかに黒い煙を漂わせていた。

海のほうへトラックを向けて走らせた。

安房港の埠頭《ふとう》付近に、カーキ色の軍用車輛がたくさん集まっているのが見えた。狩野は近づかないよう、距離をたもって停めた。

見ているうちに、北側の道路からさらに三台の軍用トラックが走ってきた。

北朝鮮の兵士たちが整然と整列しながら、トラックを待ち受けている。

「奴らは島から撤退するつもりか?」

「いや」

ハン・ユリがいった。「兵たちが故国に戻ることはない」

「まさか、あれだけの軍勢がみんな、忠臣蔵《ちゅうしんぐら》よろしく自害するわけじゃないよな?」

彼女は答えない。

「だったらリ・ヨンギルはこのあと、どうするつもりなんだ」

狩野がつぶやいたとき、彼女がそれを遮るようにいった。

「船だ……」

「何？」

「この島から脱出するため、国見は船を使うはずだ」

「なるほど。そうだな」

頷いていい、彼はステアリングに手をかけた。

「港じゃない場所に船があるかもしれない。とにかく捜してみよう」

アクセルを踏んでトラックを出した。

安房川の河口左岸に何隻《せき》か観光船や小型ボートが停泊しているはずだった。

しかし、それらはことごとく沈められていた。

対岸の貯木場近くの防波堤に囲まれた場所にあった船舶も、どれも無残に破壊され、浅瀬に沈み、あるいは転覆《てんぷく》して船底を水面にさらしていた。

仕方なくトラックを走らせていると、前方――安房大橋を白いコンテナボックスを積んだ軽トラが渡っているのが見えた。そのすぐ後ろに黒い車体のタクシーが続いている。

軽トラのコンテナ側面には〈魚安〉の文字。狩野がよく知っている町の鮮魚店だ。

日常であれば当たり前の光景だがと考えつつ、狩野はふと思い出した。安房の男たちがレジスタンスとして占領軍に抵抗しているという話だった。

国見が彼らと合流することは充分に考えられる。というか、国見にとって彼らしか頼れる者はいないはずだ。

狩野は交差点を左折し、二台のあとを追った。

11

安房――午前六時十二分

山下が運転する軽トラは、二車線の舗装路を南に向かって走っていた。

安房の町中にある山下の家から、折りたたんだゴムボートと船外機を持ち出して積み込み、ふたたび出発する。

一キロばかり走った頃、前方に〈春田《はるた》浜《はま》海水浴場〉と案内看板が出ていて、百メートルと書かれてある。その手前を左折し、海に向かう直線道路をたどった。

じきに海水浴場の浜が見えてきた。

キャンプ禁止と書かれた看板の向こうにある駐車場には停車せず、そのまま走ってコンクリの橋を渡る。海沿いに監視員の櫓《やぐら》があり、山側に大きな四阿《あずまや》とトイレの建物が建っている。周囲に軍用車輛や兵士の姿がないことを確かめ、山下が軽トラを停めた。後続していたタクシーが並んで停まった。

遊泳場所は岩場に囲まれていて、満潮のときに流れ込んだ海水がタイドプールを作る。

夏場はパラソルがびっしりと並び、大勢の地元民や観光客らでにぎわう。克人も夏休みになると友達といっしょに自転車をこいでここにやってきたものだ。

が、さすがに時季も時季、しかも非常時だけあって誰ひとりいない。

まったくの無風で、コバルトブルーの美しい海面も穏やかだった。

沖合の水平線に沿って低く連なっている青い島影は種子島《たねがしま》だ。

克人はコンテナの中から飛び降りて、大人たちが大型のゴムボートを引っ張り出すのを手伝った。エアコンプレッサーを発動させて空気を送り込むと、たちまち膨らんでいく。船外機はホンダの水冷式エンジンのようだ。ふだんは大型漁船に乗ってトビウオ漁をしている山下だが、これは趣味の釣りで使っているものらしい。

その間、国見は少し離れたところに立ち、トランシーバーで誰かと交信していた。彼が肩掛けしているのはＡＫ47というロシア製のアサルトライフルだ。おそらく敵兵から奪取したのだろう。

克人はその後ろ姿を見ていて、ふとまた不安を感じた。

何なのだろう、この奇妙な緊張感は。

岩川が腕時計を見ていった。

「もう時間がない。早いとこ、国見さんを沖合まで行かせないと——」

船外機を取り付け終えたゴムボートを男たちが引きずっていく。コンクリで階段状に固められた水際から、海面に下ろした。

山下たちは靴とズボンのまま、浅瀬に立ち込んでいる。

エンジンが始動して、低い排気音が聞こえ始めた。

「国見さん。早く乗って！」

山下に急《せ》かされ、国見がトランシーバーを持ったまま、そこに向かって走った。斜めに肩掛けしているAK47が揺れている。

突如、国見が足を止めた。

なぜだろうかと克人が見ていると、その理由が判明した。

左手から車の排気音。見れば青いトラックが走ってくる。猛然と埃《ほこり》を蹴立《けた》てるその車体は、いすゞのエルフのようだ。

あっけにとられて見ている克人たちの前で、停車したエルフの左右のドアが開き、運転席から長身の男が飛び降りた。

山岳ガイドの狩野哲也だった。

続いて助手席から出てきたのは若い女。チェック柄のシャツに迷彩ズボン、軍用の編み上げブーツ。それが北朝鮮の女兵士であることに克人は気づいた。無線でそのことを知らされてはいたが、実際にこうして見るとさすがに驚く。

負傷しているのか、シャツとズボンにどす黒い血が染みていた。

狩野の横に立った彼女は、波打ち際に立つ国見俊夫をにらみつけている。ズボンのベルトに挟んでいた黒い拳銃を右手で抜き、国見に向けた。

しかし彼の後ろにはゴムボートのエンジンを始動させた山下たち、三名の男がいる。

「そこから離れろ！」

女兵士が少し訛りのある日本語で怒鳴った。

山下たちは何が起こっているかわからず、海の中で棒立ちになったままだ。

「国見はただの自衛官じゃないんだ！　情報本部の特殊部門に所属する工作員だ！　島の外から核爆弾を作動させようとしている。だから、そのボートでひとり島を離れようとしているんだ！」

狩野のその声で、克人は自分の不安が的中したことを知った。


国見は無表情で立っていた。

右手に握ったトランシーバーを足元に落とすと、素早く腰をかがめながら、スリングで肩掛けしていたＡＫ47をかまえた。

一瞬速く、ハン・ユリが発砲した。まっすぐ片手を伸ばしてかまえた拳銃が反動でぶれ、金色の空薬莢《からやつきよう》が斜めに飛んだ。

国見が鳩尾《みぞおち》を押さえ、大きく口を開いた。

腹部の銃創からあふれた血が、青い隊員服を染めて広がっていく。

両膝を地面に突いたかと思うと、国見は前のめりに倒れ、その場に突っ伏した。彼の手から離れたＡＫ47が、砂浜に落ちた。

狩野たちのほうに向けた顔。苦しげに歯をむき出している。

ハン・ユリがゆっくりと歩み寄り、煙を曳《ひ》く拳銃の銃口を国見の頭に向けた。

「待て！」

狩野が叫んで走った。

俯せになっている国見の肩に手をかけ、強引に引き起こした。

蒼白な顔で国見が彼を見上げた。火傷の痕が稲妻《いなずま》状に目立っていた。

「なんでこんなことを？　国民の命を守ることが自衛隊の大義じゃないか」

国見は虚《うつ》ろな目で狩野を見上げ、かすかに笑みを浮かべた。

「あんたはまったくわかってないよ、狩野さん。国民を守ることと、国を守ることでは、まったく意味合いが違うんだ……」

「莫迦抜かすな！」

国見の胸ぐらをつかんだ。

「何が国を守る、だ。人の命も、この島の自然までも葬《ほうむ》り去ることがあんたの任務だとしたら、そんなものはくそくらえだ！」

すると国見がこういった。

「俺の直属は防衛省じゃない……」

「何だと？」

国見が苦しげに息を洩らしながらこういった。

「アメリカ合衆国中央情報局だ」

「ＣＩＡ……？」

そうつぶやいた狩野は、あっけにとられた顔で彼を見下ろした。

ふと、国見の目の焦点がおぼろげになり、ふうっと息を洩らし、それきり動かなくなった。狩野は国見の胸ぐらをつかんだまま、しばし彼の死に顔を見ていたが、やがて力を抜いた。

国見の上半身が砂地に落ちた。

よろけるように立ち上がったとき、排気音が聞こえた。それも、複数だった。

見ればモスグリーンの軍用トラックが数台、連なって海水浴場に入ってきたところだった。周囲にいた男たちが焦り顔になっている。山下たちは浅瀬からコンクリの階段を駆け上り、砂地に立ち止まった。

トラックはいずれも朝鮮人民軍の車輛である。

それぞれ狩野たちの近くに停車すると、幌が開いてヘルメットに軍服姿の兵たちが飛び降りてきた。手に手に小銃や拳銃をかまえている。

「ちくしょう。俺たちがここに来るのを見られていたのか！」

町の男のひとりが怒声を放ち、持っていた猟銃《りょうじゅう》をかまえた。

黒髭の顔を見て、狩野は思い出した。斉藤という安房在住の猟師だった。

「待ちなさい！」

鋭い声。

見れば、ハン・ユリだった。

彼女は斉藤と自軍の兵たちとの間に立って、両手を左右に広げた。右手の拳銃をその場に落とした。しかし斉藤は油断なく彼女をにらみつけている。

「銃を置くんだ。戦いは、もう終わってる」

ハン・ユリがいったが、斉藤は緊張を解かない。今にも散弾銃を発砲しそうだった。

「ならば、私を撃て」

「やめろ！」

狩野がさらにふたりの間に割って入った。

ようやく斉藤が猟銃の銃口を逸《そ》らした。

トラックの一台の幌から担架を抱えた二名の兵が下りてきた。

肩越しに振り向き、狩野は驚いた。

担架の上に横たわっているのは清水篤史だった。意識がはっきりしているらしく、横向きになって狩野を見ている。太腿に巻かれた包帯は真新しく、手当を受けたようだ。

担架がゆっくりと地面に下ろされた。

「篤史……おまえ、大丈夫か」

駆け寄っていうと、篤史は青ざめた顔だったが、元気そうに笑った。

「この人たちが傷の処置をしてくれたっす」

少ししゃがれた声で篤史がいった。

「北朝鮮の占領軍が？　いったいなんで……」

いいかけて、狩野はまたトラックに目をやった。

続いて幌の中から下りてきたのは高津夕季と寒河江信吾だった。

安房の男たちの中から、克人が夢中で走り出し、姉のところに駆けつけた。姉と弟が泣き顔になって抱き合っている。それを寒河江が嬉《うれ》しそうに眺めている。

狩野はふたりから目を離し、ふたたびハン・ユリを見た。

彼女の前に士官らしい長身痩軀《そうく》の人物が立っていた。

ハン・ユリが振り向き、その男も狩野のほうを見た。ふたりで横並びになって歩いてきた。ハン・ユリは相変わらず苦しげな表情だった。

士官が朝鮮語で何かをいい、彼女と会話を交わした。

ハン・ユリが狩野に向き直り、いった。

「作戦は終了した。全部隊は武装解除、無条件降伏する」

「この人がリ・ヨンギル将軍？」

狩野の問いに、彼女は首を振った。

「特殊作戦軍第一師団長のオ・ヨンナム少将だ。現在、将軍に代わって、この島に展開中の各部隊の指揮を執《と》られている」

「リ・ヨンギル将軍は――？」

「山中に残られているようだ。おそらくそこで……」

いいかけて、ふいに目を逸らした。唇を嚙みしめている。

顔を上げた彼女の目が涙に濡れていた。

「われわれ人民軍はこの島に来て以来、大勢の非戦闘員である島民を殺してしまった。その罪は裁かれねばならない。しかし将軍同志は縄目の恥辱《ちじょく》は受けないと言葉を残されたそうだ」

「莫迦な。そんなことで許されるはずがない。しかるべき場で戦争犯罪人として裁判を受けるべきだ！」

狩野の叫びに、ハン・ユリは何も応えなかった。

若い兵のひとりが国見の遺体をさぐり、〝装置〟を見つけてオ・ヨンナム少将のところにもってきた。敬礼をして、何かを朝鮮語でいった。少将が頷く。

〝装置〟を持った兵は側面の小さなボタンを押して、それを起動させた。

「彼は〝装置〟の操作を担当する兵だ」

ハン・ユリが説明しているさなか、その兵は画面に表示された数字を確認し、指先でいくつかのコードを入力したようだ。画面を確認してから、それを少将に渡した。

オ・ヨンナム少将はハン・ユリになにかをいった。

頷いた彼女は狩野に説明した。

「たったいま、核爆弾のカウントダウンが停止した」

「本当か？」

狩野が念押しに訊くと、ハン・ユリは頷く。

兵から〝装置〟を受け取り、彼女は液晶画面を狩野に見せた。

そこにはいつもの十二桁の数字ではなく、シンプルに〈０020〉と表示されている。

ハッと気づき、狩野は腕時計を見た。

午前六時四十分——あと二十分で核爆弾が起爆するところだった。

周囲の男たちがざわめいていた。それぞれ表情がゆるんでいる。

狩野も力が抜けて腰が砕けそうになった。

ふと、ハン・ユリの姿がないことに気づいた。

狩野はあわてて周囲に視線をめぐらせた。

少し離れた場所——彼女の後ろ姿が波打ち際にあった。さざ波の揺らぎでキラキラと無数の光輝がきらめく手前に、小さなシルエットとなって見えている。

狩野は急ぎ足にそこを目指して歩いた。

12

春田浜海水浴場——午前六時五十分

ハン・ユリは砂地に両膝を落としていた。

視線がコバルトブルーの美しい海に向けられている。

狩野が隣に立つ。

「あんた……その傷……」

ハン・ユリのシャツの片側が真っ赤に濡れていて、軍服のズボンの片側も、膝下の辺りまで血の染みが広がっていた。横顔はいつにも増して蒼白だった。紫色の唇がかすかに震えている。

「すぐに病院に行こう」

ハン・ユリは濡れたような瞳《ひとみ》で狩野を見つめた。

「少し、ここで休みたい」

そういうと、彼女は自分からゆっくりと砂地に腰を下ろした。

狩野はしばしハン・ユリを見下ろしていた。が、仕方なく隣に座り、彼女に並んだ。

キラキラと光り輝く波を見ながら、狩野は目を細めた。

「なあ。俺がいったこと、憶《おぼ》えてるか？」

ハン・ユリの反応はない。

「この島で暮らさないか」

彼女はかすかに眉根を寄せ、なおも海を見つめている。

「……私は軍人だ」

「軍人である前に、ひとりの人間だっつったろう？」

ハン・ユリが振り向き、双眸《そうぼう》が狩野に向けられた。

大きな瞳が涙に濡れていた。

「これまでの人生で、そんな優しい言葉をかけてくれたのはお前だけだ」

ハン・ユリは静かに身をかしげ、狩野にもたれかかった。

狩野はそっと彼女の肩に手を回した。彼の肩に頭を預けながら、ハン・ユリはしばし目を閉じていたが、また海に視線を戻した。

「カノ……」

ふいに呼ばれた。

ハン・ユリが初めて口にした彼の名だった。

「何だ？」

海風が寄せてきて、彼女の黒髪を揺らし、それが柔らかく狩野の顔を撫でた。

「この海のずっと彼方《かなた》に……私の故国がある……だが、私はここで死ぬ」

狩野は彼女を抱きしめたまま、顔を歪《ゆが》めた。

「莫迦をいうな。お前はここで生きていくんだよ。俺といっしょに！」

いつしか泣き声となっていた。

彼女の頭をかき抱き、涙に濡れた顔を黒髪に押しつけた。

「……カムサハムニダ（ありがとう）……」

かすかな声。それが最後の言葉となった。

ハン・ユリの体から急に力が抜けた。

狩野はあっけにとられて彼女を見た。濡れた双眸が光を失っていた。

思わず黒髪に手を突っ込み、ハン・ユリの頭を力いっぱい胸に抱き寄せた。目を閉じて歯を食いしばった。大粒の涙がこぼれた。

体を震わせ、嗚咽《おえつ》を洩らした。

ふたりの影が海の手前にあった。

互いに身を寄せ、抱き合っている、その姿を少し離れたところから夕季と寒河江、そして克人が見守っている。傍に担架が置かれ、篤史もわずかに身を起こして狩野たちをじっと見つめていた。

狩野哲也とハン・ユリ。

ふたりの姿はきらめく海の手前で、まるでオブジェのように動かなかった。

彼女が息を引き取ったことを知って、夕季は両手で口を覆い、目を閉じた。涙があふれてきた。

しかし狩野に声をかけることができない。

ふたりの姿はずっとそこにあった。

時が止まったようだった。

遠く、爆音が聞こえた。

視線をやると、水平線の上に小さな機影がいくつもあった。

いずれもヘリコプターだとわかった。

十機、いや二十機以上。

屋久島に急接近した各機は、海岸線の真上で左右に散開した。

見ているうちに轟音《ごうおん》の中、二機ばかりが頭上で大きく旋回して降下してきた。土埃を蹴立てながら、この海水浴場の敷地にランディングを敢行《かんこう》した。

モスグリーンの機体。シコルスキー社のブラックホークと呼ばれる軍用ヘリだ。機体から後ろに突き出したテイルブームには〈ＵＳ　ＮＡＶＹ〉と記されている。

夕季は驚いた。

自衛隊ではなく、米軍が島にやってきたのだ。

ヘリの機体側面のスライドドアが開かれ、小銃で武装した兵士たちが次々とキャビンから飛び降りた。

屋久島を占領した朝鮮人民軍の兵たちは、いっさいの抵抗を見せなかった。

オ・ヨンナム少将が片手を伸ばし、彼らを制していた。

その険しい顔に思わず目を奪われる。

騒々しいヘリのエンジン音と米兵たちの怒声の中で、占領軍の兵たちが次々と手にしていた銃を落とす金属音がはっきりと聞こえた。

夕季はまた波打ち際に目を戻した。

狩野哲也とハン・ユリ。

ふたりの姿は何事もなかったかのように、それぞれ黒いシルエットとなって、無数にきらめく波の光に揺らいでみえた。

13

淀川登山口——午前七時

リ・ヨンギル将軍は、核爆弾〈解放1号〉を搭載した大型トラックの前に立っていた。

二十分前にカウントダウンが停止した。

先ほどまで核爆弾本体の横にあるコントロールパネルの中で、液晶画面の数字が刻一刻と減っていたが、午前六時四十分ちょうどに停まった。それで自軍が〝装置〟を奪還し、すんでのところで起爆を阻止することができたと知った。

今はちょうど午前七時。日本政府との約束の時間だった。

彼らの目的が達成された今となっては、その約束も無意味となった。

屋久島は壊滅の危機をまぬがれた。

リ・ヨンギルは踵を返すと、トラックに背を向けて歩いた。

周囲に兵の姿はない。

少し前、全員にこの指揮所から退去するように命じ、部隊を下山させた。部下たちは悲しげな表情をそろえてリ・ヨンギル将軍に敬礼をし、次々とトラックに乗車して去って行った。

指揮所の迷彩テントに戻ると、アン・スンイル中将がひとり、机に向かって座っている。

彼の白髪頭《しらがあたま》を見ながら、リ・ヨンギルがいった。

「これで、すべてが終わった」

「お疲れ様でした」

いいながら彼は、足元に置いていたものをつかんで、机の上に置いた。

ビール壜《びん》だった。

〈大同江《テドンガン》〉といって、北朝鮮を代表するビールである。栓を取ってアルミのコップふたつに注《そそ》ぎ、ひとつをリ・ヨンギルに差し出してきた。

「今日のために取っておきました。自分としては勝利の美酒のつもりでしたが、将軍がこの戦いに勝ちはないといわれたときから、それはあきらめてました」

リ・ヨンギルは黙って口に運び、飲んだ。

炭酸の刺激が喉元《のどもと》から胃に流れ込んだ。生ぬるかったが、彼は旨《うま》みを感じた。

一気に飲み干すと、久しぶりの酒に長く吐息を洩らした。アン・スンイルが二杯目を注《つ》いでくれたので、それをまた口に含んだ。今度は味わうようにゆっくりと飲む。

「故郷では密造酒ばかりでしたね」

「味など、どうでもよかった。酔えれば充分だった」

それればかりか、工業用のメチルアルコールがそれらしい壜《びん》で売られ、体を壊したり命を落とす者が絶えなかった。それだけ人々は貧窮《ひんきゅう》という現実から逃れたかったのだろう。

何という悪夢だろうか。

「中国に迎えられたキム・ジョンウン同志はどうなるんでしょうね」

そういってアン・スンイルが煙草を差し出してきた。

「おそらく……長くは生きていられないだろう」

リ・ヨンギルはそうつぶやいた。そう、いろんな意味において。

彼は煙草を受け取り、一本くわえる。ライターの火が差し出され、煙を深く吸った。

パク・スンミ政権がこの先どう出るかわからないが、少なくとも総書記が故国に戻ることはない。朝鮮半島の付け根にある小さな国は、この先も大きく揺らいでいくだろう。

「それにしても、アメリカという国にとことん出し抜かれましたね」

「奴らはしたたかだよ。そうやって世界じゅうで我が物顔に暴れ回ってきたのだ」

右手の指に挟んだ煙草を見つめ、その先から立ち昇る煙を目で追った。

「会いたかったな」

アン・スンイルが彼を見た。「どなたに、ですか」

「あの、狩野哲也とかいう山岳ガイドの男だ。ほんのつかの間の会話でしかなかったが、なぜか心に残って忘れられん」

「傍らで聴いておりました。奇妙な日本人でしたね」

「奇跡は何度でも起きる。ここはそういう島なのだと狩野はいった。今となっては、それもわかるような気がする。本当にこの屋久島というところは深遠な神の領域なのだろう。われわれは、その神聖な地を踏み荒らしてしまった……」

爆音が聞こえた。

ふたりがテントの外を見ると、枝葉の向こう、空を低く飛ぶヘリコプターの機影が見えた。モスグリーンの機体はアメリカ軍のものだろう。

「もう少しゆっくりしたかったが、そろそろ時間のようだ」

そういってリ・ヨンギルは腰のホルスターの蓋を開き、黒塗りの六八式拳銃を抜いた。スライドに手をかけて引き、初弾を薬室に装塡《そうてん》する。

「私もお供いたします」

隣に座るアン・スンイルも同じ型の拳銃を腰から抜き、いったん机の上に横たえてから、残ったビールを飲み干した。

リ・ヨンギルもそれに倣《なら》い、それから拳銃をつかんだ。

どこかから、またミソサザイの声が聴こえた気がした。

終章　同年十月三十日、宮之浦岳頂上

狩野哲也は岩場に座り、標高一九三六メートルのこの宮之浦岳から見下ろせる海を眺めている。傍らには島の焼酎《しょうちゅう》〈三岳〉を入れたペットボトル。それを手酌でマグカップに注《つ》いでは、ずっと飲み続けていた。

ふだんは酒に強い狩野も、かなり酔っている。

隣に清水篤史が座り、麓《ふもと》から吹き寄せる風に気持ちよさそうに目を閉じていた。この青年はいつだってそうだ。島の風を読む。

事件から五カ月――。

屋久島に平和が戻り、島民たちはようやく落ち着いた生活を取り戻していた。篤史は鹿児島の病院にずっと入院していたが、三カ月後には退院し、リハビリに精を出して少しずつ歩けるようになった。

彼が山に登ったのは久しぶりのことだ。

狩野はゆっくりと背筋を伸ばし、中天にかかった太陽を見上げて目を細める。

激動の数カ月だった。

北朝鮮――朝鮮民主主義人民共和国は、それまでの独裁体制から脱したものの、パク・スンミ政権の親米路線は嘘《うそ》のようになくなり、アメリカ、中国、ロシアの間でどっちつかずの国体を漫然と維持していた。もっともキム・ジョンウンを保護した中国共産党政府にとっては、当初からそれが狙《ねら》いだったに違いない。アメリカと軍事同盟を結ぶ韓国との間に、なんとしても緩衝《かんしょう》地帯を残したかったのだ。

内戦の主な原因が日本にある、それも防衛省の特定の人物の流したフェイク情報から始まったという事実は、けっきょく明らかにされることはなかった。防衛の中枢に北朝鮮に情報を流していたスパイがいたとあっては大きな問題となるし、しかもその人物がＣＩＡともからんでいたということは、アメリカ政府にとっても都合が悪い。

屋久島を武装占拠した朝鮮人民軍の部隊は、事変ののちに自ら武装解除し、日本政府に投降したが、彼らを拘留《こうりゅう》したのは米軍だった。いずれ戦時国際法にのっとった処遇がなされるはずだが、扱いは〝反乱軍〟とされていた。

パク・スンミ政権が当然のように彼らを正規軍と認めなかったためである。

屋久島に残された彼らの武器や車輛《しゃりょう》なども米軍に接収された。もちろん、〈解放１号〉と彼らが呼んでいた核爆弾も、いずこかへ運び去られていた。

事件は大々的に公表されたが、島に核が持ち込まれていたことはとくに秘匿《ひとく》され、ネットなどに流れる噂話《うわさ》にとどまった。また、情報を小出しにしてきた堀井政権に対しての国民の反発は強く、いずれ内閣は総辞職に追い込まれるだろうと多くの識者が見ていた。

七月の終わり頃、千葉県の沖合の海で腐乱死体が漁船の網にかかった。

身元を調べたところ、防衛省情報本部統合情報部長の砂川雅彦一等陸佐であることが判明した。

屋久島での事件が終息した直後から、彼は行方《ゆくえ》がわからなくなっていた。

遺体の損傷が激しく、死因は不明だった。

国見俊夫という自衛官がＣＩＡから送り込まれた特務工作員だったことを考えれば、砂川一佐が何者によって消されたかは、なんとなくわかる。

「狩野さん。まだ飲むんすか」

篤史にいわれて、彼は振り向いた。

「こんな山の中で勝手に酔っ払ってないで、明日は寒河江さんが久々に島に戻ってくるから、ゆっくりふたりで飲めばいいじゃないすか」

「そうだな」

ふうっと吐息を投げてから、狩野がそういった。

「ところで寒河江さん、夕季さんと結婚しないんですかね」

「どっちも猛烈に忙しそうだからな」

寒河江信吾は八ヶ岳に戻って野生鳥獣保全管理の仕事をしていたし、高津夕季は壊滅した警察署の立て直しと、山岳救助の仕事で多忙をきわめていた。彼女は今日、狩野たちといっしょにこの宮之浦岳に登る予定だったのだが、突発的に別の仕事が入ってしまって来られなかったのだ。

「夕季さんのことはすっかりあきらめたんすね」

「ああ」

「やっぱ彼女が本命だったからっすか」

狩野は顔を歪《ゆが》めて笑った。

「もちろん本命だったさ。だから、ここに連れてきた」

傍らに置いた白い小さな骨壺《こつつぼ》に目をやった。

篤史が目を細めて笑った。

「めっちゃ美人だったたっすよね」

「最高にいい女だった」

狩野は膝《ひざ》に手を突き、ゆっくりと立ち上がった。酔ってはいたが、足腰はしっかりしている。

もちろん意識も――。

骨壺をとってしげしげと眺めてから、おもむろに蓋《ふた》を開いた。

そっと骨壺をかしげながら、中にあった白い灰を風に流した。

それは視界の先で千々に広がりながら、遠い海に向かって消えていった。

灰をすべて風に飛ばしてから、足元に骨壺を置いた。

篤史とふたり、遠い海に向かって両手を合わせ、瞑目《めいもく》した。

ふと、狩野は目を開いた。

神の声が聞こえたような気がしたのだ。

周囲を見る。この宮之浦岳を囲む高峰群が、突兀《とっこつ》と稜線《りょうせん》を突き上げるばかりだった。

狩野は耳をそばだてた。

しかし風の音がいつまでも続くばかりだった。

後記

薩南《さつなん》諸島、東シナ海と太平洋の間に浮かぶ屋久島《やくしま》は、約五百平方キロの面積。周囲は百三十二キロ、ほぼ円形の島だ。

人口およそ一万二千人。大半が山岳地帯であり、九州最高峰の宮之浦岳《みやのうらだけ》を始め、標高千メートル以上の山が四十五座あるため、洋上のアルプスなどとも呼ばれている。一九九三年にユネスコの世界遺産に指定されたのをきっかけに、内外から注目を浴びるようになった。

老舗《しにせ》の山岳雑誌、月刊『山と溪谷《けいこく》』で「屋久島山行記」取材のために当地を訪れたのは二〇一八年五月末のことだ。それも創刊一〇〇〇号という栄誉ある特別号の記事のためだった。

好天の下、美しいシャクナゲが満開の宮之浦岳に登頂し、下山日は一転して島の名物ともいうべき大雨に叩《たた》かれ、まさに屋久島という独特の世界を満喫《まんきつ》できたことは忘れられない体験であった。

この取材から、いくつかの物語の着想を得た。

そのうちのひとつが本作品である。

主人公のひとりである山岳ガイド、狩野哲也《かのうてつや》の人物造形に関しては、取材に同行していただいた〈屋久島ガイド旅樂《たびら》〉代表の田平拓也《たびらたくや》氏の影響が大きい。田平氏は屋久島の自然に関する知識が豊富で、卓越した山岳ガイドであり、またドローン・オペレーターとしても活躍《かつやく》されている。

狩野哲也というこのキャラクターは本作品にとどまらず、すでに多方面でも動き始めている。『山と溪谷』誌に連載中の短編小説シリーズ〈屋久島トワイライト〉の主要な登場人物として活躍し、さらに今後は本作品のレギュラーメンバーとともに別の作品でも登場するはずである。

今や作者の代表的なシリーズ〈南アルプス山岳救助隊K－9〉とともに、車の両輪として、この先も進めていきたいと思っている。

本作品の執筆にあたっては、田平拓也氏から多くの熱意あるアドバイスをいただくことができた。また防衛省、自衛隊に関する作者の知識不足を補《おぎな》ってくれたのは、古い友人のひとりである〝エースのジョー（仮名）〟氏。ともに最大級の感謝を捧《ささ》げるものである。

主な参考文献

『南日本の民俗文化写真集4　屋久島・口永良部島』　下野敏見・著　南方新社
『特撰　森林鉄道情景』　西裕之・著　講談社
『屋久島の山守　千年の仕事』　髙田久夫・著　塩野米松・聞き書き　草思社
『屋久島、もっと知りたい　自然編』　中田隆昭・著　南方新社
『屋久島やくすぎ物語』　屋久島町立屋久杉自然館
『別冊ＳＡＰＩＯ　「危険な隣国」まるごと一冊　北朝鮮』　小学館

著者略歴

樋口明雄（ひぐち・あきお）
1960年山口県岩国市生まれ。明治学院大学法学部卒。雑誌記者、フリーライターなどを経て作家に。山梨県北杜市在住。野生鳥獣保全管理官とベアドッグの活躍を描いた『約束の地』で、第27回日本冒険小説協会大賞および第12回大藪春彦賞をダブル受賞。2013年、文庫版『ミッドナイト・ラン！』が、第2回エキナカ書店大賞を受賞。他に南アルプス山系を舞台に、山岳救助犬とそのハンドラーである若い女性警察官の活躍を描いた『ブロッケンの悪魔』『白い標的』等、南アルプス山岳救助隊K－9シリーズがある。

Kadokawa Haruki Corporation

樋口 明雄

還《かえ》らざる聖《せい》域《いき》

*

2021年6月18日第一刷発行

発行者 角川春樹
発行所 株式会社 角川春樹事務所
〒102-0074 東京都千代田区九段南2-1-30 イタリア文化会館ビル
電話03-3263-5881（営業） 03-3263-5247（編集）
印刷・製本 中央精版印刷株式会社

定価はカバーに表示してあります。落丁・乱丁はお取り替えいたします。
ISBN978-4-7584-1381-7 C0093
http://www.kadokawaharuki.co.jp/